btb

Gudrún Eva Mínervudóttir

DAS GEWÄCHSHAUS

Roman

Aus dem Isländischen
von Anika Wolff

btb

Für Matti und Mínerva
Ihr seid der Sonnenschein in meinem Leben.

»I like Icelandic men, they respect that you work hard and don't complain.«

Ljuba Cvetkova

DIE ERSTE NACHT IM NEUEN HAUS lag ich eingekeilt zwischen den schlafenden Körpern von meinem Mann und meiner Tochter und sah mir die Deckenplatten an und das nackte Fenster, das die Umrisse von Bäumen und den Lichtkegel einer melancholischen Straßenlaterne rahmte. Gegen Morgen schlief ich ein und träumte, dass Kate Moss auf dem Schwimmbeckenrand im Garten sitzt und eine ältere Frau unter der alten Birke hockt.

Die alte Frau richtete eine Kamera auf das Model, das Kaffee aus einer Porzellantasse trank und einen Muffin aß. Ich ging zu ihnen hinaus und sah, dass die Fotografin Leni Riefenstahl war – eine der umstrittensten Frauen der Geschichte, die auch als das Hirn hinter der Ästhetik der Nazis bezeichnet wird.

Sie sahen mich an, trugen beide das gleiche geknöpfte, knielange Khakikleid mit Taschen auf der Brust und am Oberschenkel. Leni ließ die Kamera sinken, Kate wischte sich Krümel von den meistfotografierten Lippen der Welt.

Ihr vereinter Blick riss mich aus dem Bett. Es war fünf Uhr morgens, eine Stunde vor der gewohnten Aufstehzeit, und ich schlich mich an gestapelten Kartons vorbei und setzte mich an den Computer. Der rote Schein einer Lichterkette, die an einem Nagel im Fenster hing, konkurrierte mit dem bläulichen Schimmer des Bildschirms. Es war Mitte Dezember, kahle Erde und Finsternis.

Die letzten Nächte hatte ich mich an einer achthundertseitigen Autobiografie über Leni abgemüht – aber was hatte das Model dort zu suchen? War es ihr Name? *Moss?* Draußen im Garten gab es keinen richtigen Rasen, sondern Brachland, fünfzehn Meter hohe Tannen- und Kiefernungetüme und noch höhere Pappeln, schiefe Wäscheleinenpfosten, Lavagestein, kriechende Baumwurzeln, halb versunkene steinerne Treppen, die irgendwo anfingen und nirgendwo aufhörten, alte Laubhaufen, die sich im unbeständigen Herbst- und Winterwetter langsam in Matsch verwandelten. Ein Schwimmbecken aus Beton, das einst himmelblau gestrichen war, doch die Farbe war abgeblättert, der Beton gerissen und bröckelig. Ein morscher Schuppen mit einem alten Puppenwagen und rostigen Bierdosen, zerbrochenen Pflastersteinen, Tannenzapfen und -nadeln. Alles mit Moos gepolstert – dieser Weichheit, die sich als Erstes ansiedelt, an der Oberfläche wurzelt und Erde macht aus Wasser, sich selbst und nichts.

Nicht nur das Moos, auch die Kleidung der Frauen aus dem Traum erinnerte an Pioniere. Ich schlug das Wort *Khaki* nach und fand heraus, dass es ein Lehnwort aus dem Hindi ist. Es bedeutet *goldbraun wie die Erde* und kommt ursprünglich vom persischen Wort *khak*, das für Erde oder Boden steht.

Kleider aus Erde. Sich in Erdboden kleiden. Mir kam der Gedanke, ob ich wohl dem Tode geweiht war. Aber nicht etwa, weil ich sterben wollte – ganz im Gegenteil: Ich wagte noch nicht einmal zu schlafen.

 Als Nächstes tippte ich Kate in die Suchmaschine ein und

las ein langes Interview mit ihr. Es war mäßig geistreich, aber ich meinte, sie kennenlernen zu müssen, wo sie mich schon aufgesucht hatte.

Der Traum blieb mir die nächsten Wochen noch sehr präsent, während die Gedanken an einen nahen Tod schnell vergessen waren. An jenem dunklen Morgen rauschte ich mit meiner Tochter zur Tagesmutter am anderen Ende des Ortes, und obwohl ich erst vor kurzem hergezogen war und niemanden kannte, spürte ich in jeder Faser, dass ich in der Welt zu Hause war. Alles reckte sich mir entgegen und wollte mit mir sprechen, sich verständlich machen, sich deuten lassen. Die Welt bot sich mir an, und ich reagierte mit romantischem Wahn: Mein Brustkorb weitete sich vor lauter Verzückung über die pausbäckigen Gartenzwerge meiner Nachbarn, den Quelldampf, der bei Windstille aus den Rinnsteinen aufstieg, eine in Leder gekleidete Person unbestimmbaren Geschlechts, der ich immer an derselben Straßenecke begegnete, und Hunderte von Weihnachtssternen in erleuchteten Gewächshäusern.

Diese Gewächshäuser erhellten die dunkle Jahreszeit wie riesige Lampen, und mir fiel auf, dass einige von ihnen leer standen, abgesehen von einer welken Dattelpalme oder einem Stapel Plastikblumentöpfe. Andere waren komplett zerborsten und erloschen, beinahe unsichtbar in der Dunkelheit. Aber das machte nichts. Das war genauso ergreifend schön.

Dann sprang ich zurück nach Hause und schrieb, übersetzte, räumte ein paar Kisten aus – alles in dreifacher Geschwindigkeit. Die Seiten türmten sich auf. Alles steuerte auf eine Krise zu, aber das wusste ich noch nicht.

ANFANG MÄRZ FUHR ICH nach Reykjavík, zu Inga, unserer Hausärztin, und sagte ihr, dass ich so wenig und leicht schliefe, dass sich das Ausziehen kaum lohne. Auch meine Hände verhielten sich merkwürdig: verkrampften und wanden sich spastisch, und ich müsste sie ständig geradestrecken.

Wie lange geht das schon so?, fragte Inga.

Es ist mit der Zeit immer heftiger geworden, antwortete ich.

Inga wollte mir ein angsthemmendes Medikament geben.

Nein, entgegnete ich. Danke. Mir geht es wunderbar.

Was Sie beschreiben, ist ein Zustand, in den manche Menschen unter Stress geraten. Das kann eine prima Methode sein, um weiter durchzuhalten, aber dem Körper tut das nicht gut.

Ich blieb dabei; befürchtete, nicht mehr davon loszukommen, wenn ich einmal mit Medikamenten anfing.

Sehen Sie, sagte Inga. Seitdem Sie das Kind haben, zweifeln Sie an seiner Gesundheit und wagen kaum einen Wimpernschlag, nicht wahr?

Ja, schon, aber ich werde ruhiger, je größer sie wird.

Ihr Mann war depressiv, während Sie das Haus renoviert haben und quasi pleitegegangen sind, und jetzt ist er gerade wegen später Entzugserscheinungen in die Klinik gegangen, oder?

Sie hatte uns dieses Phänomen erklärt: Das Gehirn eines Menschen, der jahrelang betrunken war – selbst wenn das schon lange her ist –, kann sich selbst in einen Rauschzustand versetzen, bis hin zur Amnesie. Das geschieht infolge einer Depression und ist Teil der Depression. Das Gehirn versucht, den Schmerz zu lindern, indem es sich ein Schlückchen genehmigt, ohne dass wirklich Alkohol im Spiel ist. Matti war den ganzen Winter über mehr oder weniger in einem amnesischen Zustand gewesen, ständig in Aufregung wegen irgendwelcher eingebildeten Dinge, und hatte nichts als Horror und Hoffnungslosigkeit gesehen. Ich wiederum hatte mich ihm gegenüber verschlossen, vertraute ihm unsere Tochter nicht mehr an und unternahm nichts, um ihm zu helfen, weil ich nicht sah, wie krank er war. Schließlich erkannte er es selbst und ließ sich in die Klinik einweisen. Die Entzugserscheinungen waren nach dem Klinikaufenthalt überwunden, nicht aber die Depressionen, und die Psychopharmaka machten alles noch schlimmer.

Nicht ich bin depressiv, und ich bin auch nicht ängstlich, antwortete ich. Einfach nur ein bisschen aufgedreht.

Inga sah mich einen Moment an, dann sagte sie: Sie sagen, Sie spüren jeden einzelnen Grashalm um sich herum. Sie sagen, dass Sie die Seele in den Augen der Menschen sehen.

Das ist schon immer da gewesen, dieses Bedürfnis, tiefer zu blicken, zu spüren, wo die Nervenbahnen liegen, wie alles miteinander verbunden ist, antwortete ich. Aber jetzt ist diese alte Gewohnheit zu einer Art Wettlauf geworden.

Es fühlt sich an, als ob alles zusammenbricht, wenn ich nicht aufpasse.

Sie schrieb mir etwas Angsthemmendes auf, aber ich traute mich nicht, das Rezept einzulösen. Ich befürchtete, dass die Medikamente mir den Verstand rauben, mich genau dann ausbremsen würden, wenn Schnelligkeit und Kraft gefragt waren.

Als ich mich in den Bus nach Hause setzte, zog ich sofort den Laptop aus der Tasche und den Roman, den ich gerade übersetzte, um ein paar Kronen zu verdienen. Ich hatte mir ein Pensum gesteckt: zehn Seiten am Tag. Ich war in einer Art Manie. Aber das passte gut, weil ich so viel zu tun und noch mehr nachzudenken hatte. In mir tobte die Lebenslust, befeuert von einer diffusen Angst.

ES HATTE ETWAS BERUHIGENDES, im Bus zu sitzen und die Stadt vorbeiziehen zu sehen, denn obwohl zu Hause kein Umzugskarton mehr herumstand, war immer noch genauso viel zu tun. Das Übersetzen und Schreiben fraß fast meine gesamte Zeit auf, und noch dazu führte ich das Haus wie ein Segelboot auf hoher See, musste ständig den Kurs korrigieren, die Koordinaten neu berechnen, Segel hissen und reffen, Taue knoten und lösen, Kurbeln drehen. Bloß keinen falschen Schritt tun, alle Sinne wach halten, keine Träumerei. Dieser Hochbetrieb war berauschend, glich einem Siegestaumel. Ich war die flinkeste Hausfrau im ganzen Bezirk und hatte keine Schwierigkeiten, drei Dinge auf einmal zu tun. Und da ich sowieso die ganze Zeit auf Hochtouren war, konnte ich auch noch Sauerteigbrot backen, mit Stoffwindeln wickeln, Zahnpasta aus Natron, Zitronenschale und Salz anrühren, Kleidung flicken, statt sie wegzuwerfen, und die Mandelmilch für den Kaffee selbst machen. Im Zentrum des Wirbelsturms herrschte himmlische Ruhe.

An der Stadtgrenze stieg eine Frau in den Bus. Sie trug eine schwarze Daunenjacke und weiße Fingerhandschuhe. Ich starrte sie an, musste an ein Konzert in der Musikschule in Garður im Frühjahr 1990 denken. Ich und ein paar andere Jugendliche aus dem Dorf bildeten einen Glockenchor unter der Leitung meiner Mutter, die damals die Leiterin der Musikschule war. Ich war für die sechs höchsten Glocken verantwortlich, die kleinsten und hellsten. Meine Glöckchen und die des Mädchens neben mir trugen selten direkt zur Melodie bei, aber sie sorgten für das gewisse Glitzern des Klangs.

Der lange Tisch war in weiße Tücher gehüllt und wir waren alle bereit – schwarz gekleidet und schon in den weißen Handschuhen –, nur das Mädchen mit den zweithöchsten Glocken war nirgends zu sehen. Der Gruppenälteste wurde ins Lehrerzimmer geschickt, um bei ihr zu Hause anzurufen, doch es ging niemand ran.

Das Konzert sollte schon längst begonnen haben, aber niemand wusste etwas von dem Mädchen. Die Zuschauer warteten, und hinter den Kulissen wurde die Aufregung immer größer, bis ich anbot, die Glocken des Mädchens auch noch zu übernehmen.

Wir spielten die Ouvertüre der Oper *Guillaume Tell* von Rossini. Ich war für zwölf Glocken verantwortlich und hatte teilweise vier davon gleichzeitig in den Händen. Niemand erwähnte meine Leistung oder schenkte ihr besondere Beachtung, aber ich weiß noch, dass ich nur ganz wenige Töne ausgelassen habe und es sich anfühlte, als wären die Haare auf meinem Kopf elektrisch aufgeladen, als wir den Schluss spielten, der für Hörner und Trompeten komponiert war und sich wie galoppierende Pferde anhörte.

DER ERSTE TEIL DER OUVERTÜRE von Rossinis Wilhelm Tell heißt *Morgendämmerung* und beginnt mit zarten Celloklängen. Der zweite Teil heißt *Sturm* und wird vom gesamten Orchester gedonnert, während der dritte, *Ruf nach den Milchkühen*, eher schlicht gehalten ist, von englischem Horn und Flöte gespielt. Der vierte und letzte Teil, der *Marsch der schweizerischen Soldaten*, ist auch schon in Kinofilmen und Fernsehserien zum Einsatz gekommen, um Schnelligkeit und Spannung zu erzeugen.

Als ich an der Tankstelle aus dem Bus stieg, dachte ich, dass es vielleicht an der Zeit sei, dass der Sturm sich legt; Zeit, nach den Kühen zu rufen.

Zu Hause hatte Matti schon den neuen Beamer aufgehängt und stand mit einem Bohrer und einer großen, zusammengerollten Leinwand auf dem Esstisch, als ich hereinkam.

Und, was hat die Ärztin gesagt?, fragte er.

Dass ich einen Gang runterschalten soll, antwortete ich.

Mit einer Falte zwischen den Augen musterte er mich, dann fragte er: Mit welchem Film sollen wir die Leinwand einweihen?

Ich kletterte zu ihm auf den Tisch und hielt die Leinwand, während er sie festschraubte. Mein Blick fiel aufs Fenster, auf die nackten Äste vor dem weißen Himmel, und ich beschloss, dass die Entscheidung hierherzuziehen, richtig gewesen war – oder zumindest nicht falsch. Ein Dach über dem Kopf. Melancholische Schönheit. Frieden. Das Haus war zwar klein, aber der größte Raum, der als Küche, Wohn- und Esszimmer diente, hatte eine hohe Decke. Um Platz und Geld zu sparen, hatten wir statt richtiger Türen Schranktüren von Ikea gekauft, Schiebetüren aus Glas, die dem Haus einen japanischen Touch gaben – auch wenn es ansonsten eher extravagant wirkte: der Boden gegossen, die Möbel ein buntes Sammelsurium, Topfpflanzen, die Zugluft und Lichtmangel zu trotzen wussten. Lautsprecherboxen, Verstärker, lauter alte Fotoapparate und andere Geräte – als wohnten wir in einem Studio. Wir hatten einen Kamin eingebaut, da bei Nordwind die Kälte ins Haus zieht. Im vergangenen Winter hatten wir manchmal auf Kissen am Feuer gesessen wie in einer Jurte.

Erinnerst du dich an die Reportage über die mongolischen Nomaden? Mit dem weinenden Kamel?

Nee, weiß nicht mehr, antwortete er.

Warst du voll, als wir sie gesehen haben?, fragte ich.

Bestimmt.

Wir gingen inzwischen offen mit der alkoholträchtigen Vergangenheit um, denn sie spielte keine Rolle mehr. Am Abend kuschelten wir uns alle drei aufs Sofa – Matti, Mínerva und ich – und sahen uns den Film an. Darin geht es um eine Nomadenfamilie, die Schwierigkeiten mit einer Kamelmutter hat.

Nach einer zweitägigen Geburt verstößt das Kamel sein Junges, einen extrem o-beinigen Albino, der alles versucht, um aus den Zitzen seiner Mutter zu trinken. Das Kleine brüllt und jammert und läuft ihr unentwegt nach. Doch sie tritt es weg und stampft mit den Hufen auf.

Nach einigen Tagen ist das Kalb völlig entkräftet, und zwei Jungen werden ins Dorf geschickt, um den Musiklehrer zu holen. Er kommt mit einem Motorrad und bringt ein Saiteninstrument mit, das er an den vorderen Höcker der Kamelstute hängt. Der Wind fährt durch die Saiten und das Kamel steht still und lauscht. Der Musiklehrer setzt sich auf eine Düne und spielt immer wieder dieselbe Melodie. Die Nomadin streichelt die Stute und singt ihr ins Ohr. Der Lehrer spielt, und die Frau singt, bis sich die Augen des Kamels mit Tränen füllen, die die langen Wimpern hinunterlaufen und in den Sand vor ihren Hufen tropfen.

Da hören sie auf zu spielen und zu singen, und die Mutter, der Vater, die Kinder, die Omas und Opas und der Musiklehrer – alle in farbenprächtigen, gefütterten Seidengewändern – verschwinden im Zelt. Das Kalb nähert sich auf wackligen Beinen der Mutter und bekommt endlich seine Milch.

EIN GUTES JAHR SPÄTER stand ich kurz davor, etwas Verhängnisvolles zu tun, das manch einem sicher merkwürdig vorkommen mag. Ich selbst war mir dessen gar nicht bewusst. Ich versuchte nicht, originell zu sein – ich versuchte bloß zu überleben.

Seit wir hergezogen waren, hatte ich die meisten Nächte wach gelegen, manchmal in einem Stadium irgendwo zwischen Schlaf und Wachsein, aber tief geschlafen habe ich nie. Neunzehn Monate der Schlaflosigkeit und des unermüdlichen Schaffens lagen hinter mir. An das Wachsein hatte ich mich inzwischen gewöhnt, ich rechnete schon gar nicht mehr mit diesem Zustand der Vergessenheit, in den die meisten abtauchen, wenn sie sich schlafen legen. Am Tag ging ich mit großem Enthusiasmus meinen Tätigkeiten nach, ohne das jedoch zu sehr nach außen zu tragen. Die Zeit war nur lose zusammengesetzt, wie ein offenes Uhrwerk mit rostigen Zahnrädern und gelockerten Schrauben. Bis zu jenem kalten, klaren Samstag im Juni, als der Hammer auf mich zugerast kam, und ich wusste, dass mein Leben binnen weniger Stunden in gewisser Weise zu Ende sein würde.

Matti arbeitete zu dieser Zeit als Suchtberater in der Entzugsklinik und Nervenheilanstalt Vogur, wo er schwerkranke Menschen tröstete und stützte und von wo er jedes Mal völlig fertig nach Hause kam. Diesmal hatte er eine lange Wochenendschicht und würde nicht vor Montag zurück sein. Beklommen sah ich zu, wie Mínerva die Haare von Pippi Langstrumpf mit einem pinken Filzstift anmalte, sammelte die leeren Haferbreischälchen ein und rief meine Mutter an.

Um elf rollte ihr rotes kugeliges Auto in die Einfahrt, und sie setzte sich kurz zu Mínerva und den Mumins aufs Sofa, während ich den Kindersitz in ihr Auto brachte.

Danke, sagte ich und gab ihnen Fleecehose und Wollpulli mit. Ich muss mich hinlegen, koste es, was es wolle.

Das verstehe ich, mein Mädchen, antwortete sie. Wir machen einfach eine lange Spritztour. Meinst du, der Streichelzoo Slakki hat geöffnet?

Ich verabschiedete sie mit einem Kuss, stellte mich ans Küchenfenster, sah zu, wie sie losfuhren, und schon jetzt war mir klar, wie absurd das alles war. Ich würde nicht schlafen. Allenfalls würde ich zu Ljuba ins Gewächshaus gehen und versuchen, mich mit einem Gespräch über Essen/Ehemänner/Kinder abzulenken und Stecklinge einpflanzen oder Samen in Anzuchtkästen drücken.

Doch als sich mir der Hals zuschnürte und Tränen gegen die Lider drückten, wusste ich, dass Stecklinge und Samen nicht reichten.

Ich wollte raus aus meinem Körper.

Ich wollte träumen.

Im Eckschrank hatte ich eine halbe Flasche thailändischen Selbstgebrannten, den holte ich, setzte mich an den Küchentisch und quälte mir ein paar Schlucke von der hellroten, klaren Flüssigkeit rein, mit Wacholderbeeren und irgendetwas verfeinert, das an Tonic erinnerte. Schlafmittel hatten wir keine – die waren mir nicht geheuer, und auch Matti rührte so etwas nicht an.

Das klaustrophobische Gefühl wurde noch stärker, wenn ich die Augen schloss, daher guckte ich lieber herum, sah die Kochbücher aus dem Nachlass von Mattis Vater, die handbetriebene Apfelsinenpresse, die meine Mutter mir vor zehn Jahren geschenkt hatte, Töpfe und Pfannen, die an Stahlhaken vor dem Küchenfenster hingen, die Messer an der Magnetleiste, das übervolle Gewürzregal und die vielen Postkarten und Bilder am Kühlschrank. Mein Blick wanderte zurück zu den Gewürzen und blieb an einer Dose Bio-Muskatnüsse hängen.

Manchmal reiben wir über Milchreis Muskat, aber nicht zu viel, da die bewusstseinserweiternde Wirkung der Nüsse bei zu starker Dosierung Halluzinationen verursachen kann. Das hatten wir zufällig herausgefunden, nachdem wir die Erfahrung gemacht hatten, dass Milchreis mit einer guten Portion Muskatnuss die Fantasie dermaßen beflügelt, dass man Wachträume bekommt und in einen geistesabwesenden Zustand gerät. Das war schon merkwürdig, diese Wirkung am eigenen Körper zu spüren und am Verhalten anderer wahrzunehmen. Matti merkte nicht viel davon, was vielleicht daran lag, dass er schon ganz anderes ausprobiert hatte, oder auch einfach an seiner Robustheit und Zähigkeit, aber ich erzählte Mínerva an diesem Abend eine ungewöhnlich lange Gutenachtgeschichte und war beleidigt, als sie mittendrin einschlief. Zurück im Wohnzimmer wollte ich lieber in die Luft starren als *Mad Men* zu gucken – was Mattis Misstrauen weckte. Er ging ins Internet und stieß auf den Bericht einiger Jugendlicher, die einen ganzen Haufen frisch geriebenen Muskats konsumiert hatten.

Hier steht, dass es einige Stunden dauert, bis sich die Wirkung richtig entfaltet, sagte Matti. Aber der hier hat das Pulver in heißen Kaffee gerührt, um die Wirkung zu beschleunigen, und ist innerhalb einer Stunde kirre geworden.

Wir lachten über die jungen Leute, die sich so ins Zeug legten, um in einen albtraumhaften Zustand zu geraten, der wohlgemerkt über Tage anhalten konnte, aber vor allem wunderten wir uns darüber, dass wir Halluzinogene in der Küche hatten.

Sicher, dass das wirklich stimmt?, fragte ich.

Ziemlich sicher, antwortete Matti und klickte auf ein Video, in dem sich ein Halbstarker mit Ring durch die Lippe gefilmt hatte, nicht älter als sechzehn, im Hintergrund ein ungemachtes Bett. Er lachte und weinte im Gespräch mit Leuten, die gar nicht da waren. Als er meinte: *Krass, wie viel in diesem Einkaufszentrum los ist*, prusteten wir los, aber als er kläglich und verloren hinzufügte: *Mir geht es jetzt gerade nicht so gut. Ich möchte jetzt gern nach Hause*, blieb uns das Lachen im Halse stecken und Matti stellte das Video aus.

Die Dose war grün mit goldenen Blätterranken, und die Nüsse rappelten vertraut im Blech. So leicht. Unerheblich im Vergleich zu dem Selbstgebrannten, der so schwer im Magen lag. Harmlos.

Hoffentlich kommt es keinem erwachsenen Menschen in den Sinn, sich das anzutun, dachte ich noch, als ich die Reibe aus der Besteckschublade nahm. Die feine, die wir zum Muskatreiben nehmen. Ich holte eine Untertasse, setzte mich wieder an den Küchentisch, öffnete die Dose und nahm eine Nuss heraus. Sie hatte die Größe einer Kirsche. Die Oberfläche hart und glatt.

Eine Stunde später hatte ich mich so heftig übergeben, dass sich Zwerchfell und Rippen wie Fremdkörper anfühlten. Ich taumelte aus dem Badezimmer, fertig, aber völlig bei Sinnen, ließ Wasser in ein Glas fließen und schämte mich.

Es war vorbei. Ich hatte keinen Rausch. Mein Körper verweigerte sich jeglicher anderen Realität, in der seine Gesetze nicht galten. Doch dann überraschte mich die Enttäuschung, als sie sich durch den engen Brustkorb nach oben zwängte und in meinem Kopf aufplatzte. Meine Knie wurden weich, und ich hörte das Glas in die Spüle fallen, ohne dass es zerbrach.

ALS ICH AUFSTAND und hinausging, blieb mein Körper regungslos auf dem Küchenboden liegen. Das kümmerte mich nicht weiter. Und ich stutzte auch nicht angesichts der völlig veränderten Umgebung. Obwohl es bereits Abend war, hatten wir mindestens zwanzig Grad, und es waren viele Leute unterwegs, vor allem einheimische, aber auch einige zugezogene, wie ich. Aus einem Garten in der Nähe drangen Geklapper und Beats und laute Stimmen. Ich wunderte mich über die Spannung, die in der Luft lag, doch dann fiel mir ein, dass heute und die ganze Woche lang Dorffest war. Ohne weiter nachzudenken, lief ich durch schmale gepflasterte Straßen, die sich zwischen dicht aneinandergebauten niedrigen Häusern hindurchschlängelten, an einer Gruppe einheimischer Männer in Festtracht vorbei.

Hallo, sagte ich.

Hey, hey!, rief einer von ihnen.

Ich näherte mich dem Haus von Ljuba und Hlynur und sah Ljuba entspannt auf der Treppe sitzen, in engen Shorts und bauchfreiem Top. Die Tür zeigte gen Westen, in Richtung Straße, und nicht nach Süden, wie sie es eigentlich tat. Dadurch wurde mir klar, dass ich träumte.

Sie gab mir ein Schnapsglas mit einem grünen Getränk und sagte etwas in der Sprache der Einheimischen zu mir.

Wir stießen an und tranken. Ich setzte mich zu ihr und guckte auf unsere nackten Beine. Das hatte etwas Hypnotisierendes, als starrte ich auf eine merkwürdige vierbeinige Kreatur.

I am dreaming, sagte ich.

I know, antwortete sie.

LJUBA BIN ICH ZUM ERSTEN MAL an einem Samstag Anfang Juli begegnet, ein halbes Jahr nach unserem Umzug und elf Monate bevor ich aufgab, das Boot auf Autopilot stellte, runter in die Kombüse stieg und Muskat aß.

Ich schob den Buggy über die Straße. Es war wolkig, die Sonne kam und ging, und ein leichter Wind zupfte an unseren Sonnenhüten. Meiner war grau mit breiter Krempe und der meiner Tochter rot mit rosa Punkten und unter dem Kinn geknotet. Ich steckte barfuß in offenen Schuhen und mir war es schon jetzt ein bisschen zu kalt. Zwei Gewächshäuser und ein Schild, das Gemüse zum Verkauf anbot, hatten mein Interesse geweckt. Ich hatte noch nie jemanden in dem Laden gesehen, aber als meine Mutter früher in diesem Sommer einmal einen Spaziergang durch die Nachbarschaft gemacht hatte, war sie mit einer Tüte Spinat und kleinen Gurken zurückgekommen, die wie Kakteen aussahen – mit Stacheln, die man mit einem Messer abschaben musste. Sie sagte, sie habe das bei einer jungen lettischen Frau gekauft, die einen Sohn in Mínervas Alter habe.

Ist der Laden geöffnet?, fragte ich einen Hauch eifersüchtig. Ich habe da noch nie jemanden gesehen.

Sie wohnen in dem Haus hinter den Gewächshäusern, sagte meine Mutter. Ihr Mann ist Isländer.

Um das Grundstück war ein Stacheldrahtzaun gezogen, und das breite Eisentor schien mit einer Kette gesichert zu sein, doch als ich sie anfasste, glitt sie hinunter und landete auf der trockenen Erde. Als ich das Tor anhob, löste es sich langsam vom Pfosten und schwang schließlich von selbst auf, weit auf den Bürgersteig hinaus. Ich zog den Buggy hinter mir her, passte auf, einer dampfenden Quelle nicht zu nahe zu kommen, die mit einer Palette abgedeckt war, ging um die Ecke und stand schließlich auf einer gepflasterten Fläche; sah eine kleine gelbe Schubkarre, einen roten Spielzeuglaster mit blauer Ladefläche, einen wuchtigen Kübel mit blühender Kapuzinerkresse und die Front des Geschäfts.

Auf den Fensterflächen aus Glas und Plastik hingen lauter kleine Schilder. *Tomaten und Kräuter*, stand auf einem davon. *Kartoffeln Kohlrabi Karotten* auf einem anderen. *Bitte anrufen unter 842 6624 Hlynur oder 748 9548 Ljuba.*

Mínerva rannte sofort zur Schubkarre, als sie aus ihrem Wagen geklettert war, und kippte sie, sodass das Regenwasser vom Vortag über das Pflaster floss. Ich spähte durch die Scheiben und sah einen Ladentisch mit Plastiktischdecke und einer altmodischen Kasse, zwei in die Jahre gekommene Kühlschränke, die größte Aloe-vera-Pflanze, die ich je gesehen hatte, ordentlich aufgereihtes Basilikum in braunen Plastiktöpfen, eine Regalkombination mit verschiedenen Behältern und Kunsthandwerk und einen geheimnisvollen Vorhang, der den Laden vom eigentlichen Gewächshaus trennte.

Die Tür ging auf, als ich eine Hand auf die Klinke legte. Es roch schwer und süß, und die Schatten waren dunkel. Ich trat in einen kühlen, dunklen Flecken und gleich darauf in eine sengende Sonnenpfütze, streifte dunkelgrüne Basilikumblätter und sah mir Marmeladengläser mit Bildern von Schwarzen Johannisbeeren und Kirschen an. Auf dem Boden stand ein Korb voll roter und grüner Tomaten, und in den Fenstern waren Töpfe mit Rosmarin, Schnittlauch und Thymian. An der Tür rankte eine Kletterpflanze mit Glockenblüten ein hohes, schmales Gitter empor.

Leicht nervös schob ich den schweren Vorhang ein bisschen zur Seite und guckte durch die Öffnung – ich hatte keine Erlaubnis, hier zu sein. Hinter dem Vorhang war ein hoher Raum, gleißend hell, feucht und wärmer als erwartet. Auf die Schnelle erkannte ich Erdbeerpflanzen, Spinat und Grünkohl. Ein kleines Radio murmelte in einer Ecke knackend vor sich hin, und durch eine Rinne im Boden floss Wasser. Mit den Augen folgte ich dem langsamen Strom und sah verschiedene Rohre, Leitungen und Schläuche davon abzweigen. Aus einem dünnen Eisenrohr plätscherte es in einen großen Bottich, und es lag eine eigenartige Fülle in der Luft, als wären das Licht und der schwere, vergorene Geruch miteinander verschmolzen.

Ich fühlte mich erleichtert und leer zugleich, als ich den Vorhang losließ und zur offen stehenden Ladentür lief, um nach dem Kind zu sehen. Sie versuchte gerade, eine schwarze schlanke Katze zu streicheln, die sich auf dem Weg wälzte und mit den Tatzen nach der suchenden Kinderhand schlug.

Nicht am Bauch streicheln, Schatz, sagte ich, während ich das Handy aus der Tasche zog und Ljubas Nummer wählte.

Hallo?

Kann ich bei dir Gemüse kaufen?, fragte ich.

Nach kurzem Schweigen fragte sie: Bist du im Laden? *You are in the shop?*

Ja, oder davor, sagte ich und pflückte ein rundes Blatt von der Kapuzinerkresse.

I come.

Ich steckte das Blatt in den Mund und schmeckte den milden Radieschengeschmack.

Mínerva schnappte sich einen Stängel mit gelber Blüte und riss ihn ab. Ich nahm ihr geballtes Fäustchen und drehte es so, dass ich in die Blüte hineingucken konnte; sie war leer. Keine Biene. Langsam führte sie die Blume zu ihren Lippen, steckte sie ganz in den Mund und biss den Stängel durch.

Ist in Ordnung, sagte ich. Du kannst die Blume ruhig essen.

Noch bevor die beiden um die Ecke kamen, hörte ich sie heranknirschen. Eine dünne, ernste Frau mit großen Augen und ein Junge im Buggy, dessen Gesicht nicht zu sehen war, sondern nur die blonden, fast weißen Löckchen. Mínerva versuchte, in ihren Buggy zu klettern, und ich half ihr dabei. Die Kinder starrten sich an.

Hi, sagte ich zu dem Jungen, der mich keines Blickes würdigte.

Die Frau sagte irgendetwas auf Russisch zu ihm, und ich hörte, dass sie ihn Fjodor nannte.

Heißt du Fjodor?, fragte ich und fügte hinzu: Das ist Mínerva. Ich heiße Eva.

Ljuba, sagte die Frau.

Bist du Russin? Du hast gerade Russisch gesprochen, oder?, fragte ich.

Ich komme aus Lettland, sagte sie. Gut, dass du angerufen hast. Gefällt mir, wenn die Leute sich trauen. Bist du frisch hergezogen?

Im Dezember, antwortete ich.

In welches Haus?

Das dritte von hier, sagte ich und zeigte quer über die Straße. Nummer elf.

Ihre großen graublauen Augen wurden noch größer. Das mit den Töpfen und Pfannen vorm Küchenfenster?

Ja.

Sie schüttelte den Kopf und konnte sich das Lachen kaum verkneifen. Dann ließ sie ihren Blick über eine Reihe roter Tulpen in einem schmalen Beet vor der Glaswand wandern.

Die Katze war aufgestanden, staubig vom Wälzen auf dem Weg, und strich um die Beine ihrer Besitzerin. Ahh, seufzte Ljuba und sagte etwas zu ihr. Auf Russisch. Ich war mir ganz sicher. Sie hat gerade Junge gekriegt, sagte sie an mich gewandt, aber ich weiß nicht, wo sie sind. Ich weiß nur, dass sie schwanger war, und jetzt ist sie es nicht mehr.

Ich nickte.

Warte kurz, sagte Ljuba und verschwand im Laden.

Ich drehte mich zur Sonne und spürte die Wärme auf der Brust. Das Gesicht lag im Schatten der Hutkrempe. Eine Bachstelze setzte sich unweit von uns aufs Pflaster und wippte mit dem Schwanz auf und ab.

Ljuba kam mit zwei kleinen Papiertüten wieder heraus und gab die eine ihrem Sohn und die andere meiner Tochter. Fjodor fing sofort an, sich Cocktailtomaten in den Mund zu stecken. Ich nahm Mínerva die Tüte aus der Hand, biss eine Tomate durch und gab ihr eine triefende, unappetitliche Hälfte. Ljuba sah uns mitleidig an. Hast du so eine Angst, dass sie sich verschluckt?

Ja, antwortete ich.

Fjodor pflückt sie sich am liebsten gleich vom Strauch,

sagte sie. Er stopft sie sich in den Mund, manchmal mehrere auf einmal. Ich lasse ihn machen. Ich habe keine Angst. Aber meine Mutter hatte auch Angst um mich, als ich klein war. Weil sie mir mit vier Monaten versehentlich alten Hirsemilchbrei gegeben hatte und ich eine so schlimme Lebensmittelvergiftung bekam, dass die Ärzte dachten, ich würde es nicht überleben.

Aber du hast überlebt, sagte ich.

Ja, nach ein paar Tagen im Krankenhaus haben die Ärzte uns nach Hause geschickt. Sie meinten, es sei am besten, wenn ich zu Hause sterben würde. Meine Omas wollten, dass ich getauft werde, solange ich noch Lebenszeichen zeigte, damit ich richtig bestattet werden konnte, sonst wäre ich außerhalb des Friedhofs begraben worden. Sie dachten, mein Herz würde stehen bleiben, als der Pfarrer mich tief in das Fass tauchte. Aber genau das hat mich gesund gemacht, dass er mich dreimal ins kalte Wasser getunkt hat. Am nächsten Tag war ich schon wieder deutlich kräftiger und konnte aufgesetzt werden. Jahrelang konnte ich kaum etwas essen – ich habe mehr oder weniger von Bratkartoffeln gelebt.

Dreimal in kaltes Wasser getaucht?, wiederholte ich. Hier wird den Kindern nur ein kleines bisschen Wasser über den Kopf gegossen.

Es hatte etwas so unglaublich Leuchtendes, wie sie erzählte. Ich wusste nicht, ob ich mich vor allem für sie interessierte oder ob ich ihr nur beim Erzählen zuhören, mich in das Leben eines anderen Menschen hineinfühlen wollte.

Sie nickte und wischte Tomatenkerne von Fjodors Kinn. Bei uns werden junge Männer mit Eimern losgeschickt, um Wasser aus einem Bach zu holen und das Fass in der Kirche zu füllen. Dann hält der Pfarrer dem Kind Ohren und Nase zu, so … (sie drückte sich die Nasenlöcher mit den Daumen zu und steckte sich die Zeigefingerspitzen in die Ohren), und taucht es tief hinein. Drei Mal. Meine Omas nannten es ein Wunder, aber mein Papa, der Pfarrer hasste, meinte, dass doch allgemein bekannt sei, wie gesund kalte Bäder sind.

Willst du mit zu mir kommen?, fragte ich. Ich kann uns einen Kaffee kochen.

Sie guckte in die Luft und dann auf ihre langen Fingernägel, mit Trauerrand unter dem hellen Nagellack. Meine waren sauber und kurz, bis zum Fleisch heruntergeschnitten. Ich weiß nicht, ob ich Zeit habe, murmelte sie. Also … ja gut. Eine Tasse. Aber ich bleibe nicht lange, höchstens eine halbe Stunde.

Das passte mir gut.

Wolltest du nicht Gemüse kaufen?, fragte sie. Was brauchst du?

Was hast du denn da?, fragte ich zurück und spähte zu den Schildern im Fenster. Kartoffeln und Möhren?

Bist du verrückt?, rief sie. Die sind vom letzten Herbst. Sie ging rein und nahm das Schild aus dem Fenster. Ich habe eigentlich nur Tomaten und Gurken, sagte sie, und ich guckte vom Türspalt aus zu, wie sie kleine Kaktus-Gurken aus dem Kühlschrank holte, eine Papiertüte mit Tomaten füllte und ein dickes Büschel Basilikum abschnitt.

Grünkohl?, fragte ich.

Sie verschwand hinter dem Vorhang und kam mit einem großen Bund zurück. Und auf dem Weg durch die Tür drehte sie ein dickes Blatt von der Aloe-vera-Pflanze ab. Es war so lang wie ihr Arm, Schleim tropfte aus der Bruchstelle. Die kannst du mehrere Wochen im Kühlschrank aufbewahren, sagte sie. Wenn ihr Halsschmerzen habt, hackst du das Fleisch in Honig, und den Saft kannst du direkt auf Wunden und Sonnenbrand auftragen.

Danke, erwiderte ich und holte mein Portemonnaie hervor.

Fünfhundert, sagte sie.

Sicher?, fragte ich.

Du kannst dich darauf verlassen, wenn ich dir einen Rabatt gebe, dann mache ich das, weil ich es so will, sagte sie.

ICH GAB IHR EINEN ROTEN SCHEIN mit dem Porträt von Jón Sigurðsson, dann machten wir uns im Gänsemarsch auf den Weg, und mir fiel auf, dass die Palette über der Quelle schneeweiß war – das Holz wie dampfgegart. Ein bellender Hund war zu hören, aber nirgends zu sehen, und ein lang gezogenes Sirenengeheul in der Ferne passte nicht zum Gesamtbild.

Mein Gefühl nahm zu, irgendwie im Unrecht zu sein, etwas zu nehmen, das nicht mir gehörte. Ich blickte zu Ljuba, die zwei Schritte vor mir lief und zufrieden wirkte. Ich raubte sie ja nicht aus – ich lud sie nur zum Kaffee ein. Sie versuchte Späßchen mit Mínerva zu machen, doch die guckte schüchtern weg, und auch Ljuba drehte schnell ihren Kopf zurück, ihr aschblonder Pferdeschwanz schwang herum, und sie lachte kurz auf. Sie hatte einen federnden Gang und machte schnelle Bewegungen. Fast schien es, als entwischte sie ihrem eigenen Schatten, als sie davonsprang, um am Wegesrand Pusteblumen für die Kinder zu pflücken.

Pusten, pusten, rief sie.

Nachdem ich hierhergezogen war, wollten alle immer wissen, ob die Nachbarn nicht neugierig seien. Darauf antwortete ich meist mehr scherzhaft als ernst, dass eher ich die Neugierige sei, die wissen wolle, was die Nachbarn so trieben. In diesem Moment jedoch fühlte es sich gar nicht scherzhaft an, sondern wahr – als wäre jetzt die Zeit gekommen, den Worten Taten folgen zu lassen, indem ich eine ahnungslose Nachbarin in mein Haus lockte und hinter uns die Tür schloss.

Du kannst die Schuhe ruhig anlassen, sagte ich, als wir drinnen waren.

Nein, die sind voll Erde, widersprach sie.

Draußen bellte immer noch der Hund und rief die bedrückende Erinnerung daran wach, wie Matti und ich einen Winter lang im Sommerhaus in Grímsnes zugebracht hatten. Das war einige Zeit vor Mínerva gewesen. Den ganzen Winter über taten wir kaum etwas anderes als zu schreiben und zu lesen.

Es war Mitte Januar, nach sechs und stockfinster – Sterne und Mond hinter Wolken versteckt. Matti bot an, etwas zu kochen, und ich schnürte meine Wanderschuhe und ging raus. Dank vereinzelter Laternen auf Privatgrundstücken und des beinahe phosphoreszierenden Schnees konnte ich mich am Rand des schmalen Schotterwegs orientieren.

Von vorne näherten sich Scheinwerferlichter, die bald blendeten, begleitet von lautem Hundegebell. Es war ein Mann im Winterparka in einem Pick-up, auf dem Beifahrersitz saß ein Hund, und die Fenster auf beiden Seiten waren geöffnet. Er musterte mich mit strengem Blick, als er langsam an mir vorbeirollte. Ich grüßte, aber weil sein Hund so laut war, hörte er mich nicht. Ich lief weiter, doch als das Bellen wieder lauter wurde und hinter mir Reifen knirschten, wusste ich, dass das wieder der Parkamann war. Diesmal bremste er nicht ab, als er an mir vorbeifuhr, fast bis zur Landstraße, dann drehte er um und kam schon wieder angefahren, hielt das Auto auf meiner Höhe an und wünschte einen guten Abend.

Guten Abend, antwortete ich.

Wohin wollen Sie denn?

Ich mache einen Spaziergang, und Sie?

Einen Spaziergang? Im Dunkeln?, fragte er. Mein Ferienhaus ist gleich da hinten. Hier in der Nachbarschaft ist viel eingebrochen worden. Deshalb fahre ich abends manchmal herum und gucke, ob alles in Ordnung ist.

Ich bin in einem Haus ganz in der Nähe, und mir ist niemand begegnet, sagte ich.

Sie haben hier ein Ferienhaus?, fragte er. Ich habe Sie noch nie gesehen.

Ich habe Sie auch noch nie gesehen, erwiderte ich.

Aber was tun Sie hier?, fragte der Mann. Warum sind Sie zu Fuß unterwegs?

Weil. Ich. Spazieren. Gehe, sagte ich, doch obwohl ich die Stimme erhoben hatte, kam ich nicht gegen den Hund an, der seinem Herrchen schon fast auf den Schoß gestiegen war und tierisch laut kläffte. Und was tun Sie hier?, fügte ich hinzu, mit Betonung auf dem Wort *Sie*.

Ich war froh, als der Mann Gas gab und davonbretterte. Doch er musste natürlich noch einmal wenden und zum vierten Mal an mir vorbeifahren, und als die Rücklichter außer Sichtweite waren, zitterte ich, als hätte man mich mit Diebesgut gefasst.

LJUBA SAH SICH IN WOHNZIMMER/KÜCHE um. Es ist anders, als ich es mir vorgestellt hatte, sagte sie.

Wie denn?

Ich weiß nicht, sagte sie und guckte zur Decke, wo Beamer und Boxen an den Balken befestigt waren.

Ich goss Kaffee auf, während die Kinder sich um das Spielzeug zankten und Ljuba sofort dazwischenging. Sie setzte sich höchstens mal für einen kurzen Moment irgendwo hin, bis sie wieder aufsprang, herumlief oder sich hinhockte, soweit es die enge Jeans erlaubte, und ich hörte sie immer wieder sagen: Nicht, Fjodor, sei lieb zu ihr, sie ist ein Mädchen. Und einmal haute sie ihm kräftig auf den Po, sodass er weinte, woraufhin sie ihn sanft tröstete. Ihre Reaktionen und Methoden waren deutlich anders, als ich es gewohnt war.

Aber in Gedanken war ich bei einem vier Monate alten Baby in einem lettischen Krankenhaus, dessen kleiner Körper nur noch dahinvegetierte.

Vor langer Zeit stand ich einmal im Zentrum von Reykjavík an einer Bar und sagte zu meiner Bekanntschaft, dass ich mich verliebt hätte. Er sah mich mit Ekel im Blick an und sagte: *Das überfällt mich jetzt wie ein Eimer Pipi über den Kopf.*

Der Wunsch, alles über Ljuba zu wissen, hatte mich schon überfallen, bevor ich sie zum ersten Mal sah; bevor sie mit dem Buggy um die Ecke kam. Ich versuchte, mich zu erinnern, wann genau das geschehen war: Als ich ihren Namen und ihre Nummer auf dem Schild las? Als ich durch den Vorhang ins Gewächshaus lugte? Als ich ihre Stimme am Handy hörte?

Die Kinder bekamen Milch und Schmalzgebäck und Ljuba und ich aßen selbst gebackenes Dattelbrot zum Kaffee. Ich überlegte, wie es wohl wäre, Ljubas Mutter zu sein, auf dem Heimweg vom Krankenhaus mit einem todkranken Kind im Arm. Ich dachte an Leni Riefenstahl im Krankenhaus in Nairobi in Britisch-Ostafrika, das heute Kenia heißt. Das war 1956: Leni war nach einem Autounfall völlig zertrümmert und hatte eine durchlöcherte Lunge. Die Ärzte hatten sie schon aufgegeben, sagten, dass ihre Verletzungen zu schwer seien, als dass man noch irgendetwas für sie tun könne, und sie war in den Händen von britischen Krankenschwestern, die das Essenstablett außer Reichweite abstellten und unangetastet wieder mitnahmen. Das Wasserglas und die Klingel, um nach Hilfe zu rufen, falls sie in Atemnot geriet, standen auf dem Nachttisch neben dem Bett – in Sichtweite, aber zu weit weg, um sie erreichen zu können.

Als sie so weit genesen war, dass sie an Krücken laufen konnte, rief sie ihren Freund George an, der anbot, sie abzuholen. Der Plan war, dass sie sich in ruhiger Umgebung bei George und seiner Frau ausruhte und erholte. Ihre Wahrnehmung und die Faszination für das Leben waren auf einem Höhepunkt, nachdem sie wieder einmal dem Tod so brutal in die Augen geblickt hatte. Sie sah sich um, tat einen Seufzer angesichts der hügeligen Landschaft mit ihren Sandbänken und dem aufgerissenen Lehm, den Bäumen und Büschen, die teils nackt waren, teils noch ihren Laubschmuck trugen, und zuckte auf ihrem Autositz zusammen, als sie zwei anmutige Männer am Wegesrand laufen sah; groß, mit ockergelbem Lendenschutz, Kopfschmuck aus Straußenfedern und Schild und Speer in der Hand. Sie ignorierten den Jeep, doch Leni fasste Georges Arm und rief: Halt das Auto an!

Verdutzt sah George sie an.

Halt an!, schrie sie. Wir müssen ihnen anbieten mitzufahren!

Vergiss es, antwortete George. Die stinken.

Frustriert guckte Leni durch die Heckscheibe, sah aber nur hohe Wolken aus Straßenstaub. Zu welchem Stamm gehören sie?, fragte sie.

Massai, antwortete George.

Diesen Stamm sollte Leni später noch besser kennenlernen. Sie reiste unzählige Male nach Afrika, um sich unter die stolzen und kämpferischen Massai zu mischen und sie zu fotografieren. Vor allem aber schloss sie das sanfte und friedliche Volk der Nuba in ihr Herz.

Die Nuba wurden ihre Berufung und Pilgerstätte. Sie wurden zum Objekt ihrer Linse und offenbarten ihr gleichzeitig die Wahrheit über sich selbst und die Menschheit. Bei ihnen fand sie die Zuflucht, die sie suchte, die Gegenantwort auf die hektischen Widersprüche ihres Lebens, Vergebung, ein Universalelixier.

Auch mein Interesse an Ljuba war extrem persönlich, auch wenn mir nicht ganz klar war, was genau mich so anzog. Sie hatte auf jeden Fall etwas an sich, das mich neugierig machte, wie ein längst verstorbener Filmstar oder ein noch kaum erforschter Winkel der Menschheitsgeschichte. Doch je mehr sie von sich erzählte, desto sicherer war ich, dass sie meine Zuflucht werden, mir Frieden schenken, mir das Schlafen wieder beibringen konnte. Diese Vorstellung war so abwegig und verboten, dass sie einfach wahr sein musste.

Riefenstahls Ansatz wirkt heute nicht mehr selbstverständlich. Man pickt sich nicht eine Gruppe Menschen heraus und macht sie zum Symbol für die Unschuld des Menschen. Die Sehnsucht nach dem Mutterleib lässt sich nicht auf ein anderes Volk projizieren, selbst wenn es keine Kleidung kennt und noch nie etwas von Political Correctness gehört hat.

Aber es ist erlaubt, anderen zuzuhören, ihre Geschichte aufzunehmen und zuzulassen, dass sie eine neue Gestalt annimmt. Jeder Mensch ist der Quell des eigenen Mythos', und Ljuba war der Quell, den ich brauchte. Ljubas Geschichte würde mein Leben retten. Ljuba würde mich neu gebären; ich würde perfekt erschaffen aus ihrer Hand erwachsen – oder so ähnlich. Ich wusste nicht genau, was es war. Das war mehr ein Gefühl als ein logischer Gedanke.

Wenn man eine Geschichte beginnt, muss man sie auch zu Ende erzählen, sagte ich.

Ich habe keine Geschichte begonnen.

Nein, aber du hast eine durchblicken lassen.

Was heißt das?

Du hast etwas in diese Richtung angedeutet.

Sie strahlte, als hätte sie ihr Misstrauen überwunden und könnte nun die Aufmerksamkeit genießen.

Warum hat dir deine Mutter alten Brei gefüttert?, fragte ich. Wart ihr so arm? Gab es nichts anderes zu essen?

Sie schüttelte den Kopf. Das war ein Versehen. Ein vergessenes Schälchen im Kühlschrank, das sie für den Rest vom Vortag hielt. Sie vergaß, den Brei zu probieren, bevor sie ihn mir gab. Oder sie hatte die Nase voll. In den ersten Monaten, vor der Vergiftung, habe ich Tag und Nacht geschrien.

Sie lachte und wischte Fjodors Milchbart weg, dann erzählte sie weiter: Ob wir arm waren, weiß ich nicht. Nicht ärmer als andere im Dorf.

Welches Dorf?, fragte ich. Erzähl mir von dem Dorf, bat ich, als spräche ich mit dem Propheten aus dem Buch von Khalil Gibran. *Sprich uns von der Liebe. Sprich uns vom Tod. Sprich uns von den Kindern, der Freundschaft, der Ehe, der Freude, dem Leid.* Sprich mir vom Dorf.

Ich weiß nicht, was ich erzählen soll, sagte Ljuba.

Erzähl einfach, wie dein Leben war, bevor du nach Island kamst.

Sie zuckte mit den Schultern. Ganz normal, sagte sie und stand auf. Trat ans große Wohnzimmerfenster und sah hinaus. Baut ihr was im Garten?

Matti baut einen Holzunterstand, antwortete ich.

Ihr braucht keinen Unterstand, sagte sie. Ihr müsst das Holz nur auf eine bestimmte Art aufschichten, an einer Hauswand. Ich zeige euch, wie das geht.

Erzähl mir von deiner Mutter, bat ich. Lebt sie noch? Hörst du manchmal von ihr?

Ja, in den letzten Tagen höre ich sogar täglich von ihr, antwortete Ljuba. Sie macht sich solche Sorgen um eine Kuh, die nicht mehr auf die Beine kommt. Sie gab fünfunddreißig Liter Milch am Tag, und jetzt liegt sie nur noch, und es ist nicht sicher, ob sie durchkommt. Die arme Mama. Sie liebt ihre Kühe. Einmal ist eine gestorben, weil sie vom Blitz getroffen wurde. Der Blitz hat in das Eisenjoch eingeschlagen, das sie um den Hals trug. Sie war sofort tot. Mama hat eine Woche lang Schwarz getragen.

Ljuba schüttelte den Kopf. Ach, sie ist so alt und fertig. Klagt und jammert, alles tut ihr weh, und sie hat alles: Muskelentzündung, Gicht, chronische Müdigkeit – aber sie will nichts dagegen tun. Will nicht zum Arzt gehen, weigert sich, in Kur zu gehen oder zu meiner Schwester nach Riga. Jemand muss sich um die Schweine und Hühner kümmern und das Gemüse wässern. Sie ist erst sechzig. Ich muss aufpassen, dass ich nicht so ende wie sie. Ich arbeite viel zu viel. Weiß nie, wann ich aufhören muss. Ich habe ein Foto von ihr zu Hause, das zeige ich dir irgendwann mal.

Sie sagte irgendetwas im Befehlston zu Fjodor, dann sah sie mich an und seufzte: *I have to go take care of beans.*

VIELLEICHT WILLST DU RUNTER zum Fluss gehen, sagte die Traum-Ljuba und teilte den restlichen Schnaps auf unsere Gläschen auf. Dann kannst du die mitnehmen, fügte sie hinzu und hielt die leere Flasche hoch.

Warum sollte ich?

Unser Freund ist dort, antwortete sie. Alle gehen hin. Sie zeigte mit dem Kinn in Richtung einiger Leute, die mit Eimern und Töpfen die Straße hinaufgestürmt kamen.

Gehst du nicht hin?, fragte ich.

Ich muss wässern, antwortete sie, *I need to give water*, aber ihr Grinsen gab zu verstehen, dass »wässern« in Wirklichkeit hieß, dass sie weder Zeit noch Geduld für so etwas hatte.

Ich stand auf, denn meine Neugierde war geweckt, und außerdem hatte ich mich daran gewöhnt, ihren Anweisungen zu folgen. Anfangs war sie nur meine Gemüsehändlerin gewesen, aber später wurde sie auch meine Arbeitgeberin und Vorgesetzte. Das erzähle ich noch genauer.

Geistesabwesend schloss ich mich den Leuten an, eine Tonflasche mit Bügelverschluss in der Hand. Ich wollte gerade kehrtmachen und nachfragen, was sie mit *unser Freund* gemeint hatte, als mir ein Licht aufging.

 Die letzte russische Zarin nannte ihren geistigen Führer Rasputin in Briefen und Notizen immer nur *unseren Freund*. Denn es war Blasphemie und gefährlich, seinen Namen zu nennen, weil es in der Gesellschaft keinen Platz gab für den Gedanken, dass sich ein Bauernsohn am Zarenhof niederlässt und dem Zarenpaar sagt, was es zu tun hat. Es wurde als unsagbare Schmach aufgefasst, dass die Zarin Hemden für einen Rüpel bestickte, der des Lesens und Schreibens nicht mächtig war – beinahe so, als machte man einen Hund zum Premierminister.

In ganz Europa ging es dem einfachen Volk dreckig, und die Menschen wurden unterdrückt, aber nirgendwo war es so schlimm wie in Russland, wo die Grundbesitzer ihren Reichtum in Menschenseelen zählten, die zu ihrem Land gehörten. Der Adel konnte sich nach Belieben jede dieser schuftenden Seelen schnappen und zum Kutscher, Dienstmädchen, Sattler, Hofnarren oder Buchprüfer machen. Und wer seine Aufgabe nicht zur Zufriedenheit erfüllte, bekam Hiebe und wurde zurück in den Stall oder auf den Acker geschickt. Menschen waren Werkzeuge, die nicht geschont werden mussten, weil es genug davon gab und sie sich von allein vermehrten.

Als ich im Traum hinunter zum Fluss lief, war es hundert Jahre her, dass Rasputin wie ein brennendes Streichholz ans Pulverfass des Zarenreichs gekommen war. Er kam wie ein Komet vom Himmel, um dem Unrecht ein Ende zu bereiten und Platz zu schaffen für eine andere elende Diktatur.

Das Zarenpaar glaubte, dass Rasputin ihren kleinen Jungen von der Bluterkrankheit heilen könne, und sie taten alles, um es ihm recht zu machen. Sie vernachlässigten Hofstaat und Volk und ließen sich auch nicht davon beirren, dass hinter jeder Ecke über eine vermeintliche Affäre zwischen Rasputin und der Zarin gelästert wurde und über die Feigheit des Zaren, dass er sich das gefallen ließ.

Die Menschen im Land fürchteten, bewunderten und hassten Rasputin so sehr, dass es nur auf eine Art enden konnte. Ihm selbst war völlig klar, was passieren würde, und je näher er seinem Ende kam, desto deutlicher wurde er denen gegenüber, die ihm nahestanden. Ich weiß, dass man mich töten wird, und es ist mir gleichgültig, sagte er. Schlimm ist nur, was dann mit Alexandra, Nikolaus und den Kindern geschieht. Das Zarenreich wird mit mir untergehen.

Im März 1916 war Rasputin zu einem Besuch in den Jussupow-Palast geladen, wo Felix Jussupow und weitere bekannte Köpfe über ihn herfielen. Zu diesem Zeitpunkt hatte er bereits zwei Mordanschläge überlebt: einen Messerstich in den Bauch und ein Auto, das in seine Droschke hineingerast war. Ihm wurden vergifteter Wein und vergiftetes Gebäck angeboten, und als das Gift nicht wirkte, wurde aus kurzer Distanz mehrfach auf ihn geschossen, er wurde zusammengeschlagen und schließlich in ein Eisloch in einem der Flussarme der Sankt Petersburger Newa geworfen.

Als sich herumsprach, dass Rasputin im Fluss ertränkt worden war, strömten die Leute aus allen Himmelsrichtungen mit Gefäßen herbei, um sich etwas von dem Wasser zu holen. Entweder, weil Rasputins Seele darin gelegen hatte und es dadurch gesegnet war oder weil das Wasser mit seiner Heiligkeit das Böse erstickt hatte.

Einige Monate später wurden auch das Zarenpaar und seine Kinder hingerichtet. Das war das Ende des russischen Zarenreichs.

ES GIBT FOTOS VON RASPUTIN im Leichenschauhaus, mit einer sauberen Schusswunde in der Stirn, die an den Hennafleck der Hindufrauen erinnert, und andere, auf denen er starr gefroren am schneebedeckten Flussufer liegt, die Arme über den Kopf gestreckt; sein starker Körper mit einem Seil an einen Schlitten aus Holz und Metall gebunden. Aber an einem so milden Sommerabend wie diesem würde man wohl kaum jemanden starr gefroren aus der Varmá fischen. Ich befand mich in einem Traum.

Die Leute, denen ich mich angeschlossen hatte, trugen kurze Hosen, Sommerkleider oder knappe Trachten. Wir liefen zügig und zielstrebig, manche unterhielten sich im Gehen, und es stießen immer mehr Menschen dazu.

Was werden Sie mit dem Wasser machen?, fragte ich den Mann, der mit einem baumelnden Eimer am Bein konzentriert neben mir lief.

Ein Liebesmittel.

Ein Liebesmittel?

Ja was denn, Mädchen, sagte er und gab ein kurzes, hektisches Lachen von sich. Sie wissen doch, dass der kleine Freund unseres Freundes riesig war und mit der halben weiblichen Nation verkehrt hat. In erster Linie natürlich mit der Zarin persönlich.

Ich konnte es mir nicht verkneifen, den Mann zu korrigieren: Es stimmt nicht, dass Rasputin und die Zarin ein Liebespaar waren. Sie hat ihn geliebt und bewundert und gebraucht – ihren eigenen Propheten und Mann Gottes –, so sehr, wie sie von Angst und Nervosität und der Ahnung geplagt war, dass etwas Schreckliches bevorstand. Aber sie waren keine Liebenden in dem Sinne, wie Sie das meinen.

Na, dann habe ich da unten wohl nichts zu suchen, entgegnete der Mann und lief trotzdem weiter.

Auf einmal stand ich vor ihm, war eine der vielen. Ein Polizist und eine Polizistin warteten unschlüssig in der Nähe, als scheuten sie sich zu stören. Die Menge schöpfte Wasser aus dem Fluss, manche tranken es gierig, andere wuschen sich damit.

Er lag im Gras: barfuß, in einer weiten schwarzen Hose aus grobem Wollstoff und einem weißen Hemd, das um die Taille mit einer roten Schärpe zusammengebunden war. Der Fleck auf seiner Stirn war nichts weiter als ein Kratzer. Langsam arbeitete ich mich zur Leiche vor, die tiefe Geräusche von sich gab und so heftig hustete, dass die dunklen Haare und der Bart zitterten.

Irgendwer fasste meinen Arm und ließ ihn gleich wieder los; ich sah nicht, wer es gewesen war. Da öffnete Rasputin seine allsehenden Augen, die einen Zaren dazu brachten, unvorsichtig mit seiner Macht umzugehen, und Frauen dazu, ihre Kleider abzulegen.

Wir schnappten nach Luft und wichen zurück.

Mich beschlich der furchterregende Gedanke, dass, da Rasputin lebte, alles passieren konnte. Die Wirklichkeit schien sich hier drüben noch nicht einmal an sich selbst zu halten. Ich hatte keine Kontrolle. Ich stand nicht aus eigener

Initiative hier, vor einem zum Leben erwachten Glaubensführer, in meinem Wohnort, der gewachsen zu sein schien und sich in den Süden bewegt hatte. Die Straßen waren enger, als sie sein müssten, und die zwei- oder dreistöckigen Häuser klebten aneinander, anstatt wie kleingewachsene, erdverbundene Sieger auf ihren eigenen Grundstücken zu hocken.

Und das Meer rückte dem Ort auf die Pelle, der eigentlich viel weiter im Landesinneren lag. Gleich unter dem Schwimmbad Laugaskarði wurde der Fluss breiter und flacher, dort, wo er ins offene Meer floss. Ich ging hinunter zur Mündung, und mit jedem Schritt wurden meine Füße und mein Gemüt schwerer, bis der Kummer so erdrückend war, dass ich nicht mehr von der Stelle kam. Die Wellen waren grau, wie von Druckerschwärze verfärbt, und auch ihre Form war merkwürdig, eher eckig als geschwungen. Am Rande des Flachwassers dümpelten dicht beschriebene Papierschiffchen mit bedruckten Segeln. Schlafend auf die Todesmündung zu, hörte ich jemanden sagen, doch als ich mich umdrehte, war da niemand.

DIE BOHNEN WUCHSEN NICHT, sondern schossen vielmehr aus der Erde, wurden binnen weniger Tage mannshoch. Die großen Blätter erinnerten an Hände, die die Sonne auffangen wollten und sich immer dorthin bewegten, wo sie schien. Viel Sonnenschein gab es diesen Sommer beileibe nicht – es regnete die meiste Zeit –, doch die Gewächshäuser speicherten Licht und Wärme, worauf die Pflanzen mit hellgelben Blüten antworteten. Grüne Köpfchen schoben sich aus den Blüten und wurden zu langen, festen Hülsen, von denen manch eine in meinem Kochtopf landete, in leicht gesalzenem Wasser gekocht und anschließend in Butter, Sojasauce und Knoblauch gebraten.

Ljuba und ich hörten fast täglich voneinander, aber als sie das erste Mal anrief, jagte sie mir einen gehörigen Schrecken ein. Eva, sagte sie ganz ernst. Kannst du kommen? Sie sprach langsam und klang so, als wenn etwas passiert wäre. Aber dann fügte sie in derselben dramatischen Langsamkeit hinzu: Die Möhren sind da.

Von da an ließ ich mich von solchen Anrufen nicht mehr beunruhigen, sondern zog mit einer Tüte und ein bisschen Kleingeld in der Tasche los und kam mit Möhren, Rüben, Kohlrabi, Kartoffeln, Brokkoli, Blumenkohl, Grünkohl, Rhabarber, Basilikum, Rosmarin, Senf- und Brunnenkresse,

Thymian, Tomaten, Gurken, Rucola, Porree und Bohnen nach Hause. Manchmal gab es auch ein Glas selbst gemachte Stachelbeerkonfitüre oder Sauerkraut. Sauerkraut! Und ich dachte, das gäbe es nur in deutschen Romanen: ekeliges Zeug, das mit Würstchen gegessen wird, um Skorbut vorzubeugen. Aber mit gehacktem Schnittlauch und Olivenöl ist Sauerkraut eine der erfrischendsten Mahlzeiten überhaupt.

Ich hatte das Gefühl, nie genug zu bezahlen, aber Ljuba wurde ungeduldig, wenn ich Zweifel daran durchblicken ließ, ob unser Handel fair war. Eva, darüber haben wir doch gesprochen, sagte sie dann mit ihrer typischen Ernsthaftigkeit.

Im Gewächshaus hinter dem Laden gab es drei große Becken mit Goldfischen und zwei noch größere mit asiatischen Riesengoldfischen – gelbe, weiße und rote Kaventsmänner, die Streicheleinheiten mochten. Manchmal nahm Ljuba Mínerva auf den Arm, und dann durfte sie Futter über den Strudel aus aufgerissenen Mäulern, Flossenschlägen und Wellen streuen.

Mit der Zeit wurde mir auch klar, welche Aufgabe sie erfüllten, all diese Rohre und Leitungen, das fließende und tröpfelnde Wasser, das Runde um Runde durch dieses System reiste, mit Zwischenstation in den Fischbecken und von dort aus wieder zu den Wurzeln der Pflanzen, die in Kästen mit Bimssteinen standen und das nährstoffreiche Fischwasser aufnahmen. Klar. Darüber hatte ich mich im Netz schlaugemacht. *Hydrokultur* hieß das. *Aquaponik*. Ein Perpetuum mobile. Ein geschlossener Kreislauf, der sich selbst am Laufen hält und keiner externen Energie bedarf – abgesehen von Tageslicht und einer Handvoll Fischfutter.

Ich musste an meine Korrekturleserin denken, die ich

noch nie etwas anderes als Bier oder Kaffee mit Orangenlikör habe trinken sehen, und wenn ich ihr versehentlich Wasser anbot, antwortete sie immer: Ins Wasser machen die Fische. Es war bewundernswert, wie treu sie sich in dieser Sache war, und es schien, als lebte sie ein gutes Leben, ohne dass ihr je ein Tropfen Wasser über die Lippen ging. Doch jetzt kam mir ihre Einstellung wie ein Omen vor – sie hatte die ganze Zeit über recht gehabt.

Ich besuchte sie in Reykjavík-Vesturbær und erzählte ihr von der neuen Welt, die ich nur einen Katzensprung von zu Hause entdeckt hatte. *Aquaphonik*, sagte ich immer wieder. *Aquaphonik*. Und jedes Mal zog sie die Brauen hoch und verkniff sich ein Lächeln. Ich kannte diesen hochnäsigen Gesichtsausdruck bereits und fragte schließlich: Rede ich irgendeinen Unsinn?

Ponik, sagte sie. Ohne h. *Aquaponik*. Hydrokultur. Ich habe mich nicht getraut, dich zu korrigieren. Phonik – Phonetik – ist eine Disziplin, die sich mit sprachlichen Lauten beschäftigt, wie sie sich verbinden oder voneinander abgrenzen. Lautlehre. Aber erzähl unbedingt weiter so einen poetischen Unsinn. Lautlehre des Wassers. Als hätte das Wasser seine eigene Sprache.

Während sie redete, kritzelte sie etwas auf einen Umschlag.

Wie in den Wörterbüchern, wenn gezeigt wird, wie Wörter ausgesprochen werden, riet ich.

Bravo, antwortete die Korrektorin und zeigte mir, was sie aufgeschrieben hatte: Lautlehre des Wassers in Lautschrift und eckigen Klammern, [ˈlaʊtˈleːʀə dɛs ˈvasɐs].

Mitte Juli saßen Ljuba und ich einmal auf zwei Holzkisten, während der Regen auf das Glasdach prasselte und die

Scheiben in organische Membranen verwandelte. Sie beschwerte sich gerade über die Hilfskräfte, die sie einstellen wollte, aber gleich hatte wieder wegschicken müssen: Die ganze Zeit muss man aufpassen, dass sie nicht alles falsch machen. Die können nichts. Als hätten sie noch nie Erde oder Samen gesehen.

Dann hast du jetzt niemanden, der dir hilft?, fragte ich und ließ den Blick über das üppige, tief hängende Blattwerk wandern, von dem es heruntertropfte. Und dann gab es noch das zweite Gewächshaus und die Kästen draußen mit Salat, Grünkohl und Porree, und den schmalen Streifen Land direkt vor der Ortsgrenze, wo Tonnen von Kartoffeln, Karotten und Kohlrabi trotz des raren Sonnenscheins wuchsen und gediehen.

Morgen kommt eine zum Probearbeiten. Sie ist aus der Ukraine.

Ich nickte. Das war prima. Ljuba sah dieser Tage nicht gut aus. Sie hatte dunkle Ringe unter den Augen und mit ihrer gebeugten Haltung wirkte sie fast alt.

Eva, sagte sie und sah mir direkt in die Augen. Ich bin so müde.

Ich schloss die Augen und lehnte mich an einen Trog voller Kompost.

Bevor ich herkam, war ich durch den Garten gestreift, nachdem ich zehn Seiten in Rekordzeit übersetzt hatte. Ich hatte mich mitten in den Garten zu den Tannen gelegt, die Nase in die Erde gesteckt und geschnuppert. Vereinzelte Regentropfen leisteten mir erfrischende Gesellschaft, dann wurden es immer mehr, bis mir das Shirt am Rücken klebte und die Haare an der Wange. Da wollte ich aufstehen, doch mir fehlte die Kraft.

Was, wenn ich die Wortwirtschaft aufgebe und Gemüsebäuerin werde wie Ljuba?, überlegte ich, und dieser Gedanke half mir auf die Beine und trieb mich über die Straße.

Aber jetzt saß ich hier pudelnass an einem Trog, der wie ein fetter Joint roch, und dachte daran, was die Schwester meines Vaters immer wieder sagte: Am besten hat jeder seins, dann geht nichts vor die Hunde.

Aber ich will mich nicht beklagen, sagte Ljuba, als hätte sie meine Gedanken gehört. Mir fehlt nichts. Zu Hause gab es kein fließend Wasser und die einzige Wärmequelle war der Herd. Als ich zum ersten Mal nach Island kam, träumte ich davon, genug Geld für Rohrleitungen und eine Toilette, eine Dusche und ein Waschbecken zusammenzusparen. Das habe ich geschafft. Mama muss sich nicht mehr in der Eiseskälte zum Plumpsklo schleppen und kann sich morgens wie ein normaler Mensch waschen.

Wie heißt dein Dorf?, fragte ich.

Viļānu Pagasts. Das bedeutet *Alte Kirche*.

Und wie groß ist es? Wie viele Einwohner hat Alte Kirche?

Fünfhundert vielleicht. Aber die Häuser stehen nicht alle auf einem Haufen, sondern es sind Felder und Wälder um sie herum und dazwischen.

Ist das ein Bauerndorf?

Ich weiß nicht genau, was du damit meinst, antwortete sie. Wir pflanzen Gemüse an und Gewürze und alles, was wir brauchen. Die meisten haben auch Obstbäume und Beerensträucher hinter dem Haus. Vor allem aber Raps und Lein. Der Lein wird per Hand mit der Sichel geschnitten und mit Halmen zu Bündeln geschnürt. Im Zusammenbinden war ich die Schnellste in meiner Familie. Meine Schwestern hatten keine Chance gegen mich. Im Dorf gibt es einen

Großbauern, der im großen Stil Lein, Weizen und Mais anbaut und reich ist. Mein Vater hat für ihn gearbeitet, ist einen Traktor mit Anhänger gefahren.

Und haben alle Tiere?, fragte ich. Kühe, die sich kaputtmelken lassen?

Ljuba lächelte kurz und sagte: Die Kuh hat überlebt. Ich habe meiner Mutter und meinem Bruder fünfzig Euro geschickt, um ihr Kalk kaufen zu können, dadurch hat sie sich wieder erholt. Sie strich sich den Pony aus der Stirn und fügte hinzu: Alle haben Schweine und Hühner und mindestens eine Kuh. Manche züchten auch Kaninchen. Meine Oma hatte Kaninchen. Sie hielt sie an den Ohren fest, wenn sie ihnen die Angorawolle ausrupfte.

Sie guckte entschuldigend. Die Wolle saß ganz locker. Das hat den Kaninchen nicht wehgetan. Wenn sie viele Junge hatten, haben sie sich die Wolle selbst ausgerupft und daraus ein warmes Nest gebaut, dann waren sie ganz nackt, eingefallen und knochig, wie nasse Katzen. Sie werden wegen ihres Fleischs gezüchtet, aber die Wolle ist auch wunderbar. Oma hat sie zwischen zwei Bürsten gekämmt, anschließend in eine Fabrik gebracht und gesponnen als Knäuel oder Wollgarn zurückbekommen, aus denen sie dann Strümpfe, Pullis und Hosen gestrickt hat. Einmal hat sie mir eine weiße Angorawollhose gestrickt, die genau zur rechten Zeit kam, weil es in jenem Winter schrecklich kalt war.

Bei uns zu Hause hatten wir keine Kaninchen, erzählte sie weiter, und alle Müdigkeit war aus ihrer Stimme verschwunden. Wir hatten meist zwei oder drei Kühe und haben Kälber aufgezogen, um ihr Fleisch zu verkaufen. Ein paar Schweine, Hühner und ein Pferd, das wir vor den Pflug gespannt haben, bis wir den Traktor bekamen. Alle Tiere waren zusammen in einem Stall, dort war es oft wärmer als im Wohnhaus.

Diesen Winter habe ich manchmal gedacht, dass uns ein Schwein oder so zum Warmhalten auch nicht schaden würde. Sie lachte. Das Pferd war sehr wild. Keiner kam mit diesem Gaul zurecht, nur Papa. Er ist oft ausgebüxt. Ich weiß nicht mehr, wie er hieß. Wir haben ihn verkauft, um uns den Traktor leisten zu können.

Sie schwieg, und ich starrte ein Bohnenblatt an, das der Sonne ganze zwei Zentimeter gefolgt war, seit ich auf dieser Kiste saß. Obwohl ich mich kaum zügeln konnte, verkniff ich mir die Nachfrage, ob sie wirklich ihren Vater für einen Trecker verkauft hatten.

Ein dunkelhaariger Junge, schlank und mit klaren Gesichtszügen, vielleicht zwölf Jahre alt, kam aus der Vegetation, war von hinten ins Gewächshaus gestiegen, durch das Fenster mit der losen Spanplatte. Er ging zu Ljuba, und sie legte den Arm um seine Schultern, drückte ihn und küsste seinen Kopf. Vadim. Sie unterhielten sich kurz auf Russisch, dann ging er durch die Tür nach draußen in den Regen, in kurzer Hose und Windjacke.

Er geht zum Fußballtraining, erklärte sie mit warmer Stimme. Mein großer Junge. Ich liebe ihn so sehr. Vielleicht war es ein Fehler, seinen Vater zu verlassen. Das hat Vadim so verletzt. Er schläft immer noch schlecht, hat Albträume und isst kaum etwas. Ich mache mir solche Sorgen um ihn. Ich war so jung und wusste so wenig vom Leben. Niemand hat mit mir geredet, niemand hat mir gesagt, wie ich sein soll. Meine Schwester hatte einen Mann, der nachts oft weg war und meinte, dass es sie nichts angehe, wo er gewesen sei. Sie ließ ihm das durchgehen. Sie konnte warten. Inzwischen ist er mehr zu Hause, und sie sind immer noch verheiratet. Aber ich bin nicht wie sie. Ich konnte nicht zu Hause sitzen und Essen kochen und seine Socken und Unterhosen waschen, während er was trinken ging oder sich mit anderen Frauen traf. Er meinte, wenn ich mit einem anderen schliefe, würde er erst ihn und dann mich umbringen.

Ich glaube nicht, dass es ein Fehler war, ihn zu verlassen, sagte ich. Ich wollte noch mehr sagen, doch der Gedanke verdampfte in der schwülen Hitze.

Sprechen in Alte Kirche alle Russisch?, fragte ich stattdessen. Oder nur deine Familie?

Alle, antwortete sie. Papa hat Lettisch gelernt, weil es schwere Zeiten waren, als er zur Schule ging und die russische Schule geschlossen war. Ich bin bis zur zehnten Klasse auf eine russische Schule gegangen, dann wurde Lettland ein unabhängiger Staat. Aber ich sah keinen Sinn im Lernen. Und Mama und Papa wussten auch nicht, dass das mal wichtig für mich sein würde. Aber Vadim kommt nicht mit Faulheit durch. Er muss fleißig lernen, dafür werde ich sorgen.

Sie blickte zu der Tür, durch die er verschwunden war, und seufzte: Er versucht trotzdem, die Schule zu schwänzen. Sagt, dass er Kopfschmerzen hat. Aber wenn dann das Training ansteht, geht es ihm plötzlich wieder gut.

Nach einer kurzen Weile sah sie mich an, als wollte sie sich davon überzeugen, dass ich auch zuhörte. Ich war genauso, erzählte sie weiter. Mein Leben drehte sich darum, mich krank zu stellen, um nach Hause zu können. Ich vermisste Mama und wollte in ihrer Nähe sein. Ich weiß auch nicht, warum ich so auf sie fixiert war – vielleicht, weil sie immer beschäftigt war. Sie kümmerte sich draußen um die Tiere und den Gemüsegarten und blickte nie von ihrer Arbeit auf. Meine Schwester kümmerte sich um mich, aber sie war nicht Mama.

Heute sehne ich mich manchmal nach der Schule. Das war so einfach. Wir mussten nichts tun außer zuhören und gehorchen. Wir hatten alle dasselbe an, eine Schuluniform in Weiß und Blau, die Mädchen trugen ein Kleid mit Spitzenschürze, und auch am Kragen und vorne an den Ärmeln waren Rüschen. Der Kragen, die Manschetten und die Schürze mussten ständig gewaschen und gebügelt werden. Das hat Papa gemacht. Mama hatte keine Zeit. Sie hat sich nur um uns gekümmert, als wir noch ganz klein waren. Ich war wie hypnotisiert, wenn sie für meine jüngeren Schwestern sang, Lieder, die sie sich spontan ausdachte. *Schlafe, schlafe. Nicht auf der Bettkante liegen. Bleib schön im Bett. Sonst kommt ein grauer Wolf und schleppt dich in den Wald. Schlafe, schlafe. Und nicht im Schlaf wandeln, du könntest unters Auto geraten.*

Als die Schwester meiner Mutter mal auf einen kleinen Jungen aufpassen sollte, ist er von einem Auto überfahren worden und gestorben, warf ich schnell ein. Daran hatte ich denken müssen, seit Ljuba von den Strapazen erzählt hatte, die sie mit vier Monaten hatte durchmachen müssen. Meine Tante und ich waren sehr vertraut miteinander, sie war wie eine zweite Mutter für mich. Ich war vier Monate alt, als der Unfall passiert ist. Ich habe das Tragische mit der Muttermilch aufgesogen. Deshalb ist mir nie ganz wohl mit Kindern. Ich wollte nie auf welche aufpassen und auch keine eigenen haben. Aus Angst davor, dass ihnen etwas zustoßen könnte.

Eva, sagte Ljuba und lehnte sich in meine Richtung. Sie sprach meinen Namen ganz langsam und mit viel Gewicht aus: Eeevaa. Solche Gedanken schiebt man am besten weit von sich. Man muss sich entspannen können. Dem Schicksal vertrauen.

Ich weiß, antwortete ich. Deshalb rede ich eigentlich auch nie darüber.

Atme in die Gebärmutter, sagte Ljuba und zeigte mir, wie sich der Bauch ausdehnen sollte. Das ist ein altes Mittel gegen Hysterie, behauptete sie. Atme in die Gebärmutter, bis es sich anfühlt, als würde dir warmes Wasser die Beine runterlaufen. Dann fängt es an zu wirken.

Nachdenklich blickte sie zu den Erdbeerpflanzen, und ich stand steif auf. Es ging schon auf ein Uhr zu. Ich musste mir noch schnell etwas Trockenes anziehen, bevor ich mich aufs Rad schwang, um Mínerva abzuholen, die am anderen Ende des Orts betreut wurde. Ljuba war auch aufgestanden. Sie nahm ein Messer vom Tisch an der Wand und fragte: Was kochst du heute Abend?

Fisch, antwortete ich.

Sie schnitt vier Stängel Zitronengras ab und erklärte, dass ich sie längs aufschneiden und auf einem Brett oder in einem Mörser zerdrücken und dann auf den Fisch legen sollte.

Wann ist deine Familie von Russland nach Lettland gezogen?, fragte ich.

Ljuba sah mich verdutzt an. Meine Familie war nie in Russland. Wir sind alle in Lettland geboren.

Auch deine Großeltern?

Ja.

Urgroßeltern?

Sie dachte nach. Ich weiß nicht, murmelte sie. Und ich bin auch noch nie dort gewesen. In Russland. Aber in meinem Herzen bin ich russisch. Glaube ich. Sie sah in den düsteren Himmel über dem Glasdach. Seit ich nach Island gekommen bin, habe ich eigentlich nie richtig mit jemandem geredet. Vielleicht sollten wir uns ab und zu mal abends treffen? Wenn die Kinder schlafen? Und einen Schluck Wodka trinken?

Ich nickte. Wochenlang waren wir ganz erdverbunden gewesen, hatten uns übers Kochen unterhalten, über Erziehung, Gartenarbeit und Gesundheit. Hatten Kaffee getrunken, Marmelade gekocht, klebrige Fingerchen abgewischt und ständig aufgepasst. Es war an der Zeit, den Korken aus der Flasche zu ziehen und den Geist herauszulassen.

Ich ging nach draußen und schnitt zwei lange Kapuzinerranken ab – inzwischen hatte ich immer eine Schere in der Tasche. Ich verzwirbelte die Ranken zu einem Strang, wie ein blühendes Stromkabel, und schlug das Acryltuch zurück, das über das Rucolabeet gebreitet war.

WENN ICH DAS JETZT ERZÄHLE, denken viele bestimmt, ich sei verrückt – sollen sie ruhig –, aber es ist wirklich so gewesen: Am Abend, nachdem mir Ljuba vom Leben in Alte Kirche erzählt hatte, zog Mínerva eine Biografie von Rasputin aus dem Bücherregal, zeigte auf das Cover, auf dem der vollbärtige Mönch mit dem stechenden Blick abgebildet war, und sagte: Mama.

Nein, das ist Rasputin, widersprach ich.

Mama, wiederholte sie.

Nein, Schatz, kicherte ich. Das ist nicht Mama, das ist Rasputin.

Als sie eingeschlafen war, fand ich das Dorf Viļānu Pagasts auf einer Karte im Netz und wanderte von Haus zu Haus und über Rapsfelder, Schotterstraßen und einen ruhigen Fluss mit baufälliger Brücke. Die Sonne schien auf hohe Bäume, geziegelte Wohnhäuser und Nebengebäude.

Ich ging vor Mitternacht ins Bett, aber ich geisterte die ganze Nacht zwischen Schlaf und Wachsein durch Alte Kirche, wie besessen von der Karte. Lettische Sonnenstrahlen hinderten mich am Schlafen.

Gegen zwei klingelte mein Handy. Es war ein Bekannter, Vytautas Narbutas, ein litauischer Bühnenbildner. Wegen seines schwarzen Barts und des langen, verfilzten Haars wird er manchmal Jesus von Vilnius genannt, obwohl er gar nicht aus Vilnius stammt, sondern aus einem ähnlichen Bauerndorf wie Alte Kirche. Seit Jahren hatte ich nichts mehr von ihm gehört, doch statt ranzugehen, machte ich das Handy aus.

Mínerva wachte wie immer um sechs auf, mit blendender Laune und erstaunlich redefreudig dafür, dass sie gerade erst angefangen hatte, Wörter zu Sätzen zusammenzufügen.

Ljuba hat einen Bart, sagte sie.

Bitte, sie hat einen Bart?, fragte ich.

Ja, antwortete sie. Rasputin.

Nein, sieh mal: Rasputin hat einen Bart, aber Ljuba hat keinen Bart, erklärte ich, und Matti und ich lachten wie verrückt. Wir konnten gar nicht mehr aufhören, obwohl das dem Kind unangenehm war und es nicht mitlachen konnte.

Na gut, Schatz, in Ordnung: Ljuba ist Rasputin. Deine Mama ist Rasputin. Ich kann Rasputin sein. Alle sind Rasputin, verkündete Matti.

Ich schaltete das Handy wieder ein und sah, dass Vytautas in dieser Nacht zwölfmal angerufen hatte, während ich mich gedanklich in der Nähe seiner alten Heimat herumgetrieben hatte.

Am späten Mittag rief ich zurück und fragte, ob alles in Ordnung sei.

Ja, antwortete er heiser. Ich war nur betrunken. Entschuldige.

Gut, sagte ich. Ich dachte, du wärst vielleicht in Schwierigkeiten. Aber ich war zu müde, um ranzugehen.

Nicht immer bringe ich mich in Schwierigkeiten, sagte er.

Er spielte auf seinen ersten Besuch bei mir an. Damals wohnte ich im Zentrum von Reykjavík, in der Nähe der

Stadtbücherei, und kam eines Vormittags mit einer Plastiktüte voller Lebensmittel am Fahrradlenker nach Hause. Er saß völlig zerzaust auf der Eingangstreppe und sagte, er habe die Nacht in einer Gefängniszelle verbracht. Ich hab immer noch die Linsen von gestern drin, meine Augen brennen wie verrückt, sagte er.

Wir gingen hinauf in die Küche, ich goss Kaffee auf, und er erzählte, was passiert war.

Ich bin zu Odd Nerdrum gegangen, musste unbedingt mit ihm sprechen, worüber weiß ich nicht mehr. Ich klingelte und hämmerte an die Tür, aber seine Assistenten meinten, dass er im Moment nicht mit mir sprechen wolle, ich solle später wiederkommen. Ich aber gab nicht auf, sondern stellte mich mitten in den Garten und schrie: Odd! Odd! Da kam einer seiner Assistenten raus und sagte, dass Odd Angst vor mir in diesem Zustand habe und sie die Polizei rufen würden, wenn ich nicht ginge. Ich gehorchte, aber in der Nacht muss ich beschlossen haben, wieder herzukommen, denn das Nächste, was ich weiß, ist, dass ich in Odds Einfahrt auf den Boden geworfen, in Handschellen gelegt und in einen Streifenwagen gestoßen wurde.

Ich lachte in meine Kaffeetasse hinein. Odd Nerdrum war ein norwegischer Künstler, der groteske Nacktbilder malte und aus Scheu vor seiner Steuerschuld und Berühmtheit in seinem Heimatland nach Reykjavík gezogen war. Ich sah ihn bildhaft vor mir, zitternd hinter dem Vorhang, während der Bühnenbildner mit seiner Passionsfrisur draußen im Garten herumbrüllte.

Aua, au!, heulte Vytautas, während ich ihm die Linsen aus den Augen pulte. Das ist einer der merkwürdigsten Gefallen, die ich je einem Menschen getan habe. Als er die Linsen los war, erklärte er mir lang und breit, warum er ein geistiger Zwerg, seine Frau hingegen ein geistiger Riese sei. Ich fand, die beiden passten gut zusammen: beide im selben Maße ungezähmt wie grandios. Jetzt habe ich dich in einer absolut unwürdigen Situation erlebt, sagte er auf einmal völlig unvermittelt, wie mir schien.

In welcher Situation?

Als du das Fahrrad und die Einkäufe die Treppe raufgeschleppt hast. Wie eine Magd auf einem Bauernhof, das war nicht gerade würdevoll. Und du hast mich gesehen …, fügte er hinzu, und ich hatte das Gefühl, er fand, dass unsere Freundschaft damit besiegelt sei.

Er trank zwei Tassen Kaffee, aß eine Scheibe Brot mit Käse und Paprika, bedankte sich für die Hilfe und meinte, dass er nun nach Hause gehen und schlafen müsse. Auf dem Weg zur Tür fiel ihm die Rasputin-Biografie ins Auge und er sagte, dass er dieses Buch schon immer mal lesen wollte.

Du kannst das Buch mitnehmen, ich habe es gelesen, sagte ich.

Ich leihe es mir aus und bringe es dir bei meinem nächsten Besuch wieder mit, sagte er.

Jetzt, zehn Jahre später, erzählte ich Vytautas vom plötzlichen Interesse meiner Tochter an den letzten Tagen der Romanows. Bevor wir uns verabschiedeten, sagte er: Vielleicht ist es an der Zeit, dass du das Buch noch mal liest?

Genau das habe ich mir auch gedacht, sagte ich. Und auch die Biografie von Katharina der Großen, die ich vor langer Zeit auf einem Flohmarkt gekauft, aber dann doch nie gelesen habe. Ich habe nämlich eine Frau kennengelernt, die quasi russisch ist.

 Quasi russisch, wiederholte er. Was heißt das? Und was hat

das mit Rasputin zu tun, oder mit Katharina der Großen? Hast du die Geschichte Litauens in sechs Bänden gelesen, als du mich kennengelernt hast?

Nein, antwortete ich. Aber ich will alles über diesen Menschen wissen. Ich will mehr über sie wissen, als sie selbst weiß. Sie hat etwas, das mir fehlt. Mein Gott, klingt das absurd.

Verstehe, sagte er. So etwas habe ich auch schon erlebt.

Wirklich?, fragte ich hoffnungsvoll und erinnerte mich im selben Moment an den Wirbel in Odd Nerdrums Garten.

Und nicht nur einmal. Mir hat das gutgetan. Auch wenn ich ganz schön ungehobelte, primitive Methoden angewandt habe, um mich diesen Leuten zu nähern. Aber mach dir keine Sorgen. Du bist viel moderater. Ich bin sicher, dass du keine Gefängniszelle von innen sehen wirst.

NACH DEM TELEFONAT MIT VYTAUTAS gingen Mínerva und ich raus, um durch Pfützen zu stapfen. Es war ein früher Samstagnachmittag, ziemlich verhangen, und es regnete stark, aber es war windstill und warm. Sie war von oben bis unten in Gummi gekleidet, ich hatte einen Regenschirm dabei.

Langsam hörte es auf zu regnen aber heller wurde es trotzdem nicht, sondern Nebel zog auf – oder Rauch, wie Mínerva die grauweiße Suppe nannte, die uns auf die Pelle rückte. Mir war seltsam bewusst, dass die Luft, die ich einatmete, nicht durchsichtig war. Aus dem Nebel kamen eine Frau und ein Hund über den Gehweg getrottet und hielten genau an der Stelle, an der wir den verstopften Rinnstein untersuchten. Mínerva stand regungslos da, während der Hund sie beschnüffelte, schwarz mit weißer Brust und ersten grauen Haaren an der Schnauze. Ich erschrak, als ich sah, dass seine Augen von einem weißen Schleier durchzogen waren, so dicht, dass weder Pupille noch Iris zu erkennen waren.

Ist er blind?

Ja.

Wie heißt er?

Fróði. Mit zwei Jahren ist er blind geworden. Ich hatte

nicht das Geld, um mit ihm für eine OP nach Dänemark zu fliegen.

Wir unterhielten uns eine Weile über den Hund und den Nebel und sahen einen großen Lkw mit der Aufschrift *Blumen bewirken Wunder* langsam vorbeifahren, und danach sagte sie: Erinnerst du dich gar nicht an mich?

Ich sah mir ihr Gesicht noch einmal genauer an, und ganz entfernt dämmerte mir etwas.

Wir haben zusammen gearbeitet, im Café, weißt du nicht mehr?

Da erinnerte ich mich wieder an sie: die große Reykjavík-Dame und der kleine, glatzköpfige Araber, die dafür sorgten, dass es immer ausreichend Kuchen und Snacks in dem Café gab, in dem ich tagsüber Kaffee und Bier servierte, und Branntwein und Bier am Abend und bis in die rauchige Nacht hinein. Parallel studierte ich und schrieb meinen ersten Roman. Es passte, dass diese Frau hier aus dem Nebel trat, wie in direkter Fortsetzung des Dunstes, der meine Jahre als Studentin und Barkeeperin in Reykjavík kennzeichnete.

Sonja hieß sie, und er Omar. Ich wusste nicht, woher er stammte, aber ich stellte mir Ägypten oder Saudi-Arabien vor. Sie waren sehr verliebt. Aus der Küche drangen unentwegt Gelächter und Getuschel und diese Elektrizität. Sonja hatte ich völlig vergessen, im Gegensatz zu ihrem Lachen, diesem Umwandlungsgeräusch, das dafür sorgte, dass alles, wirklich alles dort peinlich wurde, wie ein knallpinker Sonnenschirm auf einer Beerdigung.

Wir begleiteten Sonja und Fróði bis nach Hause. Die Tür zu ihrem Haus wurde aufgerissen und ein großer, langbeiniger junger Mann stand vor uns.

Wo willst du hin, Schatz?, fragte Sonja.

Ins Schwimmbad, antwortete er.

Das ist Brandur, mein Sohn, erklärte sie stolz, und er gab mir lächelnd die Hand. Die edlen Züge seines Vaters und die hellbraune Haut hatten ein neues Leben erhalten, ebenso wie das Haar und der schlanke Körper seiner Mutter. Er konnte gar nicht anders als eine Frohnatur zu sein, wo er doch sicher während eines schallenden Lachanfalls gezeugt worden war.

Du hast das Beste von beiden abgekriegt, sagte ich. Ich erinnere mich an dich, als du noch im Hodensack deines Vaters warst, fügte ich hinzu, und schlagartig wurde mir bewusst, dass ich mittleren Alters war.

Als Mínerva und ich nach Hause gingen, war ich gealtert. Das war sehr real. Ich war als junge Mutter aufgebrochen, zog gerade mein erstes Kind groß, und kam als mittelalte Frau nach Hause. Aber das war nicht das Ende, sondern eine Steinwarte auf dem Weg. Ich war siebenunddreißig. Leni Riefenstahl war vierundfünfzig Jahre alt, als sie zum ersten Mal nach Afrika kam. Kate Moss empfand es als große Erleichterung, vierzig zu werden. Sie behauptete, ihre Freunde hätten den Unterschied gleich am Tag nach ihrem Geburtstag festgestellt: Sie sei deutlich gelassener. Aber sie erklärte nicht weiter, warum es so belastend sein soll, unter vierzig zu sein.

Wir trafen Ljuba vornübergebeugt im Garten an. Als sie uns im Nebel erahnte, kam sie ans Tor und gab mir ein Bund Petersilie. Sie war einunddreißig.

Eva, ich kann nicht mehr, seufzte sie und stützte sich auf einen Treibholzstamm, der als Zaunpfosten diente. Sie essen alles, was ich koche, sofort auf, und wollen nie aufräumen. Sie sprach von ihren beiden Söhnen, Fjodor und Vadim, ihrem Ehemann Hlynur und dessen jugendlichem Sohn Sigmar. Die können heute Abend selbst kochen. Und über den ganzen Krempel steigen, darin sind sie sowieso Experten. Was ist mit dem Drink? Darf ich zu dir kommen, wenn ich den Blumenkohl abgewogen habe?

MIT GEWALT RISS ICH MICH von den druckergeschwärzten Wellen los, hangelte mich am Fluss entlang zurück und mischte mich unter die Menschen. Ich wollte wissen, ob Rasputin immer noch dort lag, ob er immer noch lebte. Ich schlängelte und quetschte mich zwischen den Menschen hindurch, bis ich direkt vor ihm stand, gezeichnet und lebendig, die Augen genau wie auf dem Foto: als sähen sie irgendetwas Schreckliches in weiter Ferne.

Ich war überrascht, wie alt er war, das Gesicht faltig und zerfurcht – völlig unpassend zum stämmigen Rumpf, dem geraden Rücken und den kräftigen Schultern. Er war siebenundvierzig Jahre alt, als er starb. Genauso alt wie Matti, aber im Vergleich zu Rasputin sah Matti wie ein frisch geborenes Lamm aus. Aber er ließ ja inzwischen auch jegliche Ausschweifungen sein und ihm lastete auch kein ganzes Zarenreich auf den Schultern.

Ich bin das Ende, deshalb kann ich nicht sterben, sagte Rasputin, ohne die Lippen zu bewegen.

Wessen Ende?!, wollte ich rufen. Meiner Ehe? Meines Lebens?

In diesem Moment wurde mir schwarz vor Augen und vage Erinnerungsfetzen an eine schreckliche Gräueltat stürzten auf mich ein. Abscheulichkeit, Furcht und Kollaps.

Die Gewissheit, dass er allein meinetwegen in diesem Fluss gelandet war.

Ich wollte mich ihm zu Füßen werfen und um Verzeihung bitten, doch ich scheute mich davor, die Aufmerksamkeit auf mich zu ziehen. Ich drehte mich um und lief denselben Weg zurück, den ich gekommen war.

Ljuba stand zum Aufbruch bereit vor ihrem Haus, sie hatte eine Lederjacke über das bauchfreie Top gezogen, und eine Handtasche hing an einer goldenen Kette über ihrer Schulter. Gemeinsam gingen wir in die übernächste Straße und näherten uns einem Haus mit Garten, aus dem Partylärm auf die Straße drang. Bunte Laternen hingen in den Ästen und an Schnüren, die zwischen den Bäumen gespannt waren. Akkordeonmusik übertönte die lautstarken Unterhaltungen und das Lachen, und als wir das Gartentor erreichten, sahen wir die Lautsprecher auf der Veranda, rechts und links von einem Tisch mit Getränken.

Die Partygäste waren eine Mischung aus Zugezogenen und Einheimischen, manche in voller Festtagsmontur, andere begnügten sich mit prachtvollem Kopfschmuck, Holzperlenketten, bestickten Gürteln oder Schuhen mit Glöckchen. Wir hatten noch kaum das Grundstück betreten, als ein Einheimischer mit Glöckchenschuhen auf uns zugestürmt kam und fragte, ob eine von uns Ärztin oder Krankenschwester sei. Mit Ljuba sprach er kurz in der Sprache der Einheimischen, dann verabschiedete er sich und ging.

Was ist los?, fragte ich.

Eine junge Frau ist dort im Wohnwagen ohnmächtig geworden, antwortete sie und zeigte auf einen heruntergekommenen Wagen, der auf Böcken statt Rädern stand.

Feiert hier jemand Geburtstag?

Nein, Eva, warum meinst du das? Das ist nur eine Gartenparty zum Dorffest, erklärte Ljuba.

Kate Moss ist auf der Geburtstagsfeier von Frank Sinatra in Los Angeles ohnmächtig geworden, erklärte ich. Das lag entweder daran, dass er ihr eine filterlose Camel gegeben hat, oder dass sie innerhalb derselben halben Stunde sowohl mit ihm als auch mit Bob Dylan bekannt gemacht wurde.

Ich beschrieb Ljuba, wie Frank Kate aus der Ferne sah, zu ihr ging und seine Bodyguards einen Kreis um sie bilden ließ, um Kates Freund auszugrenzen, den Schauspieler Johnny Depp. Wie geht's, junge Frau?, fragte er. Glückwunsch zum Geburtstag, Frank!, antwortete sie. Dann küsste er sie auf den Mund und gab ihr eine Zigarette.

Einige Minuten später streckte sie die Hand aus, um Bob Dylan zu begrüßen, der jedoch reagierte zu spät, und sie zog ihre Hand wieder zurück. Da streckte er seine aus, ließ sie jedoch sinken, ehe Kate es ihm gleichtun konnte. So ging das ein paarmal hin und her. Schließlich gaben sie sich die Hand, doch da schwindelte es Kate, und sie musste sich auf die Treppe des Wohnwagens setzen, der Bob als Gästezimmer diente.

Ljuba hörte mit glänzenden Augen und geschürzten Lippen zu, dann platzte das Lachen aus ihr heraus – wie beabsichtigt und erwartet. Sie lachte immer, wenn ich das berühmte Model erwähnte. Das war unser Partyspielchen. In der Realität wie im Traum.

Wir kämpften uns zu dem Tisch mit den Drinks vor, und Ljuba bat einen jungen Kerl, uns Punsch in Pappbecher zu füllen. Drei feuerrote Johannisbeeren schwammen in der rötlichen Flüssigkeit. Wir setzten uns auf die Veranda. Die

Sonne schien uns direkt ins Gesicht. Andere Partygäste lächelten uns zu und unterhielten sich weiter über alltägliche Dinge. Hier war keine Gefahr im Verzug.

LJUBA HIELT WORT UND KAM, nachdem sie den Blumenkohl abgewogen hatte. Wodka hatte ich keinen, dafür aber Calvados und dünne Zigaretten, die ich im Arbeitszimmer hinter einem Heiligenbild im Bücherregal aufbewahrte. Nach ein oder zwei Schlucken röteten sich ihre Wangen. Sie vergaß das Abklopfen, und der Ascherüssel wurde immer länger, bis er auf den Teppich fiel. Abendsonne erfüllte das Zimmer, golden wie der Glorienschein auf dem Heiligenbild.

Ich werde nie vergessen, wie ich dich zum ersten Mal gesehen habe, bevor wir uns kennengelernt haben, sagte sie. Ich dachte immer: Wer ist dieser Mensch, der so schnell geht? Alle anderen hier gehen so langsam. Und als du mir dann gesagt hast, dass dein Haus das mit den Töpfen und Pfannen vorm Fenster ist… Pffff.

Dieses Geräusch, von dem ich nie wusste, ob es Entrüstung oder Anerkennung bedeutete – wahrscheinlich beides. Sie hatte ein paar zarte Zweige mitgebracht, über und über voll mit rosa Blüten, die schon jetzt herunterrieselten, obwohl der Strauß in einer vollen Kanne Wasser stand. Eine von ihnen segelte gerade von ihrem Zweig und landete auf der Asche, die von der Zigarette gefallen war.

Was ist mit diesem Haus?, fragte ich. Weißt du irgendetwas darüber, das ich nicht weiß?

Ich weiß nichts, sagte sie. Mir ist dieses Haus nur schon immer irgendwie unheimlich vorgekommen.

Unheimlich? Warum?

Ich weiß nicht, antwortete sie.

Vielleicht war da etwas dran. Die großen Birken davor reckten ihre Zweige gen Osten, quer über den Gehweg, wie eine Mischung aus Schutzwall und riesigen Türstehern. Die Fenster an der Straßenfront waren verdunkelt wie bei einer Limousine, und der geschotterte Stellplatz zwischen Jakobs Grundstück nebenan und unserem Haus war von Gras, Ampfer, Kerbel, Mohn und kriechendem Hahnenfuß überwuchert. Die Natur hatte sich in der Einfahrt zum Haus so ausgebreitet, dass das Haus wie ein Anhängsel wirkte. Es machte fast den Anschein, als wollte die Natur das Haus vom Grundstück vertreiben, während das Haus versuchte, eine Invasion abzuwenden. Es war nicht heruntergekommen, im Gegensatz zu Ljubas Haus, das nicht, aber es erinnerte an eine Hütte irgendwo draußen in einem finsteren Wald, wo Flechten und Wurzelausläufer gediehen. Ljubas Zuhause war mehr wie ein Bauernhaus, in dem schon Generationen gelebt hatten, eine nach der anderen, immer dieselbe Familie, die an gewissen Traditionen festhielt und andere erneuerte. Alle abgearbeitet, und keiner hatte Zeit, sich Probleme zu schaffen. Bei mir zu Hause war alles komplizierter und unergründlicher; verschwommen, rätselhaft. Welche Landwirtschaft lässt sich schon auf einem Grundstück betreiben, das mehr oder weniger im Schatten von fünfzehn Meter hohen Bäumen liegt? Wovon leben diese Leute?

Wie läuft es mit der neuen Aushilfe?, fragte ich schließlich. Schlägt sie sich einigermaßen?

Sie ist aus der Ukraine, antwortete Ljuba, und ihrem Tonfall nach war das alles, was gesagt werden musste. Hatte sie so fest verwurzelte Vorurteile gegen die Ukrainer, dass allein dorther zu kommen den ganzen Menschen charakterisierte?

Was bedeutet das?, fragte ich. Dass sie aus der Ukraine kommt.

Ljuba sah mich ernst an und sagte: Sie weiß, was zu tun ist.

Wortwörtlich sagte sie: *She know what to do*. Wir unterhielten uns nicht auf Isländisch, sondern in osteuropäischem Englisch. Sie aus verständlichen Gründen, und ich, weil ich das am leichtesten zu beeinflussende Individuum in ganz Südisland war.

Ich lachte. Meinte sie, dass die Russen und Ukrainer sich zu helfen wussten? Eigenes Gemüse anzubauen ist kein netter Zeitvertreib, wenn der Hunger droht. Und der droht immer, wenn das Volk von der Regierung versklavt wird.

Ich hatte den Drang, Ljuba zu erklären, dass die Demokratie hier dermaßen verfallen war, dass auch wir besser daran täten, uns die meisten Künste anzueignen, über die sie verfügten, Ljuba und ihre ukrainische Aushilfe. Wenn Menschen zwei Jobs haben, aber trotzdem kaum genug Geld für Lebensmittel und Miete zusammenkriegen, kann man sehr wohl von Sklaverei sprechen. Das musste sie doch am besten wissen. Sie und Hlynur arbeiteten den ganzen Tag bis in den Abend hinein, auf Stundenlohnbasis für eine Fensterwerkstatt und im Gemüseanbau, und hatten trotzdem kein Geld, um Fjodor bei einer Tagesmutter oder im Kindergarten anzumelden. Er turnte um seine Mama herum oder war drinnen, und seine Halbbrüder passten auf, und manchmal sah ich ihn mit einer Frau, wahrscheinlich seiner Oma.

Ljuba zeigte auf ein Bild, das ich aus einem Buch geschnitten und mit Klebeband an die Wand gehängt hatte. Wer ist das?, fragte sie.

Die Mutter von Carl Gustav Jung, antwortete ich. Er war Psychoanalytiker.

Sie runzelte die Brauen. Warum hast du ein Bild von ihr an der Wand?

Um mich daran zu erinnern, dass jeder mindestens zwei Persönlichkeiten hat.

Wie meinst du das?

Ich bemühte mich zusammenzukriegen, was darüber in dem Buch stand, aus dem ich das Bild gerissen hatte. Jung sagte, seine Mutter habe genau die Einstellungen gehabt, die eine Frau in ihrem Alter und von ihrem Stand haben sollte – außer in einzelnen Situationen, wenn eine andere, unbewusste Persönlichkeit durchbrach. Jung nannte sie *Die Persönlichkeit Nummer zwei*, oder auch nur *Nummer zwei*. Wenn Nummer zwei sich zeigte, tat seine Mutter so, als würde sie mit sich selbst sprechen, obwohl ihre Worte ganz deutlich an ihren Sohn gerichtet waren und bis zu seinem Innersten durchdrangen.

Nummer zwei äußerte Einstellungen, die sie vor anderen nie zugegeben hätte. Zum Beispiel sprach sie normalerweise gut von den Nachbarskindern, die immer so gut gekleidet seien, und verglich sie ständig mit ihrem Sohn, zu seinen Ungunsten. Doch Nummer zwei empfand diese Kinder als Dummköpfe, überbehütet und verwöhnt. Der Unterschied zwischen den beiden Persönlichkeiten der Mutter war so groß, dass der Sohn schreckliche Dinge von ihr träumte. Am Tag war sie die liebevolle Mutter, aber in der Nacht ein wahres Mysterium. Rücksichtslos wie die Natur. Sie war eine Art

Seherin, und gleichzeitig ein seltsames Tier, wie eine Priesterin in einer Bärenhöhle.

Ich hatte gerade erst angefangen, Ljuba die gespaltene Persönlichkeit der Frau auf dem Bild zu beschreiben, als sie mir ins Wort fiel. Schreibst du Bücher, um den Leuten solche Dinge beizubringen?

Diese Frage überraschte mich. Nein, antwortete ich. Ich schreibe, um die Dinge besser zu verstehen und dafür zu sorgen, dass sie einen Sinn ergeben.

Sie musterte mich – mehr aus Neugier denn aus Verachtung, meinte ich – und fragte: Und, ergeben sie einen Sinn? *Do they make sense?*

Nein, gab ich zu. In seltenen Fällen, vielleicht. Aus reinem Zufall. Auch wenn Jung das sicher nicht als Zufall bezeichnen würde.

Auf einmal sprang Ljuba auf und floh nach Luft schnappend in eine Ecke des Raums. Sie hatte eine Schlange auf dem Boden entdeckt, ein hübsches Holztier, das ein weitgereister Verwandter uns von einem Mexikoaufenthalt mitgebracht hatte. Kannst du dieses abscheuliche Ding bitte rausbringen?, stieß sie hervor.

Ich ging mit der Schlange ins Wohnzimmer und warf sie in den Feuerholzkorb.

Aber du weißt schon, dass es in Island keine Schlangen gibt, sagte ich, zurück im Arbeitszimmer.

Das weiß ich, sagte sie. Aber ich wurde mal von einer Schlange gebissen. Das ist meine erste Erinnerung.

Erzählst du mir davon?, bat ich.

Ich weiß nicht, antwortete sie. In Lettland habe ich immer allen alles erzählt, aber jetzt sage ich niemandem etwas, und das ist vielleicht auch besser so.

Ja, sagte ich. Manchmal ist das besser. Zum Beispiel, als Kate Moss wegen Kokainkonsums verhaftet wurde. Da riet man ihr, kein Wort zu sagen. Weder zu den Journalisten noch vor Gericht. Lass die Wangenknochen für dich sprechen, sagten ihre Berater, und das tat sie auch. Mit gutem Erfolg.

Kate Moss, schnaubte Ljuba. Ich dachte, die wäre ein Model und keine Philosophin.

Ihre Wangenknochen haben ein Diplom in Philosophie, entgegnete ich.

Ljuba lachte und kippte den Inhalt des Schnapsglases in sich hinein. Ich schenkte ihr nach, zufrieden mit mir. Ljuba blieb stur, wenn sie etwas nicht wollte, aber wenn ich es schaffte, sie zum Lachen zu bringen, wurde sie doch nachgiebig.

ES WAR IM SOMMER 1989, erzählte sie. Wir waren bei der Heuernte. Ich war sieben Jahre alt. Ich erinnere mich, dass direkt neben unserem Haus ein Hof lag, auf dem sie mit der Mahd schon fertig waren, die grünen Heuhaufen wölbten sich gen Himmel. Ich war dort mit meinem Vater und meinen älteren Geschwistern: Aljona, die sechzehn Jahre alt war, und Andrej, vierzehn. Ganz in der Nähe war der Wald, düster und voller Leben.

Ich trug fast immer Winterstiefel aus gefilzter Wolle, meine schwarzen Walenki. Auch im Sommer, mit nackten Beinen zu Blümchenkleidern. Die Männer trugen Mützen aus demselben Material, wenn sie in die Sauna gingen. Um sich nicht die Glatze zu verbrennen. Aber an jenem Tag hatte ich blaue Sommerschuhe und weiße Sportsocken an. Papa hatte irgendetwas vergessen und musste noch mal nach Hause. Er machte sich mit seinem kleinen Motorrad auf den Weg, und ich rannte ihm hinterher, quer übers Feld, und schrie, als mir die Schlange in den Knöchel biss.

Sie lehnte sich zurück, auf dem Sofa mit dem gelben Blümchenbezug, und verschränkte die Arme vorm Bauch. Papa machte einen Salto vom Motorrad, riss sich den Gürtel von der Hose, wickelte ihn mir ums Bein und raste mit mir im Arm nach Hause. Er fuhr so schnell, dass ihm die Mütze vom Kopf flog. Wir haben sie nie wiedergefunden. Mein Bruder rannte los, um die Schlange zu suchen, er wollte sie töten. Er rannte wie verrückt, doch er fand sie nicht.

Im Volksglauben heißt es: Wer von einer Schlange gebissen wird, hat kein leichtes, glückliches Leben. Die Schlange stiehlt das Glück. Aber wenn man nicht daran glaubt, bewahrheitet sich dieser Fluch vielleicht auch nicht.

Sie schwieg, und ich hielt ihr die Zigarettenschachtel hin, doch sie schüttelte den Kopf. Mama bekam einen Schock, als sie uns angebrettert kommen sah und mich mit dem Gürtel ums Bein. Sie war mit meiner jüngsten Schwester Katja schwanger, im achten Monat, und hatte sich meine Schwester Inna auf den Rücken gebunden. Sie litt unter Bluthochdruck, das war wirklich zu viel für sie. Sie fuhren mit mir zum Krankenhaus, wo man mir ein Mittel in die Vene spritzte. Um das Blut zu reinigen. Die Ärzte wollten wissen, wie die Schlange aussah, aber ich wusste nur noch, dass sie braun und schwarz gewesen war.

Papa war fix und fertig. Bebte und zitterte. Er liebte mich so sehr. Ich war sein erstes Kind. Aljona und Andrej waren von anderen Männern. Mit Aljonas Vater war Mama verheiratet gewesen, aber er hatte sie rausgeworfen, als seine Tochter noch ein kleines Kind war. Dann hat sie Andrej mit einem Letten bekommen, aber für seine Familie kam es überhaupt nicht infrage, dass er eine russisch sprechende Frau heiratete.

Ich weiß nicht, warum Aljonas Vater sie rausgeworfen hat, aber er trank viel, wahrscheinlich haben sie sich gestritten. Vielleicht hat sie sich auch da schon heimlich mit Andrejs Vater getroffen. Darüber weiß ich nichts, davon hat mir niemand erzählt. Ich frage Mama nächstes Mal, wenn wir allein skypen. Nicht vor dem Mann, mit dem sie jetzt zusammenlebt, denn dann verwendet er das gegen sie, wenn er das nächste Mal wütend wird. Später mit Papa hat sie noch uns drei bekommen: mich, Inna und Katja.

Der Mann, mit dem sie jetzt zusammenlebt?, wiederholte ich. Sind deine Eltern getrennt?

Papa ist tot, antwortete Ljuba und leerte ihr Glas. Er hat Essig getrunken. Versehentlich. Er dachte, das wäre etwas Selbstgebranntes.

Er hat Essig getrunken?

Das ist nicht so ein Essig, wie man ihn hier in den Geschäften bekommt, sondern Essigsäure. Siebzig Prozent. Ich war siebzehn. Das hat uns völlig fertig gemacht. Vor allem Oma. Opa war gerade erst gestorben, als ihr Sohn einen so furchtbaren Unfall hatte.

Es war noch ganz hell draußen, obwohl es schon auf zehn Uhr zuging. Unter dem Dachüberstand über dem Fenster tuschelten ein paar Stare. Eine Maus scharrte in der Wand. Ein winterliches Geräusch. Im Hochsommer hielten sich die Mäuse für gewöhnlich draußen auf.

Wir starrten beide vor uns hin, bis ich fragte: Deine Oma mit den Kaninchen? Wie war sie? Wie sah sie aus?

Ljuba lachte heiser: Wie sah Oma aus? Darüber habe ich noch nie nachgedacht. Aber ihren Geruch werde ich nie vergessen. Den milden Duft von Essen und Gebäck. Ihre Kleider waren alt, aber blitzsauber, und es waren Blumen daraufgestickt. Sie trug immer einen langen Rock und im Winter Hose und Wollsocken darunter. Das beste Obst und die beste Schokolade versteckte sie immer für mich, damit kein anderer davon aß. Und sie hat immer an meinen Geburtstag gedacht und eine besondere Torte aus vielen Pfannkuchen gebacken – eine Bärchen-Torte, Mishka. Das machte sie nicht für die Geburtstage meiner Geschwister, und sie warfen ihr vor, nur mich zu lieben.

Als ich acht war, hatte meine Mutter die Nase voll von meiner Essensmäkelei und schickte mich einen ganzen Sommer lang zu meiner Oma. Ich war dürr und hatte immer Kopfschmerzen, konnte nicht draußen spielen. Sie zwang mich, Milch zu trinken – das konnte ich nur mit zugehaltener Nase. Dreimal am Tag musste ich einen ganzen Becher trinken, manchmal habe ich mich übergeben. Aber seit diesem Sommer nahm ich zu und hatte auch keine Schmerzen mehr.

Ljuba blickte durchs Fenster in den Garten. Sah die umgekippte Schubkarre neben dem Schwimmbecken, die wilde Wiesenfläche mit Hahnenfuß und Vergissmeinnicht und den Grill, den Matti aus Pflastersteinen gebaut hatte.

Oma hat mich mit drei Bechern Milch am Tag gesund gemacht. Das hat mir die Freiheit geschenkt, mich frei zu bewegen, wie die anderen Kinder. Wir haben Brote mit nach draußen bekommen und Wasser aus dem Fluss getrunken oder aus den Fässern geschöpft, die vor jedem Haus standen.

Sie schwieg, und ich wollte nach der Flasche greifen, tat es aber dann doch nicht, da die Gläser noch voll waren.

In unserem Dorf sind alle Tage gleich, erzählte sie weiter. So war das bei mir zu Hause und auch bei meinen Großeltern. Opa nahm Birkenrinde, um die Feuerstelle zu entzünden. Dann ging er los, um Kühe und Schweine zu behandeln, denn er war Tierarzt. Wenn ich nicht essen wollte, zeigten sie mir seine Spritzen und Zangen und drohten, dass ich eine Vitaminspritze bekommen würde, wenn ich nicht gehorchte.

Oma hat Butter, Hüttenkäse und Sahne gemacht, Brot gebacken und Schweinerippchen gepökelt. Ihren Kindern schickte sie Fleisch und Milchprodukte nach Riga, Madona und Cesvaine. Wenn der Abend hereinbrach, fütterte sie die Tiere, schürte das Feuer, aß, setzte sich mit ihrem Strickzeug vor den Fernseher und sah sich Nachrichten, Serien und Filme an. Manchmal redete sie über das Gemurmel aus dem Fernseher hinweg. Darüber, was an diesem Tag passiert war und was am nächsten anstand. Sie erzählte Geschichten vom Krieg, dass sie ihren Vater unterm Haus verstecken mussten, damit die Deutschen ihn nicht mitnahmen. Weil er Pferde hatte, und wer Pferde hatte, musste Menschen und Lebensmittel transportieren und wurde danach nie wieder gesehen.

Oma seufzte oft und sagte: Früher hatten wir genug Geld, aber da gab es nichts in den Geschäften. Jetzt gibt es alles, aber wir haben kein Geld.

Gegen zehn sind wir schlafen gegangen.

Ljuba stützte die Hände in die Hüften und richtete sich auf. Ich dachte, sie wollte aufbrechen, und war daher aufgestanden. Doch sie nahm sich ein Kissen und legte sich auf die Seite, nachdem sie sich zurechtgerückt und mit den Fingerknöcheln ihren Rücken massiert hatte. Ich sank zurück auf den Schreibtischstuhl.

Samstags war Banja, sagte sie. Wir begannen den Tag damit, Feuer zu machen, dann trugen wir heiße Steine hinein und heizten ordentlich ein. Die Sauna duftete nach dem Birkenholz, das dort verbrannt wurde, und manchmal gossen die Männer auch schwarzes Bier über die Steine. Das Bier war selbst gebraut und schmeckte sehr malzig. Als ich klein war, haben alle ihr Bier selbst gebraut, aber in meiner Jugend kauften die meisten Bier. Ich fand das gekaufte Bier besser, helles Pilsner. Das schwarze Bier war deutlich stärker. Aber es roch gut. Wenn Kinder Madenwürmer hatten, gab man ihnen Malzbier, um die Würmer zu töten, und vor dem Essen bekamen sie einen Schluck helles Bier, das den Appetit anregen sollte. Manche Väter ließen immer einen Schluck in der Flasche, damit sich ihre kleinen Söhne an den Geschmack gewöhnten.

Die Männer gingen zuerst in die Sauna, weil sie es ganz heiß haben wollten. Sie saßen auf der obersten Bank, gingen raus, um sich abzukühlen, und dann wieder rein. Die Frauen waren danach dran, sie mochten es nicht so heiß, aber blieben dafür lange sitzen, wuschen sich die Haare, verbrauchten meist das ganze kalte Wasser aus dem Fass und hinterließen eine dicke Schicht Seifenschaum auf dem Boden. Danach gingen die Kinder rein, nur die kleinsten gingen mit ihren Müttern. Ich bin gern ins Dampfbad gegangen, aber ich hatte auch Angst, weil meine Haare so lang waren und Oma sie mir in der Sauna gekämmt hat.

Mit heißen, nassen Birkenzweigen haben wir uns den Schmutz abgeschlagen und uns mit kaltem Wasser aus einem großen Eimer übergossen. Danach gingen wir nach Hause, tranken Tee und aßen etwas. Oma hat braunen Zucker und Sahne gebacken und Karamell gemacht, den man mit einer Zange durchschneiden musste.

Ljuba leerte ihr Glas, ließ mich nachschenken und guckte lange auf den Boden. Doch als ich etwas sagen wollte, ergriff sie wieder das Wort: Oma und Opa hatten einen großen Kartoffelacker, und zur Ernte kam die ganze Familie, die erwachsenen Kinder aus der Stadt und deren Kinder. Oma deckte eine riesige Festtafel mit Brot, Salat, Kartoffeln und Suppe. In Alte Kirche ist es üblich, dass die Nachbarn sich bei der Kartoffelernte helfen, oder genauer gesagt: die Frauen. Die Männer versammeln sich am Kiosk und stoßen auf die gute Ernte an. Bis auf den Ehemann der Frau, der das Feld gehört. Er fährt den Pick-up, auf dem die Ernte gesammelt wird, aber verweigert außer dem Transport jede andere Arbeit. Er steht gelangweilt dabei, genervt, dass er helfen muss, was auch verständlich ist, wo die anderen Männer doch an der Bar stehen. Sie lieben den Schnaps mehr als die Frauen, aber vielleicht nicht mehr, als sie die Kinder lieben. Ich weiß es nicht. Morgens, noch bevor der Laden geöffnet ist, steht schon eine Gruppe Männer davor und wartet darauf, Wodka kaufen zu können.

Wir zündeten uns eine zweite Zigarette an.

Ich verstehe nicht, warum du dich dafür interessierst, sagte Ljuba. Oder vielleicht interessierst du dich ja auch gar nicht, sondern bist einfach nur so höflich.

Ist deine Oma gestorben?, fragte ich.

Ja. Sie ist zu Hause auf unserem Sofa gestorben. Eines Morgens wachte sie nicht auf, sondern lag nur da und atmete, und wir warteten. Ich saß auf einem Stuhl neben dem Sofa, als ich hörte, dass sie ihren letzten Atemzug tat. Ich habe nicht geweint. Mama und ich wuschen sie und zogen ihr das Nachthemd an, das sie sich für ihre Beerdigung ausgesucht hatte, und weiche weiße Schuhe, die extra für Tote gemacht werden. Die alten Leute in Alte Kirche sind aufs Sterben vorbereitet. Suchen sich Kleidung aus, legen Geld zur Seite und sagen jemandem, dem sie vertrauen, wo es liegt. Oma hatte nichts gespart, das hat uns etwas nervös gemacht. Aber am Ende ist alles gut gegangen. Aus irgendeinem Grund haben wir nach ihrem Tod noch zwei Monate ihre Rente bekommen.

Das glaubst du vielleicht nicht, aber sie hatte keine Fingerabdrücke, setzte Ljuba nach einer kurzen Pause wieder an. Sie bekam keinen Pass, weil man von ihr keine Fingerabdrücke machen konnte. Aber ihre Fingerspitzen waren extrem sensibel, und sie sagte immer, dass sie Indianerohren habe und eigentlich eine Diebin hätte werden müssen, weil sie das Klicken in den Schlössern von Tresoren so gut heraushörte.

Ich nickte. Ich war immer noch bei dem Schlangenbiss am Waldrand und schwor mir, die Schlange zu verbrennen, wenn ich das nächste Mal den Kamin anzündete, damit Ljuba nicht jedes Mal einen halben Herzinfarkt bekäme, wenn sie mich besuchte.

Die Mutter meines Vaters sagte auch immer, dass sie am besten eine Diebin geworden wäre, weil sie so leicht in anderer Leute Häuser reinkam und immer gleich wusste, wo alles war, erzählte ich. Sie ist gerade gestorben. Vor einer Woche haben wir sie beerdigt.

Ljuba sah mich beklommen an. Das tut mir leid, sagte sie. Hatte sie einen friedlichen Tod?

VIELES VON DEM, WAS LJUBA erzählte, rief auch in mir schmerzliche Erinnerungen wach. Meine Oma hatte eine besondere Vorliebe für mich, genau wie Ljubas Oma für sie. Sie war redegewandt, lustig, stellte viele Fragen und um sie herum war alles blitzblank. Gläser, Teller, Bettwäsche, Kissen und Blusen offenbarten ihren Hang zu Goldenem und rosa Rosen, und wie Ljubas Oma trug sie immer lange Röcke. Sie hatte ein Gemälde von sich als Achtzehnjährige, auf dem ihr Mund als rosa Rosenblatt gemalt war, die Augen dunkel und schön.

In den ersten Jahren nach ihrer Heirat lebten meine Großeltern im Osten Islands und arbeiteten meist beide; Opa fuhr einen Lieferwagen, Oma kochte für die Straßenarbeiter. Ich weiß nicht, wie sie das mit vier Kindern hinbekommen haben, aber sie haben das alles eisern durchgezogen. So hatten die Leute ein Auskommen.

Als ich geboren wurde, hatten sie sich in einer Wohnung in Breiðholt im Osten von Reykjavík eingerichtet, und ihre Ehe wirkte bedrückend, zumindest von außen betrachtet. Ich kann mich kaum daran erinnern, dass sie sich jemals unterhalten hätten. Wenn jemand sprach, war das meist Oma, und zwar mit uns anderen, während Opa nur selten etwas sagte. Doch unter der dicken Eisschicht verbarg sich glühende Leidenschaft, die die beiden fest miteinander verband. Ich habe noch nie jemanden in so tiefer Trauer gesehen wie Oma bei Opas Beerdigung, und wenige Monate später folgte sie ihm.

Oma war großzügig und hilfsbereit, aber im selben Maße auch dominant und herrisch. Sie hatte eine vehemente, durchschlagende und machtstrebende Nummer zwei. Ihr Hass auf Vigdís Finnbogadóttir war überraschend im Hinblick darauf, dass Vigdís eine beliebte Präsidentin war, und zu ihren Zeiten kaum etwas einen Schatten auf das Amt warf. Opa meinte, Oma hätte selbst Präsidentin von Island werden wollen, und vielleicht stimmt das. Aber ihre Persönlichkeit Nummer eins war zufrieden damit, Küchenchefin eines Kindergartens zu sein.

Ich verbrachte häufig das Wochenende bei meinen Großeltern und hatte Freundinnen in den Häuserblocks ringsum. An einem sonnigen Samstag klingelte es. Oma machte die Tür auf. Ich hörte die Stimme meiner Freundin und dass sie sich kurz unterhielten. Mir drehte sich der Magen um, als ich Oma schnauben hörte, denn ich kannte die Geräusche von Nummer zwei, und als Nächstes war zu hören, wie sie dem Mädchen die Tür vor der Nase zuknallte. Meine Freundin war zwölf, ich elf.

Deine Freundin fragt nach dir, aber ich an deiner Stelle würde nicht mit ihr gehen, sagte Oma.

Warum denn nicht?, fragte ich ängstlich und zugleich flapsig.

Sie hat einen schlechten Charakter und ist neidisch auf dich, sagte Oma mit loderndem Blick.

Verbietest du mir etwa zu gehen?, fragte ich mit bebender Stimme.

Sie musterte mich und sagte schließlich: Nein, du bist zu erwachsen, als dass ich dir das verbieten könnte. Geh, wenn du willst. Aber dieses Mädchen ist ein kleiner Schwachkopf.

Ich schlüpfte in meine Schuhe und ging, aber kurz darauf brach unsere Freundschaft auseinander. Nicht wegen Oma, sondern weil wir uns einfach nicht gut verstanden. So gesehen hatte Oma recht: Die Gesellschaft dieses Mädchens war nichts für mich, aber ich musste wohl der heiligen Pflicht nachkommen, es am eigenen Leib zu erfahren und selbst dahinterzukommen.

Doch das alles erzählte ich Ljuba an diesem Abend nicht, sondern beantwortete nur ihre Frage nach dem Todeskampf meiner Oma: Einen friedlichen Tod? Sie bekam eine Lungenentzündung, gegen die kein Antibiotikum half, und dann wurde ihr stattdessen Morphium verabreicht. Tagelang war nicht zu erkennen, ob sie wach war oder schlief. Mein Vater und ich saßen in diesen letzten Tagen oft bei ihr. Manchmal waren wir beide da, aber wir wechselten uns auch ab und waren dann jeweils allein bei ihr, hielten ihre Hand und sprachen mit ihr in der Hoffnung, dass sie uns hörte. Mir fiel auf, dass ihre Nägel ganz gepflegt und feuerrot lackiert waren, und wünschte mir, dass ich die Kraft gehabt hätte, mit ihr über den Tod zu reden, als sie noch sprechen konnte, nachdem Opa gestorben und es klar war, dass sie ihn nicht warten lassen würde.

Der Frieden wurde oft von einer zwar netten, aber neurotischen Krankenschwester gestört. Sie war dermaßen durch den Wind – man sah schon von Weitem, dass sie nicht ganz beisammen war. Später stellte sich heraus, dass ihr Problem die Angst vor dem Tod war.

 Zuletzt kam der Bruder meines Vaters auch noch dazu,

und wir drei waren bei ihr, ohne viele Worte zu machen. Gegen Mittag sahen wir sie unruhig atmen, die Gesichter der Brüder ganz mild vor Fürsorge, und mein Onkel sagte: Hoffentlich fühlt sie sich nicht schlecht. Ich habe nie Morphium genommen und weiß gar nicht, wie das ist.

Ich sagte: Einmal hatte ich in der Mývatn-Gegend heftige Nierenschmerzen, aber weil es schneite und stürmte, kam der Krankenwagen aus Húsavík nicht durch. Die Krankenschwester vor Ort wurde beauftragt, mir Morphium zu spritzen – das war, wie nach Hause zu Gott zu kommen.

Er nickte und ging in die Cafeteria, um seinen Hunger zu stillen. Da kam die Neurotische hereingestürmt, redete mit schriller Stimme zusammenhangslos auf Oma ein und wandte sich schließlich an Papa und mich: Ihr Sohn ist da draußen und holt sich gesengten Lammkopf mit Stampfkartoffeln, verkündete sie mit weit aufgerissenen Augen.

Papa und ich sahen uns irritiert an. Sein Bruder – stämmig, mit Glatze, ein verwitterter Bauer und Holzfäller – war ein Jahr jünger als Papa.

Kurz darauf kam sie noch einmal, warf uns einen entschuldigenden Blick zu, rieb sich die Hände und sagte: Das ist einfach so schwer… Es nimmt einen so mit, wenn jemand von uns geht.

Das war alles andere als die unpersönliche Reaktion, die wir in einer Einrichtung wie dieser erwartet hätten, und wir waren gerührt. Es war, als nähme sie alle Furcht und alle Zweifel auf sich, damit wir stoisch und ruhig sein konnten.

Papa sagte: Ja, aber ich sehe, dass Sie Ihr Bestes geben, damit es ihr gut geht.

Ich sagte: Danke, dass Sie ihr die Nägel lackiert haben, das ist eine schöne Geste.

Sie senkte den Kopf und beugte leicht die Knie, wie ein Adelsmädchen, das gerade ins Gesellschaftsleben eingeführt wurde, und danach war sie etwas ruhiger.

Bis Oma gestorben war.

Omas Kinder waren in ihrer Todesstunde bei ihr, und am Tag darauf kamen Matti und ich in Papas Begleitung, um uns in der Kapelle von ihr zu verabschieden. Die Krankenschwester führte uns beklommen durch die Flure und Gänge des Hauses und wirkte immer banger, je näher wir unserem Ziel kamen. Sie zog einen großen Schlüsselbund hervor und ließ uns in ein kleines Zimmer, das abgesehen von dem Krankenbett, in dem die Tote lag, und zwei großen Kerzenständern am Kopfende, völlig leer war. Die Tür fiel zu, und wir gingen langsam die drei Schritte zu Oma. Aber sie war gar nicht da. Statt einer korpulenten Frau in den Neunzigern lag dort unter dem weißen Laken die Leiche einer jungen Frau mit glatter Haut und schlanken, schönen Gliedmaßen. Oma war in einem solchen Frieden gestorben, dass sie wie das Disney-Schneewittchen im Glassarg aussah. Wie auf ihrem Gemälde.

Andächtig machten wir ein unbeholfenes Kreuzzeichen über ihr und betrachteten sie, wussten dann aber nicht, was wir sonst noch tun oder sagen sollten, und außerdem war es recht kühl dort drinnen, daher beschlossen wir, dass es nun gut war. Papa drückte beherzt die Klinke, aber die Tür bewegte sich nicht. Wir versuchten es noch einmal, doch es bestand kein Zweifel: Die Tür war abgeschlossen. Ich klopfte zart, und wir fingen alle an zu kichern. Ich klopfte noch einmal, diesmal fester, und dann hörten wir sie kommen. O Gott! Entschuldigen Sie!, rief sie.

Ihr großer Schlüsselbund klimperte, und wir hörten, dass er auf den Boden fiel.

Alles gut, ich bin hier!, schrie sie und dachte offenbar, dass wir Angst vor der Leiche hätten.

Wir hörten den Schlüsselbund ein zweites Mal auf den Boden fallen. Schließlich gelang es ihr, die Tür zu öffnen, und sie flehte um Verzeihung, das sei ihr noch nie passiert, dass sie jemanden dort eingesperrt hätte.

Es ist alles in Ordnung, sagte Matti und berührte sie an der Schulter. Machen Sie sich keine Sorgen deswegen.

Papa und ich sagten nichts, weil wir Mühe hatten, das Lachen zu unterdrücken. Das mag vielleicht zynisch klingen, aber man kann durchaus Trauer und Respekt vor dem Tod empfinden und gleichzeitig vor Lachen sterben.

Du musst mir glauben, das war wirklich so, sagte ich zu Ljuba.

So etwas habe ich noch nicht erlebt, aber ich glaube dir, sagte sie und hielt mir ihr Schnapsglas hin.

ICH KANNTE NIEMANDEN auf dieser Gartenparty, hatte aber das Gefühl, dass die Traum-Ljuba mit der Hälfte der Leute bekannt war. Doch, da sah ich Jakob, meinen Nachbarn, der dem Hausbesitzer da hinten an einem Beet zeigte, wie man eine schnurgerade Kante schnitt.

Ich schaute mich noch einmal genauer um. Das Haus sah wie ein amerikanisches Fertighaus aus, der Garten war gepflegter als meiner – aber mit dem von Jakob konnte er nicht Schritt halten – und der Wohnwagen auf den Holzböcken war mit Blumen bemalt, als stünde er dort seit den Siebzigern.

Irgendwann schaute Jakob von seiner Arbeit auf, gab dem Hauseigentümer den Kantenschneider und kam mit großen Schritten auf die Veranda zu, wo wir mit unserem Pappbecher-Punsch saßen. Hallo Mädels, sagte er.

Ich grinste breit, während Ljuba regungslos auf ihn herabstarrte. Das perfekte Pokerface. Mädels?, fragte sie. Meinst du nicht eher müde Hausfrauen oder etwas in der Art?

Mein Herz krampfte sich zusammen. Wo war Minerva? Im selben Moment fiel mir ein, dass sie mit ihrer Oma im Streichelzoo war, während ich schlafend auf dem Küchenboden lag. Sie war in Sicherheit. Ich träumte.

Ahahaha, lachte Jakob. So spricht man doch keine Damen an!

Statt Akkordeonmusik war nun seidenweicher Bossa Nova zu hören. Ich lächelte weiter in meinen Becher hinein.

Die Parade geht jetzt los, sagte der Mann mit den Glöckchenschuhen und gab Jakob Bänder mit Schellen, die er sich um die Fußknöchel binden sollte.

Sie gingen.

Ich lehnte mich an Ljuba und sagte: Du hattest recht mit dem Haus. Es hat eine düstere Vergangenheit. Jakob hat es mir erzählt. Ich wollte es dir schon längst erzählt haben, aber dann habe ich es vergessen, weil mich irgendetwas aus der Fassung gebracht hat. Was war das noch gleich?

Während ich nachdachte, klopfte Ljuba mit den Fingern sanft den Takt an ihren Becher und sah zu, wie sich die Männer mit wackelnden Hüften durchs Gartentor schoben.

Das Blut gefror mir in den Adern, als es mir wieder einfiel. Jetzt weiß ich es wieder, o Gott, das war schrecklich, seufzte ich. Ich bin so ein Idiot.

Ljuba legte mir ihre warme Hand auf die Schulter. Schon gut, Eva. Ist doch verständlich, wie es dazu kam.

AN DEM TAG, ALS ICH DIE GESCHICHTE des Hauses erfuhr und mich daraufhin zum Idioten machte, stand die gesamte Familie in der Tür zu meinem Arbeitszimmer. Matti hatte Mínerva auf dem Arm. Der Boden, das Sofa, der Sekretär, der Schreibtischstuhl, der Sessel mit Drehfuß – alles war mit den kleinen rosa Blüten von einem dieser Sträuße bedeckt, die Ljuba oft mitbrachte.

Als wäre hier ein japanisches Haiku explodiert, sagte Matti.

Mínerva glitt vom Arm ihres Vaters und begann, die Blüten vom Boden aufzusammeln. Ich öffnete die Tür zum Garten, trug die Vase mit dem, was vom Strauß noch übrig war, vorsichtig nach draußen, wischte die Blüten auf der Tischplatte zusammen, warf sie raus und sah zu, wie sie schwebten und vom sanften Wind zerstreut wurden. Es war August und hatte endlich aufgehört zu regnen. Die Tage waren schwül, aber gegen fünf kam meist Wind auf, manchmal von Nachmittagsschauern begleitet. An diesem Tag war die Brise zwar da, der Himmel aber blieb blau. Der Geruch von Jakobs Grillkohle zog in unseren Garten und durch die offene Tür.

Was hast du da eigentlich an?, fragte Matti.

 Ich sah an meiner weißen Jeans hinunter, die vor 1960

Geborene wahrscheinlich als ordinär bezeichnen würden, andere als tussig. Sie war an sechs Stellen absichtlich zerrissen und der Stoff um die Löcher sorgfältig vernäht.

Hat Ljuba mir geschenkt, antwortete ich.

Das überrascht mich nicht, sagte er.

Wieso?

Ich weiß nicht. Vielleicht erinnert sie ein wenig an Osteuropa?

Bildete ich mir das nur ein oder war er wirklich eifersüchtig? Das wäre nicht verwunderlich, denn die Freundschaft zwischen Ljuba und mir wurde immer enger, wir waren wie verlobt. Wir trafen uns täglich, manchmal sogar zweimal. Wenn ich Brot backte, schnitt ich den noch ofenwarmen Laib in zwei Hälften, brachte ihr eine davon und bekam dafür zerrissene Hosen, eine Handvoll Bohnen, tiefgekühlten Rhabarber oder Holzklötze aus der Fensterwerkstatt für den Kamin. An manchen Abenden schlossen wir uns in meinem Arbeitszimmer ein, rauchten und unterhielten uns mit gedämpften Stimmen. Matti durfte nicht dabei sein, und auch Hlynur nicht. Hlynur hatte ich sowieso auch erst ein einziges Mal durch die Scheibe des Suzuki-Jeeps gesehen. Unglaublich, wie unsichtbar dieser Mann war, ein verborgenes Wesen. Aber in meinem Kopf hatte ich ein klares Bild von ihm: ein blonder, fitter Kerl um die dreißig. Dass ich ihn mir blond vorstellte, kam daher, dass das Haar seines älteren Sohnes sehr hell war und der kleine Fjodor richtige Engelslöckchen hatte.

Mínerva gab es auf, die Blüten in ihrem Fäustchen bändigen zu wollen, ließ sie auf den Boden rieseln und hob stattdessen eine nach der anderen auf, um sie einzeln in den Garten zu werfen.

Wir erschraken beide, als der Kater durch die Tür geschlüpft kam, das nagelneue Band lose um den Hals. Ich schnappte ihn mir, schnallte das Halsband fest und ließ ihn wieder laufen. Ich rechnete damit, dass er auch dieses Halsband verlieren würde, wie all die anderen Glöckchenbänder, die ich ihm diesen Sommer bereits umgebunden hatte, aber es schadete nicht, es noch einmal zu versuchen. Ich nahm Mínerva an die Hand, und wir gingen in den Garten. Am Zaun, der die Grundstücke trennte, stand Jakob mit der Grillzange. Wir gingen zu ihm.

Ich habe deinem Kater ein Glöckchen um den Hals gebunden, ich hoffe, das war okay, sagte Jakob. Er hat eine gerade erst flügge gewordene Bachstelze gefangen. Das sind so schöne Vögel.

Ja, sagte ich, danke. Er streift sich die Halsbänder immer ab und verliert sie. Sein Kopf ist so klein.

Ich wurde rot, als ich das sagte. Ein kleiner Kopf? Was für eine jämmerliche Rechtfertigung. Niemand sollte sich je rechtfertigen – aber das vergisst man so leicht, wenn man sich angegriffen fühlt.

Schön zu sehen, wie viel ihr an dem Haus getan habt, sagte Jakob. Gut gemacht. Ich beobachte dieses Haus schon, seit ich klein war. Ich bin in jeden Ferien hergekommen, bis ich Eigentürmer dieses Schlösschens hier wurde. Solange ich denken kann, gehörte die Parzelle meiner Oma, sagte er und ließ den Blick über seinen Garten und das große, moderne Holzhaus schweifen. Aber damals gab es hier nur einen Kartoffelacker und eine winzige Hütte.

Hast du das Haus gebaut?, fragte ich.

Er nickte stolz, zu Recht. Sein Haus war groß und schön und das Grundstück gepflegt. Er mähte einmal in der Woche den Rasen und rupfte jede Sternmiere sofort raus. Dagegen sah unser Garten wie ein Urwald aus, während wir schon vage und verfrüht von Hühnerhaus, Sauna, Gewächs- und Gästehaus träumten.

Dieses Haus hatte schon so manchen Besitzer vor euch, kann ich dir sagen. Nicht immer ging es hier friedlich zu.

Ach ja?, sagte ich. Mínerva versuchte, an mir hochzuklettern, und ich nahm sie auf den Arm.

Euer Schwimmbecken war zeitweise voll mit Selbstgebranntem. Keine Ahnung, wie mir das die ganze Zeit entgehen konnte, aber ich ahnte nichts, bis die Kripo vor der Tür stand. Da wohnte hier ein Klempner, der mir manchmal geholfen hat, wenn ich bei der Verlegung der Rohre nicht weiterkam. Er wurde festgenommen, und Männer mit Gasmasken und weißen Overalls trugen einen ganzen Tag lang Kanister weg. Das war sicher die größte Schwarzbrennerei, die die Polizei je geräumt hat.

Ah ja, sagte ich.

Vor ihm hat hier die Blumenverkäuferin gewohnt, du weißt schon, die mit dem Blumenladen an der Hauptstraße. Ihr und ihrem Mann hat das Haus kurz gehört. Das Rosengeranke an der Westecke stammt sicher aus ihrer Zeit.

Danach hat hier eine fünfköpfige Familie gewohnt, das Paar war Mitglied in einem Motorradclub, der sich *Die Verdammten* nannte. Da war hier einiges los. Einmal haben sie sich aufgemacht und mit den anderen Leuten aus der Gang auf ein Haus geschossen, das direkt vor der Ortsgrenze stand. Das konnte man danach vergessen.

Geschossen? Wie meinst du das?, fragte ich.

Mit Gewehren und anderen Schusswaffen. Das war eine Art Hinrichtung. Jemand aus der Truppe war pleitegegangen. Sie wollten nicht, dass das Haus in den Besitz der Bank übergeht.

Das kann ich gut verstehen, sagte ich und dachte, dass die Liste damit vollständig sei.

Doch Jakob war noch längst nicht fertig. Und dann hat hier ein hübsches Schweizer Mädchen gewohnt. Sie war auf der Flucht vor ihrem Ex, der sie ständig geschlagen hat. Er war im Osten, vorher hatten sie zusammen in Egilsstaðir gewohnt. Das kam mir ganz schön optimistisch vor zu versuchen, sich hier unter den paar Leutchen zu verstecken, aber immerhin hatte sie ein Kontaktverbot gegen ihn erwirkt. Sie hat hier nicht zur Miete gewohnt, sondern das verdammte Haus gekauft, und ist jeden Tag über die Hochebene nach Reykjavík zur Uni gebrettert. Sie war auf der Pädagogischen Hochschule, und ich glaube, sie hat sogar ihren Abschluss geschafft, bevor er sie aufgespürt hat und umbringen wollte. Ich war zufällig wach und sah, dass er hier herumlungerte und sich an ihrem Auto zu schaffen machte. Ich rief die Polizei, und als sie ihn mitnahmen, hatte er schon die Bremsen gelöst und versuchte gerade, ins Haus zu kommen.

Ich rückte das Kind auf meinem Arm zurecht und war auf einmal froh, einen Nachbarn wie Jakob zu haben. Er war nicht boshaft, neugierig oder kritisch – er passte einfach nur gut auf. Ich glaubte zwar nicht, dass ich Feinde hatte, aber man weiß ja nie.

Danach ist sie zurück in die Schweiz gezogen. Keine Ahnung, warum sie nicht schon viel früher das Land verlassen hat. Und dann waren da die Leute, denen ihr das Haus abgekauft habt. Die mochte ich gut leiden. Sie war Jura-
 Studentin und er Fleischer, hatte große Dobermänner und

Schäferhunde, die oft frei im Garten herumliefen. Schöne Tiere, aber freiwillig hat man denen nicht in die Augen gesehen. Deshalb ist um euren Garten überall dieser hohe Zaun. Ihre Tochter hat auch manchmal im Garten gespielt, aber nie zur selben Zeit wie die Hunde. Im Haus wurden sie in das kleine Zimmer gesperrt, in dem ihr jetzt schlaft. Das ist doch euer Schlafzimmer, oder, das Zimmer in der Südostecke? Sie haben jeden angebellt, der vorbeiging, den ganzen Tag. Ich weiß es nicht, aber ich habe das Gefühl, dass er noch eine Rechnung mit weniger seriösen Leuten offen hatte, sagte Jakob und zwinkerte mir zu.

Ich nickte. Dieser Holzzaun, den nur das fliegende Vögelchen überwinden konnte, hatte mir schon einiges Kopfzerbrechen bereitet. Dasselbe galt für die Vierpunkt-Verriegelung der Außentüren. Wenn man sie zu- oder aufschloss, klackten vier schwere Stahlstifte schwerfällig an ihren Platz.

Danke, dass du mir das erzählt hast, ich wusste gar nicht, dass das Haus eine so aufregende Vergangenheit hat, sagte ich.

Ich hatte das Gefühl, mich in der Wiege des Urkapitalismus zu befinden, wo jeder eine klare Aufgabe und Berufsbezeichnung hatte. Klempner, Lehrer, Gewalttäter, Blumenverkäuferin, Fleischer, Jurist.

Von der Blumenverkäuferin wusste ich. Sie war genauso tough wie meine anderen Vorgänger in diesem Haus. Als Matti und ich das erste Mal in ihren Laden kamen, kauften wir geflecktes Knabenkraut. Wir lächelten. Sie lächelte nicht. Wir machten einen Witz, sie lächelte nicht. Wir versuchten um die Wette, sie aus der Reserve zu locken, das war inzwischen etwas Persönliches geworden, wir steigerten uns da richtig rein. Sie verkniff es sich, mit den Augen zu rollen.

Aus den Augenwinkeln sah ich, dass mein Vater auf der anderen Straßenseite parkte. Mínerva und ich liefen ihm entgegen und hatten ihn gerade begrüßt, als Fjodor den Bürgersteig entlanggetapst kam, in Begleitung einer hübschen Frau.

Hallo, sagte ich.

Dann wandte ich mich Papa zu und erklärte: Das ist Ljubas Schwiegermutter.

Die Frau kniff im hellen Sonnenschein die Augen zu. Das stimmt nicht ganz, sagte sie. Ich bin Hlynurs Exfrau.

DIE BLONDE FRAU, DIE IMMER AUF FJODOR aufpasst, sagte ich atemlos, als ich in Ljubas Tür stand.

Sie nickte. Ingibjörg, Hlynurs Ex.

Meintest du nicht, sie ist seine Mutter?

Das hätte ich nie behauptet, antwortete Ljuba. Denn das stimmt nicht. Aber ich könnte gesagt haben, dass sie Sigmars Mutter ist. Das ist sie nämlich.

O mein Gott, sagte ich.

Komm rein, Eva, sagte Ljuba.

Das war das erste Mal, dass ich das Wohnhaus betrat. Es war, als käme ich in ein altes isländisches Haus auf dem Land. Sofas und Sessel waren mit geblümtem Plüsch bezogen, in einer Ecke tickte eine große Standuhr, aus der Küche drang der Geruch von Lammfett.

Setz dich, sagte sie, und ich ließ mich auf einen beigen Küchenstuhl fallen. Ein schmales, mit Dill bedecktes Forellenfilet und ein Messer tauchten vor mir auf, und im nächsten Augenblick sah ich in ein Schnapsglas, mit einer schwarzen Flüssigkeit gefüllt.

Was ist das?, fragte ich.

Eingelegte Forelle, sagte sie. Schwarzer Johannisbeerlikör. Probier mal.

Ich schnitt ein Stück von der Forelle ab und probierte. Sie

schmeckte salzig und frisch. Der Likör hatte eine säuerliche Süße und verstärkte den Geschmack des Fisches.

Ich bin so ein Idiot, seufzte ich.

Ja, das sind wir doch alle, sagte Ljuba. *Everyone is idiot.*

Ist Hlynur viel älter als du?, fragte ich.

Zwanzig Jahre, antwortete sie. Er ist einundfünfzig.

Seid ihr schon lange zusammen?

Es ist drei Jahre her, dass wir uns in der Fensterwerkstatt kennengelernt haben, antwortete sie. Meine Schwester Inna und ich waren die einzigen Frauen, die dort gearbeitet haben. Mit dem Messer in der Hand fügte sie hinzu: Ich verstehe nicht, warum er sich in mich verliebt hat, ich war überhaupt nicht attraktiv, nur traurig und einsam.

Sie schnitt die Forelle in dünne Scheiben und sprach dabei weiter, langsam und leise, als würde sie mir ein Geheimnis erzählen: Vadim ist in Lettland geblieben. Es war so schlimm für mich, ihn zurücklassen zu müssen. Viele Monate tat ich nichts anderes, als zu arbeiten, bei Bónus einzukaufen, zu essen und zu schlafen. Ich wohnte bei meinem Arbeitgeber und seiner Frau und zahlte die Miete, indem ich kochte und putzte und im Haushalt mithalf. Ich hatte kein Interesse an den Kerlen, die mit mir in der Werkstatt arbeiteten, schon gar nicht an Hlynur, der verheiratet war und 120 Kilo wog, mit zotteligen Haaren und Bart. Er mied es, mit mir zu sprechen oder in meiner Nähe zu sitzen. Ich dachte, er könne mich nicht leiden, aber später sagte er mir, dass ich so gut gerochen hätte, dass er verrückt geworden wäre.

Sie sah mich an, als wollte sie prüfen, wie ich es fand, dass sie das so freiheraus erzählte.

 Und dann?, fragte ich.

Dann hat er seine Frau verlassen, ist in ein Ferienhaus gezogen, ließ sich die Haare schneiden, rasierte sich den Bart und nahm dreißig Kilo ab. An einem Abend saß ich mit der Frau meines Arbeitgebers vor dem Fernseher, als ich eine SMS von Hlynur bekam: *Sorry Ï love yu.*

Ein Gefühl von Schönheit breitete sich in mir aus – ich wollte, dass es weiterging! In den nächsten Tagen beschäftigte mich nichts als die Frage, was ich jetzt tun sollte; wie wir nach dieser Sache weiter zusammenarbeiten konnten. Jetzt war ich diejenige, die ihn mied, aber die Veränderung an ihm nahm ich trotzdem wahr. Dann lud er mich und einen lettischen Kollegen zum Kartenspielen in sein Ferienhaus ein – ich weiß nicht, warum ich zugesagt habe. Irgendwann später an diesem Abend fuhr der Kollege nach Hause, und ich blieb bei Hlynur zurück. Anfangs kam Ingibjörg nicht damit klar, aber sie hat uns verziehen und auch viel geholfen. Sie hat sich um mich gekümmert, als ich schwanger war. Angerufen und uns zum Abendessen eingeladen. Uns in den Gewächshäusern geholfen. Sigmar mit Essen zu uns geschickt; das war, bevor er hergezogen ist. Sie hat auch einen Kinderwagen und einen Wickeltisch vorbeigebracht. Und am Tag nach Fjodors Geburt kam sie mit lauter Geschenken und Babykleidung ins Krankenhaus. Wir haben sie gebeten, seine Patentante zu werden, und sie hat Ja gesagt.

Zuerst war mir das unangenehm, aber als ich begriff, dass sie keine Gegenleistung erwartete, konnte ich damit immer entspannter umgehen. Sie tat das, weil sie es wollte. Ich weiß nicht, was wir tun würden, wenn wir keine Betreuung für Fjodor hätten.

Und er liebt sie. Sie ist seine beste Freundin. Manchmal telefoniert er abends mit ihr. Das ist unglaublich komisch:

Er liegt auf dem Bauch, schlenkert mit den Beinen und wiederholt die paar Wörter und Satzfetzen, die er kann. Er nennt ihre Eltern Oma und Opa, was gut ist, weil Hlynurs Eltern gestorben sind und er meine Mutter noch nie gesehen hat.

Ich hatte auf einmal große Schwierigkeiten, den Bissen in meinem Mund runterzuschlucken.

Ljuba sah die Tränen in meinen Augen und nickte: Ingibjörg ist eine gute Frau. Ihre Familie und Freunde sprechen gut von mir, das habe ich sicher ihr zu verdanken. Und jedes Mal, wenn wir uns sehen, öffnet sie sich etwas mehr. Am Anfang hat sie nicht viel gesagt. Hat lieber ihre Taten sprechen lassen.

Sie griff in ein Regal über dem Küchentisch, nahm ein Foto heraus und reichte es mir. Ich sah mir das Bild an und gab ein kurzes, nervöses Lachen von mir.

Was ist?, fragte Ljuba.

Nichts, ich ..., setzte ich an und vertiefte mich wieder in das Familienbild.

In der Mitte des Fotos ist Fjodor, ein paar Monate alt, in eine schwarze Babyschale geschnallt, die auf einem Tisch abgestellt ist. Dahinter steht Ingibjörg in weißem Trägertop und hat ihre Hände auf den Sitz gelegt, neben ihr Hlynur im T-Shirt, die Arme vorm Bauch verschränkt. Und auf der anderen Seite von Fjodor und Ingibjörg steht Ljuba, in Rollkragenpulli und Lederjacke eingemuckelt, die Hände in den Taschen, spindeldürr und mit zwei prallen Milchfabriken vor sich. Ich hatte das Gefühl, dass sie das Kinn heben musste, um der Brust Platz zu verschaffen. Hlynur lächelt freundlich, Ingibjörg sieht ernst aus, Ljuba guckt teilnahmslos. Das Foto wurde an einem schönen Sommertag draußen in der Natur aufgenommen. Überall niedriges Gesträuch, ein geschotterter Gehweg, der Tisch, auf dem die Babyschale steht, ist ein Picknicktisch mit fest installierten Bänken, wie man sie überall im Land an Rastplätzen findet. Im Hintergrund ein blauer Jeep.

Ljuba stellte das Bild zurück an seinen Platz im Regal.

Ich glaube, ich wollte einen Mann, den ich lieben kann und der gleichzeitig ein bisschen wie mein Papa ist. Ich hatte keine Lust mehr, mit jungen Männern zusammen zu sein, verstehst du?

Ja, antwortete ich.

Vadims Vater war so… ich weiß nicht. Als ich in den Weihnachtsferien nach Hause kam, zum ersten Mal, seit ich nach Island gegangen war, fing ich dummerweise etwas mit einem Siebzehnjährigen an.

Ljuba!, sagte ich.

Er hatte keine Schneidezähne mehr, weil er so jung mit dem Trinken und Rauchen und Prügeln angefangen hatte. Seit er ein Kind war. Mit den erwachsenen Männern. Er durfte immer dabei sein, wie selbstverständlich. Vielleicht weil er für sein Alter groß war, selbstbewusst und schlagfertig. Mama bekam einen Schock, als sie erfuhr, dass ich mit ihm zusammen war. Weil er so jung war. Sie kannte seine Familie, und auch die war nicht begeistert. Sie hielten das nicht für angemessen, ich sei schon fünfundzwanzig, mit Kind und einer gescheiterten Beziehung hinter mir. Auf dem Sprung zurück nach Island und so weiter. Auch meine Freunde waren empört: Warum er? Er ist ein Nichts. Er arbeitet nicht und denkt nicht an die Zukunft. Er hat keine Träume.

Aber ich dachte mir, dass ich ihn großziehen und für uns

sorgen könnte. Ich meinte, in Island genug zu verdienen, und weil er noch so jung war, zur Abwechslung mal selbst das Steuer in der Hand halten zu können. Dass ich alles so einrichten könnte, wie es mir passte. Ich wollte ihm Zähne machen lassen. Aber mir wurde schnell langweilig. Man konnte über nichts mit ihm reden. Er verstand nichts und interessierte sich nur für Wodka und Sex. Ich wusste, dass er die Trennung nicht gut aufnehmen würde, daher sagte ich nichts, bis ich zurück in Island war. Er ist völlig ausgerastet. Wollte sich umbringen. Wenn ich darüber nachdenke… ich hätte im Gefängnis landen können. Wenn er sich wirklich umgebracht hätte.

Ich sah sie an, war ihr dankbar, dass sie mir etwas erzählt hatte, das noch schrecklicher war als meine Unbedachtheit eine halbe Stunde zuvor.

Sie erzählte weiter: Als Hlynur und ich uns kennenlernten, war es, als hätte ich mich in eine Jugendliche zurückverwandelt. Ich wohnte bei Leuten, die meine Eltern hätten sein können, und schlief allein in einem Zimmer, als hätte ich nie einen Freund gehabt oder ein Kind bekommen. Hlynur hatte schon längst Fuß gefasst, seine Kinder waren Jugendliche. Wie ich, hahaha. Und das Lustige ist, dass auch er keine Schneidezähne hatte, als ich ihn kennenlernte. Das habe ich vorhin vergessen zu erzählen. Als er sich in mich verliebte, schaffte er sich nicht nur neue Kleidung, sondern auch neue Schneidezähne an. Inna hat mich darauf aufmerksam gemacht. Sie meinte: Hast du gesehen? Hlynur hat neue Zähne. Er sieht so gut aus, wenn er lächelt.

Ist er nett zu dir?, fragte ich und befürchtete im selben Moment, dass meine Frage überheblich und voreingenommen klingen könnte. Dass die feine Dame aus dem Vorort davon ausgeht, dass die eingewanderte Frau ein Opfer ist. Doch Ljuba sah mich liebevoll an und sagte: Ja, Eva, aber danke, dass du fragst. Das hat mich noch keiner gefragt. Meine Mutter nicht, noch nicht einmal mein Bruder. Manchmal wünschte ich mir so, dass er fragt, nur damit ich ihm antworten kann, dass er nicht so dämlich sein soll. Aber Hlynur ist mehr als nett. Er liebt alles an mir, auch meine Wut. Wenn ich sage, dass ich ihn hasse, sagt er, dass er es liebt, wenn ich meine Krallen ausfahre. Trotzdem hört er mir zu und versucht, es mir recht zu machen. Was manchmal unmöglich ist. Zehn Tage vor meinen roten Tagen darf er kaum einen Atemzug tun. Schon allein neben ihm zu liegen und zu versuchen einzuschlafen, wenn er schnarcht… Es reicht schon, wenn er in meine Richtung atmet, vor allem, wenn er den Mund offen hat – dann würde ich ihn am liebsten umbringen. Ich liege so oft wach und ertrage ihn nicht, weil er schlafen kann. Dann setzt die Blutung ein, und auch dann bin ich gereizt. Ehrlich gesagt bin ich nur an wenigen Tagen im Monat gesellschaftstauglich.

Frauen sind von Natur aus launisch, antwortete ich. *Women are moody by nature*. Ich war nicht sicher, wen ich da zitierte, und auch nicht, wie groß der Wahrheitsgehalt dieser Aussage war, aber Ljuba nickte voll Eifer.

Ja, sagte sie. Die Hormone. Wir können nichts dagegen tun. Aber Männer sind auch launisch. Jónsi, Hlynurs Freund, der auch in der Werkstatt gearbeitet hat, war so böse auf ihn, dass er sich an mich rangemacht hat und wir zusammengekommen sind. Er ist geschieden und einsam. Niemand kocht für ihn, kein Sex. Er fand es so egoistisch von Hlynur, als er sich von Ingibjörg trennte, um was mit mir anzufangen. Er hat ihm immer noch nicht ganz verziehen, aber er hat auch noch keine neue Frau gefunden. Ich glaube, er traut sich nicht, mit den Frauen zu reden, die ihm am besten gefallen. Aber das ist nicht Hlynurs Schuld.

Auf keinen Fall, stimmte ich ihr zu. Aber ich verstehe das nicht ganz. Hatte Jónsi auch ein Auge auf dich geworfen?

Kann sein, antwortete sie. Einmal hat er mich angemacht. Auf einer Party für die Mitarbeiter in einem Ferienhaus hier in der Nähe. Er hat angedroht, allein in die Nacht hinauszulaufen, wenn ich nicht mit ihm schlafe. Ich sagte Nein und er lief los. Hlynur ging ihm nach und zwang ihn, umzukehren und sich schlafen zu legen. Irgendwann morgens, bevor die anderen aufwachten, nahm Jónsi sein Auto und fuhr weg, aber er wurde von der Polizei angehalten und war seinen Führerschein los.

Okay, sagte ich. Verstehe.

Sie gab mir einen Bissen Forelle. Ich schob ihn mir in den Mund, doch es war, als wüsste der nicht, was er tun sollte. Als hätten die Zähne jeglichen Biss verloren.

Ist Vadim bei seinem Vater geblieben, als du nach Island gezogen bist?, fragte ich.

Sie schüttelte den Kopf. Bei meiner Mutter. Sie und meine Schwestern haben sich um ihn gekümmert. Er war sechs Jahre alt. Als ich ihn zu mir holte, war er schon zehn. Damals wohnten wir noch in Hlynurs Ferienhaus, aber das haben wir jetzt nicht mehr. Die Bank hat es uns weggenommen. Deshalb mieten wir jetzt diese unbrauchbare Hütte hier.

Es tut mir so leid, dass du ..., fing ich an – und konnte nicht anders.

Sie nickte und brachte mich mit einer Handbewegung zum Schweigen. Wie habt ihr euch kennengelernt, Matti und du?

Auf einer Bootsfahrt, antwortete ich.

Auf einer Bootsfahrt?, wiederholte Ljuba. Auf dem Meer?

Ich nickte. Ich wohnte in einem Ort, der Stykkishólmur heißt, und Matti meinte, mich besuchen zu müssen, um über ein Buch von mir zu reden, das zwei Jahre zuvor erschienen war.

DAS WAR DER BEGINN unserer Beziehung. Er hatte ein paar Flaschen mitgebracht und irgendwann nach Mitternacht war klar, dass er in dieser Nacht nicht mehr nach Hause fahren würde. Wir wagten es nicht, uns die Spannung einzugestehen, die in der Luft lag, und weil die Frage, wo er schlafen würde, so unangenehm im Raum stand, fanden wir eine Möglichkeit, ins Freie zu fliehen: Er sagte, er wisse von einer Party, das Problem sei nur, dass sie draußen auf der Insel Flatey stattfinde. Ich antwortete, dass ich die Nummer eines Fischers mit kleinem Motorboot wisse, der immer spät schlafen gehe.

Der war bereit, uns für eine angemessene Bezahlung rüberzufahren, und obwohl er sturzbetrunken war und ständig aus einer *Hot'n Sweet*-Pulle trank, die er in der Tasche hatte, konnten wir uns nicht vorstellen, das Ganze abzublasen. Er fuhr uns rüber, und wir gingen zu dritt in ein erleuchtetes, hundert Jahre altes Holzhaus, in dem eine Filmcrew das Ende der Dreharbeiten feierte. Matti schnitt mich komplett, möglicherweise aus Angst vor dem Urteil der Anwesenden, von denen die meisten die Frau kannten, mit der er mehr als zehn Jahre verheiratet gewesen und von der er erst halb getrennt war.

Für mich war es schwer zu verstehen, warum er mich

zu einer Party mitnahm und dann so tat, als sähe er mich nicht. Ich versuchte, mit ihm zu reden, doch er guckte gequält, und es war, als hörte er mich nicht. Da gab ich es auf und suchte bei den dunkel gekleideten Tontechnikern und Kameraleuten an der Bar Zuflucht. Hinter ihnen saß ein landesweit bekannter Schauspieler, dunkelhaarig und mit eingefallenen Wangen, der mich anstarrte und lachte.

Was ist denn so lustig?, wollte ich wissen.

Du, sagte er. Du bist lustig.

Das war ein Mann, der Bacchus kannte. Vielleicht fand er es lachhaft, dass ich mich mit dem Allmächtigen messen wollte, dass ich tatsächlich glaubte, gegen den Schnaps eine Chance zu haben.

Einer der Tontechniker schielte in meine Richtung, und ich wusste schon, was er sagen wollte, bevor er den Mund öffnete. Man erkennt ihn sofort, diesen Gesichtsausdruck von Leuten, die im Begriff sind, einem Die Warnung aufzutischen. Bist du mit Matti hier?, fragte er.

Ja, sagte ich.

Er ist ein guter Junge, ich kenne ihn seit zwanzig Jahren, aber er trinkt. Verstehst du, was ich meine? Er ist krass.

Die anderen sahen mich ernst an und nickten. Bis auf den Schauspieler. Der lachte noch immer.

Ich hatte schon oft Die Warnung zu hören bekommen, aber noch nie von so lebendigen Gesellen wie diesen. Es wäre übertrieben zu sagen, dass ich am ganzen Leib gezittert hätte, aber ich merkte, wie sich mir alles zuschnürte.

Ist er ein Aufreißer?

Mit betrübtem Blick schüttelten sie ihre schweren Köpfe. Nicht dass ich wüsste, sagte der Tontechniker.

Der Fischer konnte sich auf dem Weg zum Anleger kaum

auf den Beinen halten, doch wir zögerten nicht, zu ihm ins Boot zu steigen. Matti war ganz schön besoffen, aber das war nichts im Vergleich zu dem Mann, der uns durch den Fjord schiffen wollte, an lauter Schären und kleinen Inseln vorbei. Der Wind hatte zugenommen, und das Boot schwankte auf den Wellen.

Ich verzog mich in die Kajüte, legte mich in eine enge Koje und krallte mich an der Bettkante fest. Bald wurde das Boot so heftig hin und her geworfen, dass ich bei jeder Welle von der Matratze abhob und in der Luft schwebte, bis ich wieder auf mein Lager prallte. Die Holzbretter an beiden Seiten der Matratze nahmen mich jedes Mal standhaft in Empfang, wenn das Boot von einem Wellenkamm stürzte und ich hinterher.

Es war gut, die Blutergüsse an den Oberarmen aufblühen zu spüren; als Bestätigung dafür, dass ich noch am Leben war. Nach einer Stunde mussten wir meiner Rechnung nach wieder an Land kommen, und als ich hörte, dass die beiden Männer im Steuerhaus aufgeregt miteinander sprachen, ging ich zu ihnen hinauf in der Annahme, dass wir uns den Lichtern näherten. Stattdessen sah ich einen Kapitän, der vor Trunkenheit die Augen verdrehte, und Matti, der den Bildschirm des Navigationsgeräts studierte und schrie: Da ist Island, und da sind die Inseln – aber wir sind irgendwo hier! Willst du mit uns in die Grönlandsee fahren, du verdammter Idiot?

Ich guckte aus dem Fenster und sah, dass die Wellen um einiges höher waren als das Boot. Da ging ich wieder runter in die Kajüte und fand mich mit meinem Schicksal ab, wie auch immer es aussehen würde. Es war August, und die Nächte waren wieder dunkel, doch als wir zitternd vom Boot stiegen, wurde es schon wieder hell. Die Rückfahrt hatte dreimal so lang gedauert wie die Fahrt zur Insel zu Beginn dieser Nacht. Der Himmel war dunkelblau, die Sterne verblassten, es herrschte Windstille, Meer, Boote und Häuser waren in tiefe Farben getaucht, der Boden schaukelte unter meinen Füßen, und in meinem Kopf drehte sich alles. Ich ging über die Straße, die den Fähranleger von der Insel Súgandisey trennt, und lehnte den Kopf an die graue Felswand.

Matti kam zu mir. Ich hätte dich beinahe umgebracht, sagte er.

Nein, entgegnete ich. Du hast uns gerettet.

Ich hätte dich beinahe ertränkt, aber da das nicht geklappt hat, muss ich ein Kind mit dir haben.

Ljuba lachte: Hat er das wirklich gesagt?

Ich glaube, ja, antwortete ich. Er erinnert sich auch daran, das gesagt zu haben. Aber wir standen unter Schock. Vielleicht hat keiner was gesagt.

Und der Fährmann?, fragte Ljuba. Hat der nichts gesagt?

Seine Freundin kam mit dem Auto und holte ihn ab. Am Tag darauf haben wir zigmal bei ihm angerufen, sind zu ihm gegangen und haben an seine Tür geklopft. Aber wir haben ihn nicht erwischt. Wir schulden ihm immer noch zwanzigtausend.

Ich war aufgestanden und wollte mich verabschieden. Wir achten immer darauf, uns gegenseitig nicht aufzuhalten. Doch sie gab mir ein in Alufolie gewickeltes eingelegtes Forellenfilet und fragte: Willst du mal was sehen? Komm mit.

ICH STECKTE DAS FILET in die Jackentasche und folgte ihr auf den Hof hinaus, über einige Gehwegplatten in einen kleinen Anbau am *anderen* Gewächshaus hinein, das ich noch nie betreten hatte. Die Augen brauchten eine Weile, um sich an die Dunkelheit zu gewöhnen, doch dann sah ich ein ausgeschlachtetes Motorrad, ein weißes Kaninchen mit schwarzen Tupfen, vier große Aquarien mit graubraunen Fischen, einen Tisch voller Werkzeug und ölbeschmierter Tücher, eine kleine Holzwerkstatt in der Ecke und einen Stapel Holzstümpfe.

In der Nähe der Tür stand ein tiefes Regal, in das rahmenlose Bilder senkrecht einsortiert waren wie Bücher in ein Bücherregal, und nach kurzem Zögern zog Ljuba eines davon heraus und zeigte es mir. Es war das Porträt eines Indianers, mit einer Feder geschmückt, hellgrau mit weißem Kiel. Sie zog zwei weitere heraus: ein junger Mann mit nacktem Oberkörper und einer Halskette aus Vogelknochen und ein älterer Häuptling in vollem Federschmuck.

Sie kommen im Traum zu ihm, flüsterte sie und drehte sich um, bevor ich nachfragen konnte, ob sie Hlynur oder wen anders meinte, lief schnurstracks durch den Raum und eine Treppe hinunter in das Glashaus, in dem sich Gurkenpflanzen an herunterhängenden Strippen festhielten und filigrane Kräuter zwischen dem gröberen Gemüse sprossen. Hier war der Boden nicht gepflastert, sondern aus festgetretener Erde, und drei Beete waren von Planken begrenzt. Im Mittelbeet wuchsen grellgrüne Gräser, die spitz zuliefen und schön geformt waren. Ljuba schnitt einige Pflanzen an der Wurzel ab und gab sie mir. Wasserspinat, sagte sie. Morning Glory. Für die Asialäden und -imbisse. Nimm ihn mit und sag mir später, wie du ihn findest.

Als wir zurück in den Raum mit den Aquarien kamen, war Hlynur dort. Er erschrak, als er mich sah, gewann aber schnell wieder die Fassung. Mittelblond, eine Scharte in der Lippe und freundliche wasserblaue Augen. Seine ruhige, wiegende Haltung erinnerte an Matti. Genau wie die schnellen, ungeduldigen Bewegungen von Ljuba an die meinen erinnerten. Mir wurde schwindelig, als mir diese Parallele bewusst wurde. Ihr Haus stand auf der anderen Seite der Straße. Das war, als würde man sein Leben in einem trüben Aquarium gespiegelt sehen. Mich interessierte, ob Ljuba das auch sah, aber ich wusste, dass ich sie nie danach fragen würde.

Hi, sagte ich.

Hallo, antwortete er.

Deine kleinen Tischchen mit geschnitztem Fuß sind die tollsten Möbelstücke, die ich je gesehen habe, sagte ich und genierte mich ein bisschen. Aber das mit den Tischen war nicht gelogen.

Ach was, das ist doch nichts Besonderes, sagte er.

Was für Fische sind das?, fragte ich.

Bloß der weltweit gängigste gezüchtete Speisefisch, antwortete er.

Dann unterhielten wir uns eine Weile über einen gemeinsamen Freund, der allerdings gestorben war: ein Künstler, der mit einer riesengroßen handgestrickten Islandflagge aus naturbelassener isländischer Schafwolle zur Biennale nach Venedig geschickt worden war.

Vor seinem Tod haben wir viel darüber diskutiert, was besser ist, tot oder lebendig zu sein, sagte Hlynur. Wir standen beide zum Tod, beschlossen aber, uns fürs Hiersein zu entscheiden. Als er starb, half ich ihm gerade bei den Vorbereitungen zu einer Ausstellung, die *Lebenszug* heißen sollte.

Ljuba wartete ab, während Hlynur mir vom Lebenszug erzählte, und begleitete mich anschließend auf die Straße.

Toller Mann, sagte ich. Ich mag ihn.

Ein krächzender Rabe setzte sich auf die Straßenlaterne über uns.

Ja, sagte sie.

Schüchtern, sagte ich.

Und manchmal ganz schön niedergeschlagen, sagte sie.

Wurde er als Kind gehänselt?

Nicht nur gehänselt, Eva. Du weißt schon. Wegen der Scharte.

Ich weiß, sagte ich.

Wir schwiegen und sahen einem Pick-up zu, der die Straße entlanggezockelt kam, mit riesigen Baumwurzeln auf der Ladefläche. Von den Wurzeln rieselte Erde auf den Asphalt.

Es ist schwer, ein Mann zu sein, sagte sie auf einmal.

Ja, wirklich, stimmte ich ihr zu. Sie haben zu Hause nichts zu melden und auch bei der Arbeit nicht, und trotzdem wird ihnen gesagt, dass sie allein das Sagen haben und sie persönlich die Schuld am Unrecht in der Welt tragen.

Ihre Privilegien werden auf dem Altar des aufsteigenden Geschlechts geopfert.

Sie sah mich verdutzt an. Es ist auch schwer, eine Frau zu sein.

Ja, Ljuba, ich weiß. Wir brechen unter der Verantwortung und der Doppelbelastung zusammen. Und wir wissen nicht, was wir wollen. Einen unterwürfigen oder einen dominanten Mann? Allein Kinder haben oder vom Papa verlangen, dass er Verantwortung übernimmt? Wie sollen wir unsere eigenen komplizierten Impulse durchdringen?

Sie runzelte die Stirn. Das Einzige, was die Leute wollen, ist Achtung.

Oh, verzeih, sagte ich. Natürlich: Ob Mann oder Frau – Leute sind Leute. Das war witzig gemeint. Und auch nicht. Verallgemeinerungen dienen dazu, von der Realität abzulenken.

Was ist für dich denn die Realität?, fragte sie und zog die Brauen zusammen.

Ich gab den Widerstand auf und ließ die Weltschwermut wie eine Wolkenbank vorbeiziehen. Ich glaube, dass die Männer viele Generationen lang unter Vätermangel gelitten haben. Sie brauchen ihr halbes Leben, um zu lernen, ihre Aggressionen in positive Bahnen zu lenken. Bis dahin entlädt sie sich in alle Richtungen und am häufigsten an der eigenen Person.

Matti ist schwer depressiv, sagte ich dann. Nicht nur seine Seele ist gefährdet, sondern auch sein Leben.

Wirklich?, fragte Ljuba. *Really?* Wie äußert sich das?

Er ist unwirsch und empfindlich. Alles verletzt ihn. Alles ist Anlass zur Beschwerde. Aber vor allem fühlt es sich an, als wäre er gar nicht da. Der Laden ist geschlossen und alle sind nach Hause gegangen, bis auf den mürrischen Hausmeister, der gezwungenermaßen bleibt, weil er nichts anderes hat. Oder aus reinem Pflichtbewusstsein, fügte ich hinzu und bekam einen Kloß im Hals. Er hat Traumata erlitten, wie andere auch, aber es ist, als würde nie Schnee darüberfallen. Er musste ein totgeborenes Kind begraben, das er mit seiner Exfrau hatte und worüber er eigentlich nie spricht, aber wenn er es tut, hört es sich an, als wäre das gerade erst passiert. Dabei ist das schon mehr als zehn Jahre her. Und sein Bruder ist mit achtzehn bei einem Autounfall gestorben. Er war genau wie Matti, nur blond. An ihn musste ich vorhin denken, weil er Biggi hieß, wie Hlynurs Freund, der gestorben ist, bevor er seinen Lebenszug vollenden konnte. Eine Freundin war als Jugendliche in ihn verliebt, und wenn sie ihn beschreibt, ist es, als spräche sie von einem jungen blonden Matti, der nicht weiß, was Schwermut ist.

Wow, aber schon merkwürdig, sagte Ljuba.

Was?

Hlynurs Schwester starb bei einem Unfall, als sie achtzehn war.

Wir sahen uns in die Augen, bis ich mit dem Wasserspinat winkte und mich auf den Heimweg machte.

ICH WAR ERST WENIGE SCHRITTE mit dem Spinat und dem Forellenfilet gegangen, als ich einer Frau begegnete, die mich in der Stadt willkommen hieß, obwohl ich schon ein halbes Jahr hier lebte.

Und, wie gefällt es Ihnen, hier zu wohnen?, fragte sie.

Ich dachte nach. Das war eine Frage, auf die ich nicht oberflächlich antworten wollte: Sehr gut, so schön und friedlich hier.

Sie freute sich über meine Worte, und ich wollte sie noch mehr beglücken: Und gleichzeitig spürt man hier auch diese spannende Atmosphäre, wenn man die Augen offen hält. Gespenstische Häuser, ganz in Gebüsch und Gras versunken, in denen seit Jahren keiner mehr wohnt. Morsche, rostige Gewächshäuser mit zerbrochenen Scheiben. Solche Dinge, die einen neugierig machen und die Fantasie anregen.

Ihre Miene verfinsterte sich, und mein Herz rutschte tiefer. Schlagartig fiel mir ein, dass die Leute vom Land oft ein anderes ästhetisches Empfinden haben als Stadtkinder. Auf Wörter wie *leer stehend* oder *heruntergekommen* reagieren sie allergisch, während die Hipster-Fotografen aus der Stadt keine Mühe scheuen, um diese Dinge abzulichten, die für sie *Schönheit* darstellen.

Jetzt redete ich mich richtig in Fahrt: Ich mag auch all

die Hühner, die hier frei über die Bürgersteige und durch die Gärten laufen. Wildhühner. Und wenn ich frühmorgens aus dem Haus gehe, begegne ich oft einer Ledergang mit großen Hunden, die Maulkörbe tragen, Sie wissen schon, dann fühlt man sich plötzlich wie in einem gefährlichen Viertel einer Großstadt.

Sie sah mich mitleidig an. Sie wohnen natürlich gleich neben dem Altersheim. Sie wissen schon, dass ein Teil dieser Einrichtung als Zweigstelle der Nervenheilanstalt Kleppur genutzt wird? Vielleicht begegnen Sie jedes Mal irgendwelchen Insassen, wenn Sie das Haus verlassen, vermutete sie.

Keiner von uns hatte recht oder unrecht. Wir sahen einfach nur das, was wir sehen wollten. Ich war auf der Suche nach dem wilden Gedicht, das an diesem und anderen Orten direkt unter der Oberfläche schlummerte. Sie war auf der Suche nach etwas anderem.

Na gut, sagte sie. Dann einen schönen Tag noch.

Tut mir leid, dass ich Sie enttäuscht habe, wollte ich sagen. Ernst gemeint, so demütig, wie ich nach meinem letzten Fauxpas an diesem Tag war. Aber so etwas sagt man nicht. Das hätte sie als ironisch aufgefasst.

Ich setzte meinen Weg fort, als ich es rufen hörte: Eva! Wie geht's?

Es war Jakob.

Ein schöner Tag, sagte er. Hast du Gemüse geholt?

Ja, antwortete ich. Das ist Wasserspinat.

Pah, sagte er. Gemüse ist Gemüse. Aber zeig mir ein Stück Rindfleisch, und ich sag dir haargenau, von welcher Stelle am Körper es stammt. Willst du nicht die Sturmbretter an eurem Haus noch streichen?

Früher in diesem Sommer hatten Matti und ich das Wellblech auf dem Dach erneuert und dabei auch einige Bretter am Dachüberstand ausgewechselt. Sie waren noch unbehandelt, was Jakob nicht entging.

Ich will das ganze Haus von außen streichen, antwortete ich. Die Farbe hat Matti schon gekauft, aber wir müssen uns noch eine Leiter organisieren.

Du kannst meine haben, sagte Jakob und half mir sofort, die Leiter in unseren Garten zu tragen.

Jakob hat dir eine Leiter geliehen?!, fragte Matti, als traute er seinen Ohren nicht. Mínerva und er saßen am Küchentisch und aßen Joghurt mit Honig. Papa harkte im Garten matschige Blätter und altes Gras aus den Johannisbeersträuchern.

Ja, sagte ich. Was ist daran so besonders?

Na, du weißt schon, antwortete Matti. Die Jakobsleiter. In der Bibel. Jakob hatte eine Leiter, die bis an den Rocksaum der Engel in den Himmel reichte, aber auch genauso tief nach unten. Man musste aufpassen, dass die Teufel nicht nach oben geklettert kamen. Glaube ich jedenfalls, obwohl ich für das mit den Teufeln nicht meine Hand ins Feuer legen würde. Ich erinnere mich an einen Kinofilm, der *Jacob's Ladder* heißt. Sollen wir uns den heute Abend ansehen?

Was für ein Film ist das denn?, fragte ich.

Ach, so ein Unterbewusstseins-Thriller. Spielt im Vietnamkrieg. Viel Blut und Überraschungen. Ein Soldat im Wunderland. Du fährst auf diesen Film ab, das weiß ich. Das ist so ein Film.

Früher hatten wir uns oft Horrorfilme angesehen, aber inzwischen mochte ich sie nicht mehr. Die Schlaflosigkeit machte mich empfindlich. Außerdem wollte ich nicht, dass Schreie und Schrecken an Mínervas schlafende Ohren drangen – direkt ins Unterbewusstsein, oder was weiß ich.

Ich stimmte mit überkreuzten Zehen zu, mir den Film anzusehen, und freute mich, dass Matti ganz er selbst war. Dass er Sinnbilder des Alltags deutete wie Träume, war ein Zeichen für Gesundheit, denn wenn er sehr deprimiert war, deutete er nichts. Nichts gehörte zusammen, nichts stand in Verbindung zueinander, alles trieb wie faules Holz auf verseuchter See.

Doch an diesem Tag war er in guter Stimmung, und ich wollte das Boot nicht ins Wanken bringen, indem ich die Aufmerksamkeit darauf lenkte, dass wir uns in unterschiedliche Richtungen entwickelten. Ich wollte auf dem Sofa liegen und mir irgendwas ansehen, fast egal was. Ihn meine Füße streicheln lassen. Für einen Moment vergessen, was uns auseinandertreiben wollte.

Ich würde ihn einfach im letzten Moment dazu bringen, den Film gegen einen anderen zu tauschen. Das wäre nicht schwer. Er wollte, dass ich diese Dinge entschied. Was wir uns ansahen, was wir aßen, wo wir wohnten. Ihm lag viel daran, dass ich zufrieden war.

WIR GUCKTEN DEN MÄNNERN NACH. Die Glöckchen waren noch zu hören, als sie schon außer Sichtweite waren. Die Äste zitterten im Takt zum Glöckchenklang, und nach einer Weile fragte ich mich, ob es die Blätter waren, die so klirrten.

Wo gehen sie hin?, fragte ich.

Wenn du schon fragst, muss ich dich hinführen, Eva.

Ist das eine Art Ritual?

Nicht wirklich ein Ritual, ich würde es eher Tradition nennen, antwortete Ljuba und ließ ihren leeren Becher in meinen rutschen. Sollen wir los?, fragte sie, während sie aufstand und eingebildeten Staub von ihren Shorts klopfte.

Ich stand langsam auf.

Hast du Angst?, fragte sie.

Ich weiß nicht, antwortete ich wahrheitsgemäß. Es war schwer möglich, Angst zu haben, während Gitarre, Bongotrommeln und geschmeidige Männerstimmen diese Rhythmen hervorschüttelten. *A ring-a-ding a ringa-dinga-ding, a reng-a-deng a renga-denga-deng*, sangen die Männer aus der Lautsprecherbox. Und die Rasenfläche so glatt und perfekt gekantet, die Leute in so fröhliche, sorglose Gespräche vertieft und sogar das junge Mädchen, das ohnmächtig geworden war – eine Einheimische in langem Kleid –, hatte sich erholt, saß plaudernd mit ihren Altersgenossen zusammen und warf regelmäßig ihr langes Haar zurück, als wollte sie dadurch ihre Worte unterstreichen.

Andererseits stand ich unter dem Einfluss einer Substanz, die angeblich dafür sorgte, dass man seine schlimmsten Fantasien durchlebte, samt der damit verbundenen lähmenden Furcht. Es war nicht sicher, ob mir der Aufenthalt an dem Ort, den sie mir zeigen wollte, gefallen würde.

Du bist auf keinem schlechten Trip, sagte Ljuba. Vielleicht wenn du wach wärst – aber du hast Glück gehabt, bist einfach eingeschlafen.

Woher weißt du das?

Ich würde sagen, das ist offensichtlich, antwortete sie. Aber was weiß ich? Etwas Stärkeres als Selbstgebrannten habe ich noch nie probiert.

Sie gebrauchte das Wort *moonshine*. Als ich sie kennen lernte, schob sie noch das isländische Wort *landi* ins Englische ein, das sowohl Landsmann als auch Selbstgebrannter bedeutet, doch ich drängte darauf, dass sie das Wort verwendete, das an raue Kerle irgendwo draußen auf dem Land in Nordamerika erinnerte. In dieser (und auch in vieler anderer) Hinsicht war ich eine typische Städterin, die aufs Land zieht und mit allen Mitteln versucht, diese Erfahrung zu dramatisieren.

Dieses Bestreben kristallisierte sich auch in einer Situation heraus, die eigentlich völlig unspektakulär war: Mínerva und ich wollten mit dem Bus nach Reykjavík fahren. Es war Anfang September, und wir hatten unsere Stadtmäntel an – sie einen grauen zweireihigen Wollmantel und ich ein nicht unähnliches Teil aus Baumwolle. Ich polsterte den Fahrradanhänger mit einem großen Wollpulli, dann setzte ich das Mädchen und die Tasche hinein, die sie zu ihrem Besuch bei Oma und Opa mitnehmen sollte. Dann fuhren wir kurz bei Ljuba vorbei und besorgten ein paar Kilo Gemüse. Die Hälfte stopfte ich in die Tasche, und den Rest brachte ich im Wagen unter, um das Kind herum, überall, wo ich noch Platz fand. Auf halber Strecke zur Bushaltestelle wurde es auf einmal sehr windig, und ich stieg vom Rad, legte ihr den Pulli um die schmalen Schultern und deckte ihn über ihre Beine, nahm das schwarze Schultertuch, das meine Mutter gehäkelt hatte, und wickelte es mir babuschkamäßig um den Kopf. Dann stieg ich wieder aufs Rad und fuhr weiter, mitten in eine Gruppe französisch sprechender Touristen hinein.

Es war, als trauten sie ihren Augen nicht, und eine Frau zückte ihre Kamera und richtete sie auf Mínerva und mich. Ich lächelte und winkte. Die Frau ließ die Kamera sinken, die Augen kugelrund vor Spannung.

Ich fand das lustig, auch wenn ich nicht ganz verstand, was genau los war, bis ich einen Blick nach hinten warf und meine Tochter sah, das Kind aus dem Ort der heißen Quellen und Gewächshäuser, gemütlich in einen gemusterten Wollpulli gekuschelt und mit einer Tüte Tomaten im Schoß. Neben ihr im Wagen eine Tüte Kartoffeln und ein Bund hellgrüner Sellerie.

Auf meinen Reisen in fremde Länder hatte es mich immer gefreut, Menschen zu sehen, die mir echt vorkamen. Möglicherweise waren einige dieser Leute genau solche Pfuscher wie ich. Ich sah die griechischen Männer vor mir, die sich in der Kleiderkammer der Heilsarmee eine Weste aussuchten und darauf achteten, dass sie schön speckig und alt aussah und eine Nummer zu klein war, damit sie ordentlich über dem Bauch spannte. Dann nach Hause gingen und sich einen Oberlippenbart aufklebten. Um die Touristen an der Nase herumzuführen und ihnen gleichzeitig eine Freude zu machen.

Hatte ich das absichtlich getan? Am liebsten hätte ich kehrtgemacht und das Missverständnis korrigiert: Nein, ich bin keine isländische »Oma« mit frisch geerntetem Gemüse auf dem Weg zum Markt. Das, für das du mich hältst, gibt es hier gar nicht. Wenn du etwas Echtes sehen willst, fahr zur nächsten Raststätte und bestell dir einen Burger.

In den Neunzigern des letzten Jahrhunderts war ein britischer Journalist in Kenia auf Reisen und hatte sich verirrt. Der Ersatztank war schon halb leer, als er anhielt und zu dem Schluss kam, dass es unvernünftig war weiterzufahren, solange er nicht wusste, wohin er überhaupt fuhr. Fünf Massai-Männer wogten in einer Luftspiegelung auf das stehende Auto zu, und der Brite atmete auf, bis ihm einfiel, dass er kein einziges Wort in ihrer Sprache sprach.

Sie kamen an sein Auto, und einer sprach ihn an. Der Brite verstand kein Wort, bis ihm klar wurde, dass der Mann mit kumpelhaftem Oberschichtakzent gesagt hatte: *Lost, are we?*

Nach kurzer Zeit stellte sich heraus, dass eine Mission den Ureinwohner auf ein britisches Internat geschickt hatte und von dort ins Medizinstudium nach Oxford. Ich habe einige Jahre als Arzt gearbeitet und bin dann wieder nach Hause gegangen, sagte er. Ich fühle mich wohl hier. *I like being a Maasai.*

Der Journalist musste gestehen, dass er sich in gewisser Weise betrogen fühlte (echte Krieger vom Stamm der Massai studieren nicht in Oxford), und gleichzeitig war er perplex, dass ein gebildeter Mensch das Schicksal eines Wilden wählte. *Ich fragte mich, wer echter war, ich oder er*, schrieb der Journalist. *Er oder seine Kameraden, die noch nie diese Gegend verlassen hatten. Darauf gibt es keine Antwort.*

Befindet man sich in der Fremde, wird der Einheimische automatisch interessant. Es macht keinen so großen Unterschied, ob das gierige Auge Licht und Schatten im Sudan oder in Island aufsaugt. Das ist überall dasselbe.

Nairobi ist die Kurzform von Enkare Nairobi, was in der Sprache der Massai *Ort der kühlen Gewässer* bedeutet. Hveragerði bedeutet in der Sprache der Eingeborenen: *Garten des heißen Wassers aus der Tiefe der Erde.*

Landi ist das passendste Wort für isländischen Selbstgebrannten. Das Problem ist, dass er auch in der Hauptstadt sehr verbreitet ist, während man Moonshine nur mit abgelegenen Orten verbindet. Außerdem war der Mondschein, den Ljuba und ich tranken, nicht isländisch, sondern thailändisch, von meinen Arbeitskolleginnen in Ljubas Gärtnerei gebrannt. Dasselbe Aroma fand sich offenbar auch in dem Pappbecher wieder, den wir auf der Gartenparty bekommen hatten. Ich stellte ihn auf die Veranda und folgte Ljuba und den Tänzern durchs Gartentor.

Vielleicht gibt es bei der nächsten Station etwas zu essen, sagte Ljuba und schlug den Weg in Richtung Ortskern ein. Sie lachte. Weißt du noch, wie ich das Schwein geschlachtet habe?

ES WAR EINER DIESER KOSTBAREN TAGE am Ende des Sommers: Sonne und Windstille bei zwanzig Grad. Am Tag zuvor war Unnar, ein Verwandter von Matti, den ganzen Weg von Borgarnes hergefahren, um mir beim Streichen des Hauses zu helfen. Unnar war ein alleinstehender, großer und ernsthafter Mathelehrer am Gymnasium, der in ein und demselben Satz ernst und zynisch sein konnte, gerade heraus und durch die Blume. Aber er konnte auch schweigen, und wir kamen gut miteinander aus. Wir hatten früh angefangen, doch inzwischen ging es auf elf Uhr zu, und wir machten drinnen eine Kaffeepause.

Da klopfte es, und ehe ich *Komm rein!* rufen konnte, war Ljuba schon drinnen, mit einem großen Umschlag und etwas Hochexplosivem am Leibe, das ich bei ihr noch nie gesehen hatte. Ich stand langsam auf. Unnar bemerkte nichts. Ich stellte sie einander vor.

Bist du aus Polen?, fragte Unnar.

Nein, antwortete Ljuba und guckte ihn böse an.

Ich bot ihr einen Stuhl und Kaffee an. Sie setzte sich.

Ich glaube, der Kaffee ist inzwischen kalt, sagte Unnar.

Macht nichts, sagte Ljuba, und ich stimmte zu.

Müssen wir jetzt kalten Kaffee trinken?, fragte Unnar fassungslos, ohne dass wir ihn beachteten.

Eva, ich muss mit dir reden, sagte Ljuba.

Ich will keinen kalten Kaffee, bin draußen und streiche, sagte Unnar.

Wir saßen schweigend da, während er in seine zerschlissenen Turnschuhe mit Farbklecksen schlüpfte und die Arbeitshandschuhe überzog.

Ist Matti nicht zu Hause?, fragte sie, als Unnar draußen war.

Der ist bei der Arbeit, antwortete ich.

Ljuba legte den Umschlag auf den Tisch, öffnete ihn und zog ein Foto von einer müde wirkenden Frau mit roter Nase und noch röterem Kopftuch heraus. Sie saß auf einem Hocker in einer ziemlich bunten Küche mit einem Eimer Kartoffeln zwischen den Füßen und einem Küchenmesser in der Hand.

Mama, sagte Ljuba.

Ich nickte. Auf dem Herd hinter der Mutter standen ein gelber und ein lila Topf. Auf der Anrichte ein großes Gefäß mit eingelegten Gurken und eine Schale Äpfel. Die Gardinen gelb, die Decke auf dem Küchentisch rot kariert. Die Tapete weiß mit roten Blumen. Ich erinnerte mich an Frauen aus meiner Kindheit mit genauso kräftigen, rot geschwollenen Händen und Armen. Das waren entweder Milchbäuerinnen oder Frauen, die Kantinen betrieben.

Ljuba zog ein weiteres Foto aus dem Umschlag – ein flaches Ziegelhaus mit niedrigem, gemauertem Turm – und sagte schnell: Das ist die Kirche. Sie war voller Eichhörnchen. Vor jedem Bild in der Kirche brannte eine lange, dünne Kerze aus braunem Wachs und Weihrauch, und ich hatte Angst vor diesem Geruch, denn wenn ich ihn roch, meinte ich, der Tod sei nahe. Der Pfarrer hatte lange Haare und einen Bart und trug immer eine schwarze Kutte. Die Männer im Dorf, die zeigen wollten, dass sie an Gott glaubten, ließen sich lange Bärte wachsen. Manchmal hat Hlynur keine Lust, sich zu rasieren, und wenn ich mich beschwere, sagt er: Ich kann mir den Bart nicht abrasieren, denn was würde wohl deine Oma dazu sagen?

Ljuba saß wie auf glühenden Kohlen. Sie trank einen winzigen Schluck Kaffee, verzog das Gesicht und sagte: Es stimmt nicht, was ich dir gesagt habe, dass der Schlangenbiss meine erste Erinnerung ist. Ich erinnere mich auch noch an Ostern, als ich sieben Jahre alt war. Am Samstag vor Ostern mussten wir den ganzen Abend und die ganze Nacht in der Kirche sein, bis fünf oder sechs Uhr morgens. Alles war so schön und sauber, aber ich konnte den Geruch nicht leiden, und bevor wir nach Hause gingen, mussten wir das Kreuz am Altar küssen. Auf dem Altar lag ein besticktes Leinentuch. Das war das erste und letzte Mal, dass sie mich mitnahmen, denn seitdem weigerte ich mich. Auf dem fünf Kilometer langen Weg nach Hause brach ich zusammen und konnte erst weitergehen, nachdem ich ein Ei gegessen hatte. Zu diesem Zeitpunkt hatten wir sieben Wochen lang gefastet und nur bestimmte Lebensmittel zu uns nehmen dürfen: keine Eier, kein Mehl, kein Fleisch. Wir aßen viele Kartoffeln, was mir gut passte, weil ich ohnehin so mäkelig war. Sie wurden ganz in Öl gebacken und kamen duftend und mit knuspriger Schale aus dem Ofen.

Sie seufzte und zog das dritte Foto aus dem Umschlag: ein junger Mann auf einer Rasenfläche vor einem weißen Haus. Er trug ein braunes Hemd und eine Hose, die an den Oberschenkeln weit und an den Waden eng war, hohe Lederstiefel, einen Gürtel mit Schulterriemen und eine Kappe mit rotem Stern.

Als junger Mann war Papa zwei Jahre bei der sowjetischen Armee. Seine Uniform war immer tadellos gebügelt. Da gab es strenge Vorschriften. Mama kam aus dem Nachbardorf. Zwischen den beiden Dörfern floss ein breiter, klarer, von Wald umgebener Fluss. Es gab keine Brücke, und es ist mir ein Rätsel, wie sie sich überhaupt kennenlernen konnten. Manchmal finde ich es so wahnsinnig, wenn ich mir vorstelle, wie jung er war, als er starb, dass ich ganz deprimiert vor Sorge werde. Was wird aus meinen Söhnen, wenn ich sterbe? Was wird aus mir, wenn einer von ihnen stirbt?

Warum denkst du darüber nach?, fragte ich, obwohl ich wusste, dass diese Frage dumm war. Warum sollte man nicht über den Tod nachdenken und ihn fürchten?

Weil ich gestern Schweinebauchfleisch gekauft und in Salz gelegt habe und das Wetter so ist, wie es ist. Zu Hause haben wir immer in der Winterzeit geschlachtet, vor Weihnachten und Ostern, wenn sonst nichts anstand, keine Hochzeit oder Beerdigung. Opa starb im Sommer und vierzig Tage später Papa. Da war immer noch Sommer. Das war der Sommer, in dem wir zwei Schweine geschlachtet haben. Soll ich dir davon erzählen? Wie das gemacht wird?, fragte sie und starrte mich mit feurigen Augen an.

Unbedingt, antwortete ich zögernd. Es war klar, dass sie nicht extra hergekommen war, um mit mir über Kirchenbesuche und das Schweineschlachten zu sprechen. Aber ich hatte nicht vor, sie zu provozieren.

Also dann, sagte sie und lehnte sich über den Tisch, als wäre die Methode ein Geheimnis: Man braucht mindestens drei Männer, daher wird meist samstags geschlachtet. Sie schlagen das Schwein mit einem großen Knüppel bewusstlos, dann stechen sie ihm in den Hals und lassen das Blut herausfließen. Das Schwein schreit und zuckt noch lange weiter. Manche trinken das warme Blut. Leuten, die Schweineblut trinken, wird im Winter nie kalt. Aber ich kann mir nicht vorstellen, Blut zu trinken, selbst wenn man mir dafür Millionen versprechen würde.

Sie schüttelte sich angewidert und berührte eine Ecke des Fotos von ihrem Vater. Dann werden die Haare von der Haut geschabt und die letzten Reste mit einem Schweißgerät entfernt, der Bauch aufgeschnitten und die Innereien herausgeholt. Die Leber wird noch warm aus dem Schweinebauch in einer Pfanne gebraten und an die Schlachter verteilt, dazu trinken sie ordentlich Wodka oder Selbstgebrannten.

Der Rumpf kühlt danach einen Tag lang ab, bis Mama mit der Axt kommt und das Schwein in vier Teile zerlegt, die Haut abzieht und kräftig salzt, ehe wir sie aufgerollt wie Pfannkuchen essen. Weiche, frische, hellrosa gesalzene Haut. Du glaubst nicht, wie gut das schmeckt, Eva. Du kannst es dir nicht vorstellen, weil du es noch nie probiert hast.

Ich zog die Brauen hoch. Unnar stiefelte mit dem Farbeimer am Wohnzimmerfenster vorbei.

Ljuba guckte immer noch energisch; die Lippen hell und gerade und die Brauen über dem stählernen Blau der Augen zusammengezogen. Aber ihre Stimme klang milder, als sie sagte: Ein Teil des Fleisches kommt mit Salz in Dreiliterbehälter, die fest verschlossen werden. Manches wird gehackt und tiefgefroren, auch die Steaks. Wir Kinder durften den

Schwanz und die Ohren abnagen. Der Schwanz war lecker, aber um die Ohren haben wir uns richtig gefetzt. Das endete damit, dass Mama die Geduld verlor und alles genau zwischen uns aufteilte.

Der Kopf und die Beine wandern sofort in einen Topf mit ganzen Zwiebeln, mit Schale und allem. Dann kommen Pfeffer, Salz und Lorbeerblätter dazu, aber Knoblauch erst, wenn die Brühe und das zerkleinerte Fleisch im Topf sind, alles eine Weile gekocht hat und der Sud eingedickt ist. Daraus wird dann Schweinskopfsülze gemacht, mit der Gelatine aus den Knochen. Wenn das meiste Fleisch vom Kopf gelöst ist, kommen alle zusammen und picken die Reste vom Schädel, direkt in den Mund. Das ist eine Stimmung. Alle sind mit vollem Eifer dabei. Das Fleisch muss verarbeitet werden, und wir dürfen keine Zeit verlieren, obwohl Winter ist und es draußen friert. Der Schweineschädel ist blitzblank, wenn die Hunde ihn schließlich bekommen.

Die Innereien werden gehackt und gewürzt und in den Magen gefüllt, eine große runde Wurst, deren Namen ich nicht mehr weiß. Eva, ich vergesse schon die normalsten Dinge. Was vergesse ich als Nächstes?

Ich öffnete den Mund, um zu antworten, doch Ljuba war schneller: Ich vergesse, wo ich herkomme, das merke ich jetzt, wo ich es ausspreche: In gewisser Weise habe ich es schon vergessen. Die Details sind das, an was ich mich erinnere. Deshalb klammere ich mich so an ihnen fest. Ich weiß nicht, warum sie mir so wichtig sind. Jedenfalls wird der Darm auf links gedreht, eine Weile in Salzwasser gelegt und dann für die Würste verwendet. Alle Fleischreste werden kleingeschnitten und kommen mit Kartoffeln, Salz, Pfeffer und Senfkörnern in einen Bottich. Der Darm wird über die Tülle des Fleischwolfs gezogen, die Fleischmischung aus dem Bottich in die Maschine geschaufelt und direkt in den Darm gepresst. Rollwurst wird gemacht, indem man fette Haut nimmt, sie mit Salz, Kräutern und Pfeffer bestreut, aufrollt, in Mull einwickelt, mit einer Darmschnur verschnürt und an einem kalten Ort presst. Dann kann man sie in dünne Scheiben schneiden und mit Brot essen. Wir machen auch Wurst aus den Innereien, und Blutwurst, die ganz anders schmeckt als diese fade Wurst mit Lammfett, die man hier in den Geschäften bekommt.

Sie sah mich an, als wollte sie mir Gelegenheit zum Protest geben, doch ich schüttelte nur den Kopf.

Die Bauchlappen werden mit grobem Salz und gemahlenem Pfeffer eingerieben, so halten sie sich lange. Wenn davon gegessen werden soll, wird das überschüssige Salz abgewischt und das Fleisch in hauchdünne Scheiben geschnitten und mit Brot und fein gehobeltem Knoblauch serviert. Oma hat immer viele Stücke auf einmal gesalzen und in eine Kiste gelegt, so hatte sie immer etwas, das sie anbieten konnte, vor allem wenn zur Mahd oder Kartoffelernte die ganze Mannschaft versorgt werden musste.

Ich nickte langsam, hatte mich damit abgefunden, nicht wirklich etwas zu sagen zu haben.

Was vom Schwein noch übrig bleibt, das Wenige, das auf dem Misthaufen endet, nachdem die Hunde sich darüber hergemacht haben, passt in ein Marmeladenglas, sagte sie und im selben Moment entspannten sich ihre Gesichtszüge, und die Lippen gewannen ihre rosa Farbe zurück. Die weiße gewölbte Stirn glättete sich, sie schloss langsam die Augen und sprach ein bisschen ruhiger.

 Wir essen alles. Genau wie die Schweine. Die essen auch

alles. Wir heben die kleinen Kartoffeln für sie auf, und Mama gibt ihnen gequetschten Weizen, in heißem Wasser eingeweicht. Aber sie fressen auch alle Reste, sogar Melonenschale. Mama hackt die Melonenschale immer klein, aber einmal meinte sie lachend, dass sie das eigentlich auch sein lassen könnte, weil die Viecher auch ganze Hühner verschlingen. Die Schweine und Hühner sind im selben Stall untergebracht. Die Hühner oben auf Stangen und Brettern und die Schweine darunter. Wenn ein Huhn auf den Boden fällt oder es wagt runterzuflattern, um etwas zu picken, wird vielleicht ein Schwein wach und schnappt es sich im Halbschlaf und frisst es auf – da bleiben nur ein paar Federn übrig und vielleicht ein Fuß.

Sie trank von ihrem Kaffee und sah mir direkt in die Augen, zum ersten Mal, seit sie hergekommen war. Entschuldige, ich rede zu viel. Eigentlich wollte ich dir erzählen, wie Papa gestorben ist und wie ich Oljeg kennengelernt habe. Aber jetzt muss ich schon bald los, Fjodor bei Ingibjörg abholen, und ich habe noch nicht einmal gefragt, wie es dir geht.

Bei mir ist alles gut, sagte ich und zeigte aus dem Fenster. Ich müsste übersetzen, aber ich streiche. Du redest überhaupt nicht zu viel. Ich will, dass du viel erzählst.

Sie verbarg ihr Gesicht in den Händen und sagte: Ich kann nicht glauben, dass ich hier an deinem Küchentisch ein Schwein geschlachtet und dich genötigt habe, es mit Haut und Haaren zu essen. Ich bin so wütend und aufgebracht, weil das, was ich eigentlich erzählen will, mich zerreißt. Ich fühle mich, als wollte man mich durch den Fleischwolf drehen. Wurst aus mir machen.

Ist doch verständlich, dass du aufgebracht und wütend

bist, sagte ich und nahm ihre Hand, die neben der Zuckerdose auf dem Tisch lag. Aber bitte bereue nichts, was du erzählst – ich will dir zuhören.

Sie zog ihre Hand zurück.

Und du bist auch noch gar nicht lange hier.

Ich weiß, antwortete sie. Ich wusste schon vorher, dass ich eigentlich keine Zeit habe, hier zu sein. Ich weiß nicht, was ich mir gedacht habe. Meine Oma hat immer gesagt, dass man gar nicht erst anfangen soll, wenn man etwas nicht fertig kriegt.

Das machst du später wieder gut, sagte ich.

Komm nachher mal rüber, sagte sie. Wir haben drei Tonnen Brokkoli geerntet. Und ein Freund von Hlynur, der auf einer Fischfarm arbeitet, hat heute Morgen eine ganze Kiste mit zu kleinen Fischen vorbeigebracht. Du musst mir ein paar Filets abnehmen. Die kriege ich gar nicht alle in der Tiefkühltruhe untergebracht.

EIN TAG IM LEBEN VON RASPUTIN

Am Mittag wacht er auf, nur in ein Hemd gekleidet und mit einem Bein auf der Baronesse Vera Kusova, die sich nicht rührt, als er sich aufrappelt und das Bett verlässt.

Sie ist nicht wie die anderen; sagt, sie glaubt nicht, dass er ein Heiliger ist – höchstens ein heiliger Narr. Trotzdem kommt sie immer wieder, um ihm zuzuhören, um mit ihm zu schlafen. Der Baron würde sie wahrscheinlich umbringen, wenn er seine Betätigungen unterbrechen und Recherchen über das Tun seiner Frau anstellen würde.

Noch schwindelig vom gestrigen Abend zieht er seine Hose an, zu erschöpft, um Gott zu spüren. Hungrig. Er setzt sich so schwerfällig aufs Bett, dass die Baronesse unter der Decke ins Schaukeln gerät, und zieht sich die Stiefel an.

Im Wohnraum sind noch die Reste vom Vorabend: Obst, Kartoffeln an Dill, in Scheiben geschnittenes Fleisch, Schwarzbrot, halb volle Weinflaschen. Er sieht nicht hin. Auf dem Sofa liegen zwei seiner Verehrerinnen, unter ihren Mänteln zusammengekauert. Die Wangen der einen sind mit Wimperntusche beschmiert, als hätte sie geweint.

Am Eingang trifft ihn der nebulöse Blick eines ausgestopften Bären und eines Wolfs, beide Geschenke von der mit der Wimperntusche. Die Glasaugen scheinen in alle Richtungen gleichzeitig zu blicken.

Draußen rührt sich die Geheimpolizei. Sie denken vielleicht, dass er sie nicht sieht, doch er nimmt sie jedes Mal wahr, wenn er vor die Tür tritt: immer zu zweit, mit demselben dümmlichen Gesichtsausdruck.

Es ist einige Wochen her, dass er den Zaren gefragt hat, warum er beschattet wird. Um deine Sicherheit zu gewährleisten, hatte der Zar ausweichend geantwortet.

Rasputin merkte sofort, dass er log. Seine verschämte Gestik sprach die Wahrheit: Zar Nikolaus lässt es zu, dass Rasputin den ganzen Tag observiert wird, weil er nicht in Konflikt mit der Geheimpolizei geraten will. Er würde den Kürzeren ziehen. Das wäre zu erniedrigend. Verräterisch. Der Staatsfeind Nummer eins ist der wichtigste Berater und Freund des Kaisers.

Sie folgen ihm wie treue Hunde zum Badehaus. Möglicherweise verhören sie nach seinem Besuch die Prostituierten. Er weiß es nicht. Egal.

Er kauft zwei Flaschen Bier und zieht sich mit einem Mädchen zurück, das er noch nie gesehen hat, verlangt, dass sie sich auszieht und das Bier trinkt, während er regungslos dasitzt und sie beobachtet. Sie hat Angst.

Keine Angst, mein Täubchen, sagt er und sieht sie weiter an. Bevor er geht, sagt er: Du hast ein Geschwür in einer Niere. Aber es wächst langsam. Du stirbst in hohem Alter – mit nur einer Niere. Die andere wird man dir herausschneiden.

Das ist das Einzige, was zwischen den beiden geschieht. Der gesamte Besuch an diesem Ort dauert höchstens zwanzig Minuten.

Auf dem Weg zum nächsten Badehaus diskutiert er laut mit Satan. Du kriegst mich nicht, sagt er. Meine Reise zum Herzen der Sünde ist eine Pilgerreise. Ich pflege Umgang mit den Frauen, um meine Triebe zu bändigen und mein Gefühlsleben zu regulieren. Ich schlafe mit ihnen, um ihren Geist zu reinigen und sie vor dem Weg des Verderbens zu retten. Sie werden unkontrolliert vom Wind getrieben, deshalb übernehme ich die Verantwortung, die Führung. Während sie mich lieben, weilt ihr Geist nie weit von Gott. Niemand kann sie verderben, solange sie mein sind. Du kannst mich nicht berühren, Satan. Ich weiß, wo meine Seele ist.

Im Wissen, dass die Spione seine Rede hören, auch wenn sie nicht den Wortwechsel verstehen, geht er das nächste Stück schweigend.

Dieses Badehaus hatte er in der ersten Zeit nach seiner Ankunft in der Stadt regelmäßig besucht, als er noch daran interessiert war, Prostituierte zu vögeln. Er ging immer zu derselben. Lola nannte sie sich. Und da sitzt sie. Leicht bekleidet. Ihr Gesicht trägt schon erste Spuren des Alters. Er bittet sie mitzukommen. Sie führt ihn zum Bad und seift ihn ein, besonders seine Kopfhaut und den Bart. Trocknet ihn sanft, liebkost ihn. Er bekommt eine Erektion.

Willst du denn gar nicht …?, fragt sie.

Nein, antwortet er. Erzähl mir lieber deine Geschichte, mein Kind.

Mein Vater hat mich an ein Badehaus verkauft, als ich fünfzehn war. Hat einen guten Preis für mich bekommen. Später kam ich hierher.

Er weiß nicht, ob sie lügt. Seine Täubchen sind deutlich weltgewandter als der Angsthasen-Zar.

Du entscheidest nicht über dein Schicksal. Du bist absolut unschuldig. Du bist glücklich.

Traurigkeit befällt ihn, und er spricht weiter: Ich bin ein Teufel. Ich bin voll Dreck. Die Verachtung hat mich zerfressen. Eine Zeit lang war ich ein heiliger Mann, doch inzwischen ist davon nichts mehr übrig als meine Anziehungskraft und meine prophetische Gabe. Zwei Geschenke des allgütigen Vaters, die mir zum Verhängnis geworden sind. Egal wie viel Seife du nimmst – ich bin es nicht wert, hier bei dir zu sein.

Sie verzieht keine Miene, als höre sie ihn nicht. Sie reibt ihm Duftöl in den Bart und wirft ihm das Hemd über. Hose und Stiefel zieht er sich selbst an, dann geht er nach Hause.

Eigentlich wollte er nach oben gehen und die Kleidung wechseln, doch die Droschke wartet schon, und der Kutscher hat ihn gesehen.

Gebäude rauschen vorbei, der blaue Himmel, Menschen und Fahrzeuge. Unerträgliche Schönheit überall. Die Tränen strömen: Gott hat ihn nicht verlassen.

Als er den Palast betritt, reißt er sich sofort das Hemd vom Leib und gibt es dem nächsten Diener mit den Worten: Bring mir ein sauberes Hemd.

Wahrscheinlich hat noch nie zuvor jemand mit nacktem Oberkörper im Eingang des Zarenpalastes gestanden, doch dieser Gedanke besorgt ihn weder noch amüsiert er ihn. Er wartet nicht auf den Diener, sondern geht in den Festsaal, wo ein weiterer Diener ihm den Platz neben dem leeren Stuhl der Kaiserin weist. Auf seiner anderen Seite sitzt Prinz Felix Jussupow. Sie haben schon das ein oder andere Mal ein paar Worte gewechselt, sich aber noch nie richtig unterhalten.

Der erste Diener bringt ein Hemd, ein feuerrotes, und Rasputin erhebt sich, damit er es ihm anziehen und ihm eine schwarze Schärpe um den Bauch binden kann.

Der Prinz sieht interessiert zu.

Diener beginnen, die Speisen hereinzutragen. Das Zarenpaar ist noch nicht eingetroffen. Das bedeutet, dass es dem Thronfolger nicht gut geht. Doch Rasputin bleibt seelenruhig sitzen, weiß, dass sie nach ihm schicken werden, wenn sie ihn brauchen.

Ein Diener schenkt ihm Wein ein, ein zweiter arrangiert einige Scheiben Entenbrust auf seinem Teller, ein dritter häuft ihm einen Löffel fein geschnittene Kartoffeln und Rote Bete auf den Teller. Er bittet um Wasser und fängt an, das Gemüse zu essen, einen Würfel nach dem anderen. Mit den Händen. Besteck nimmt er nie, auch Brot schneidet er nicht, sondern bricht es.

Jussupow lehnt sich zu ihm herüber: Die wichtigsten Denker unserer Zeit sind sich einig, dass Gott nur kennen kann, wer in Armut, Einfachheit, Mühsal und Demut aufgewachsen ist. Befürchtest du nicht, den lauteren Ton zu verlieren, wenn du hier Abend für Abend sitzt, an der kaiserlichen Tafel gemästet?

Vielleicht habe ich ihn schon längst verloren, antwortet Rasputin. Aber du sprichst wie ein edler Mann und fragst beherzt. Dafür danke ich dir, mein Freund.

Mir wurde gesagt, du kannst in die Zukunft sehen und andere Dinge, die dem menschlichen Auge verborgen sind, und dass du Menschen heilen kannst – ist das wahr?

Meine Visionen haben meist eine Bedeutung und manchmal sind sie hilfreich. Ich heile die Menschen nicht, aber ich kann dafür sorgen, dass sie sich besser fühlen. Wie oder warum, weiß ich nicht. Eigentlich finde ich mich dessen nicht würdig.

Ich würde es gern mit eigenen Augen sehen, wie du jemandem hilfst, oder eine deiner Weissagungen hören, sagt Jussupow.

Rasputin hört auf, sich Brotstücke in den Mund zu schieben, und sagt: Mit das Erste, das mir auffiel, als ich herkam, war, wie verzweifelt die jungen Leute am Hof auf der Suche nach heftigen Erfahrungen sind. Trunksucht, Kokain, Unzucht jeglicher Art. Ungestümer Spiritismus. Kopflose Wahrsagerei. Es ist, als würdet ihr das Ende spüren, auch wenn ihr nie davon sprecht. Und es wird kommen. Die Welt wird noch an ihrem Platz sein, aber ihr werdet es das Ende der Welt nennen. Du bist mutig und dir selbst treu, du wirst dich nicht wie ein Lamm zur Schlachtbank führen lassen, sondern wie ein Löwe kämpfen. Doch dein Kampf ist vergeblich. Alles ändert sich. Ich könnte dir raten, die Ruhe zu bewahren, sagen, dass keine menschliche Macht den Wandel aufhalten kann, doch du wirst nicht hören. Denn du sollst nicht hören – der Kampf ist dein Los. Daran lässt sich nichts ändern. Aber das macht nichts. Vertraue darauf. Es ist besser für dich, wenn du glaubst, was ich sage.

Regungslos hört sich Jussupow diese Rede an und öffnet gerade den Mund, um zu antworten, als ein Diener kommt und Rasputin ins Ohr flüstert: Der Zar bittet Sie, ihn aufzusuchen.

Als Rasputin aufgestanden ist, beugt er sich zu Jussupow hinunter und sagt: Ich sehe das Licht in dir, mein Freund. Ich sehe es besser als du selbst.

Er folgt dem Diener durch lange Flure in den Gebäudeflügel, in dem sich das Zarenpaar aufhält. Der Junge liegt im Bett, wimmernd in kaltem Schweiß und mit fahlen Wangen. Der Arzt der Familie sitzt in einem Lehnstuhl, den Kopf auf die Hände gestützt. Der Zar läuft auf und ab, die Zarin liegt auf einem Divan vor einem der vielen Fenster des Raums. Die Prinzessinnen sitzen stickend oder lesend auf Stühlen. Sie wirken alles andere als frei. So selten sie mal lachen oder spielen, sieht es aus, als wäre es Teil der kultivierten Anmut, die sie sich angewöhnt haben.

Der Arzt spricht von einer inneren Blutung, flüstert der Zar.

Rasputin wirft sich am Bett des Jungen auf die Knie, zieht ein Elfenbeinkreuz aus der Tasche, hält es über die sich rasch hebende und senkende Kinderbrust und betet. Öffne die Augen, befiehlt er.

Der Junge öffnet die Augen.

Dein Atem beruhigt sich. Die Ader schließt sich. Bald schläfst du ein, und wenn du aufwachst, kannst du dich aufsetzen und etwas essen. Am Tag darauf kannst du aufstehen und spielen. Aber sachte, mein Lamm. Nichts überstürzen.

Der Junge gehorcht. Er blickt in Rasputins konzentrierte Augen, bis er ganz ruhig wird. Rasputin wischt ihm mit dem Ärmel seines Hemds den Schweiß von der Stirn.

Alexandra …, murmelt der Zar.

Rasputin steht auf und geht zu dem Diwan, auf dem sie liegt. Sie zittert. Sie hat einen ihrer furchtbaren Migräneanfälle.

Hast du dich übergeben?, fragt er.

Ja, antwortet sie mit schwacher Stimme.

Das ist gut. Es wird bald vorübergehen. Das ist deine Liebe zu dem Jungen. Ich habe unendliche Achtung davor.

Die Liebe ist das einzig Wahre in dieser Welt. Sie ist es wert, dass man für sie leidet, so wie du gerade. Der Schmerz reinigt dich, macht dich rein wie eine Blütenkrone, wie der Himmel. Sei guten Mutes. Ich weiß sicher, dass der Junge durch diese Krankheit nicht sterben wird.

Er habe die Augen eines Wolfs, hat sie gesagt. Ein Gefühl, als sei die gesamte Schöpfung an ihrem Bett versammelt. Von seinen Händen gehe eine elektrische Energie aus, das spüre sie, und jetzt berührt er ihren Kopf zart mit den Fingerkuppen. Sie atmet schwer.

Der Zar nimmt ihn beiseite: Weißt du, wann ich geboren wurde?

Du hast es mir erzählt – wie sollte ich das vergessen? Am Tag des heiligen gepeinigten Hiob, antwortet Rasputin.

Der Zar hat Schwierigkeiten zu sprechen. Sein Mund wirkt wie eingefroren, und er hält die Augen geschlossen, während er redet, als ertrage er nicht mehr, was um ihn herum geschieht. Von Kindesbeinen an bin ich schwermütig gewesen; immer in dem schrecklichen Wissen, dass mein Lebensweg dornig sein würde. Ich erinnere mich nicht daran, jemals fröhlich gewesen zu sein, bis auf den Tag, an dem Alex und ich uns die Treue geschworen haben. Doch auch dieser Moment war von der Schuld und der Angst gezeichnet, sie in mein trauriges Schicksal hineinzuziehen.

Rasputin nickt. Eure Liebe ist echt. Heilig. Was kann ich für dich tun, mein Freund?

Erzähle mir von Gott.

Sie setzen sich; der Gottesmann auf ein kleines Sofa mit geschnitzten Lehnen, der Zar in einen gepolsterten Sessel im selben Stil.

Die ersten achtundzwanzig Jahre habe ich in der Welt gelebt, sagt Rasputin. Habe geliebt und gehasst. Getrunken, geprügelt, gestohlen und betrogen. Alles, was ich tat, war ohne höheren Sinn. Bis mir der allgütige Vater erschien, der darauf wartete, dass ich zu ihm zurückkehrte. Er würde bis zu meinem letzten Atemzug auf mich warten und selbst dann wäre es nicht zu spät für eine Umkehr.

Ich hörte auf zu rauchen, zu trinken und Fleisch zu essen, und einige Tage später ging mir beim Mistschaufeln ein Licht auf, und ich stach die Schaufel in den Haufen und lief los.

Oft weinte ich, ohne zu wissen, woher die Tränen rührten, und mir kamen Bilder und Sätze, die ich kaum verstand. Die Nächte verbrachte ich unter freiem Himmel, oder ich suchte bei Mönchen Zuflucht, und dann bat ich sie – wie du jetzt –, mir von Gott zu erzählen. Doch nicht bei ihnen, sondern draußen in der Natur lernte ich, Gott zu lieben und mit ihm zu sprechen. Er wohnt in den Bäumen und in den Stimmen der Vögel und strahlt aus jedem Halm.

Eine Nacht verbrachte ich in einem Kloster in der Nähe meines Heimatdorfs, und in meinem Zimmer hing ein Bild der heiligen Gottesmutter. In jener Nacht sah ich das Bild in Tränen ausbrechen. Sie sagte: Ich weine über das Leid der Menschheit. Geh und reinige die Menschen von ihren Sünden.

In dieser Nacht wusste ich, wohin mein Weg führte: zum Grab des heiligen Simeon. Ich ging dorthin. Ich berührte die Erde und rieb meinen Rumpf, Arme und Beine damit ein. Der heilige Simeon heilte mich von einer langen Schlaflosigkeit. Er ist stets bei mir. Er ist es, der deiner Frau und deinem Sohn hilft. Ich tue nichts und weiß nichts. Ich bin kein

Heiliger und auch kein Ältester, wie deine Frau mich nennen will, sondern lediglich ein Werkzeug.

Der Zar schüttelt den Kopf: bei allem, was du für uns getan hast.

Danke nicht mir, sagt Rasputin. Ich bin nichts weiter als ein Bote. Ich ändere dein Schicksal nicht, genauso wenig wie du meines ändern wirst. Es ist spät, ihr müsst euch ausruhen.

Er steht auf.

Möchtest du die Nacht nicht hier verbringen?, fragt der Zar. Dein Zimmer wartet, das Bett ist gemacht, die Waschschüssel wird täglich frisch gefüllt.

Hab Dank, sagt Rasputin. Doch ich muss gehen.

Er bittet den Kutscher, ihn zu einer Gaststätte zu fahren, in der Zigeuner zusammengekommen sind. Der Lärm dringt bis auf die Straße. Eine Sängerin ruft seinen Namen und wirft sich an ihn. Er lächelt und legt einen Arm um ihre Taille. Für die Zigeuner ist er nichts weiter als ein prall gefüllter Geldbeutel. Deshalb sucht er ihre Gesellschaft. Und ihrer Ausdauer wegen, die der seinen gleichkommt.

Die Sängerin führt ihn zu einem Tisch. Schon steht ein Glas vor ihm. Einer der Musiker erzählt Ammenmärchen über Rasputins Schwanz, bis der unter Jubel die Hosen herunterlässt.

Seht, sagt er. Ganz gewöhnlich.

Er nimmt die Musiker mit nach Hause und zahlt sie dafür, dass sie bis zum Sonnenaufgang weiterspielen. Etwa dreißig Leute erwarten ihn in seinem Wohnzimmer, vor allem Frauen, die regelmäßig bei ihm sind, aber auch zwei, die er noch nie gesehen hat, und ein paar wenige Männer. Nach der Feier des letzten Abends ist geputzt worden, und auf dem Tisch steht neues Essen. Wer sich darum kümmert, weiß er nicht, und es interessiert ihn auch nicht.

Vera Kusova ist immer noch da, oder schon wieder, und raunt ihm zu: Sie warten schon den ganzen Abend auf dich, manche von ihnen suchen Trost.

Sie verstummen, als er die Stimme erhebt: Niemand muss ohne Trost sein, denn der Trost ist vollkommen und überall. Die Gnade. Das Meer tröstet, ohne etwas dafür zu tun. Es liegt in der Natur der Welt, dass die Wellen den Strand streicheln, genau wie die Sonne die Wellen liebkost. Lasst zu, dass die Sonne euch aus den Gedanken an Nichtiges erweckt. Euer Geist ist nichts anderes als eine Welle, die sich hebt und senkt. Sie verschwindet nicht im Meer, denn sie war nie etwas anderes als das Meer: eine kleine Unebenheit an der Wasseroberfläche, die aufgetaucht und wieder verschwunden ist. Aber ihr sollt wissen, dass ich euch liebe, jeden Einzelnen von euch. Eure Herrlichkeit ist endlos. Und ihr seid sicher. Gottes Söhne und Töchter können keine schlimme Behandlung erfahren, auch wenn es manchmal so scheinen mag. An der Oberfläche.

Mit tränennassem Gesicht sieht er Vera Kusova an und sagt: Schreibe. Sie holt Papier und einen Bleistiftstummel, setzt sich an den Esstisch und kritzelt, so schnell sie kann; ihre zierliche Hand huscht zwischen dem Geschirr hin und her.

Er spricht weiter, bis die Inspiration versiegt, und dann beginnt der Tanz. Die Musik dröhnt, und er nimmt sich eine nach der anderen und wirbelt sie herum. Dann vergisst er alles und alle und dreht sich um sich selbst, immer schneller und schneller. Lange. Vielleicht eine halbe Stunde. Bis zu zwei Stunden hat er schon so getanzt, sagen sie, und es sei wie ein Wunder gewesen.

Schließlich sinkt er zu Boden.

Die Musiker spielen weiter, und eine der fremden Frauen kniet neben ihm und sieht ihn an, besorgt und angespannt. Hilfsbedürftig.

Hilf mir, sagt er, und sie stützt ihn bis zum Bett, und er liegt dort, bis der Schwindel nachlässt. Da setzt er sich auf, bittet sie, einen Stuhl zu holen und sich dicht vor ihn zu setzen.

Er klemmt ihre Beine fest zwischen seine Knie und sieht ihr unverwandt in die Augen, während er spricht:

Mein Täubchen, Honigbiene. Höre nie auf die Priester. Sie kennen nur einen Bruchteil des Mysteriums. Wir müssen die Sünde nicht fürchten – sie ist uns gegeben, damit wir Reue zeigen können, und die Reue erfüllt unsere Seele mit Freude und den Körper mit Stärke. Verstehst du, was ich sage? Ohne Sünde gibt es kein Leben. Ein Mensch, der selbstgefällig seine unerschütterliche Tugend feiert, eifert mit Gott. Und hasst ihn, weil für ihn der Geist nichts als ein schmieriges Fenster ist, hinter dem die Seele weilt, nicht besser und nicht schlechter als die Seelen anderer. Mein Zicklein, wenn du die Sünde nicht kennst, bist du nie von Gott berührt worden.

Willst du, dass ich dich zum Herzen der Sünde führe und zurück? Willst du, dass ich dich auf diesem gefährlichen Weg begleite? Willst du mit mir über die Erde kriechen und dich von allem Gehabe reinigen? Willst du ein einfaches Leben in Gottes Gnade führen?

DER WETTERUMSCHWUNG KAM unerwartet und schnell. Nach einem warmen, sonnigen August bekamen wir einen eisigen September, und an Mínervas erstem Kindergartentag schneite es. Ich schmierte ihr fette Creme ins Gesicht, setzte sie auf den Schlitten und bat sie, den Beutel mit den Wechselklamotten festzuhalten. Auf dem Heimweg, mit dem leeren Schlitten im Schlepptau, weinte ich darüber, wie tapfer sie gewesen war und wie rührend, als wir uns an der Tür verabschiedeten.

Viel Spaß, sagte ich.

Viel Spaß, echote sie ernst.

Ljuba ging mir aus dem Weg, seit sie mir von dem Schwein erzählt hatte, und es fühlte sich an, als wäre noch irgendetwas Ungeklärtes zwischen uns. Als hätten wir eine seltene Pflanze gesät und beobachtet, wie sie sich dem Tageslicht entgegenreckt, doch genau in dem Moment aufgehört, uns weiter um sie zu kümmern, als sie ihre Blütenkrone öffnete und die Frucht heranwuchs. Die Pflanze verdorrte, und ich war rastlos, konnte aber nichts dagegen tun.

Ich ging täglich ins Gewächshaus und kaufte Gemüse, das ich mit Münzen oder Brot bezahlte, aber Ljuba rief nicht mehr von sich aus an und war irgendwie nicht greifbar. Wenn sie nur noch das knallharte Geschäft wollte, konnte ich kaum mehr von ihr verlangen. Doch das wollte ich nicht so hinnehmen, weil sie doch *ganz offensichtlich noch etwas anderes gewollt hatte.* Sie war doch mit Fotos in einem Umschlag zu mir gekommen und hatte mir etwas sagen wollen. *Sie will den engen Kontakt zu mir, das muss ich ihr nur irgendwie begreiflich machen.* Aber mir war durchaus bewusst, dass dies die Gedanken eines Stalkers waren, und ich hielt die Füße still. Bestaunte das Gemüse, strich Fjodor über den Kopf und kaufte einen handgemachten Laster aus Mahagoni mit beweglicher Ladefläche. Hlynur hatte an der Vorderseite einen Haken hineingedreht und eine Schnur daran gebunden, damit Mínerva ihn hinter sich herziehen konnte.

Um mit der Verbannung klarzukommen, notierte ich alles, was zwischen uns gewesen war und was sie mir über ihre Kindheit in Alte Kirche erzählt hatte, erfreute mich an all den Details, die ihr so wichtig waren.

Jeden Tag übersetzte ich meine zehn Seiten – den dicken britischen Roman hatte ich fertig und mit einem amerikanischen angefangen. Matti dachte, ich würde mich sofort an die Geschichte machen, die ich gerade schrieb, über ein dreizehnjähriges Mädchen, das auf einer Spanienreise mit ihrer Familie Jesus begegnet. Er bat mich, es ruhig angehen zu lassen, nicht vorm Computer zu essen, sondern lieber mal schwimmen zu gehen oder einen Mittagsschlaf zu machen. Ich aber entgegnete, dass ich für so etwas keine Zeit hätte, und empfand eine perverse Lust darin, ihm zu verheimlichen, dass ich gar nicht arbeitete, sondern eine immer größer werdende Obsession nährte. Einerseits befürchtete ich, dass er mich nicht verstehen würde, und andererseits half mir das Geheimhalten, mit meinem Frust besser klarzukommen.

Nachts schlich ich mich leise aus dem Bett, um ein Gespräch oder einen Satz festzuhalten, der mir plötzlich einfiel, oder ich feilte an etwas, das bereits den Weg aufs Papier gefunden hatte. Manchmal schlang er einen warmen Arm um mich, wenn ich zurück ins Bett kam, doch er sagte nicht viel dazu.

In meiner Jackentasche klingelte das Handy, und ich ging ran, näselte ein Hallo?

Eva, sagte Ljuba. Magst du rüberkommen? Ich kann dir beibringen, Sauerkraut zu machen. Nur wenn du willst. *I not press you.*

Diese letzte Bemerkung machte mich völlig fertig. *I not press you.* Als wollte sie eine gewisse Distanz wahren oder mir die Chance geben, einen Rückzieher zu machen.

Als sie die Tür öffnete, fragte sie: Musst du heute nicht arbeiten?

Doch, antwortete ich und stieg die Treppe hinauf. Wir sahen uns nicht in die Augen. Ich stampfte den Schnee ab und zog die Stiefel aus. Fjodor kam splitternackt angerannt, streckte die Zunge raus und verschwand wieder im Flur.

Ljuba rief ihm etwas hinterher. Dann sah sie mich an: Jungs, seufzte sie. Gestern habe ich mit meiner Schwester Aljona gesprochen. Sie weinte, weil ihr ältester Sohn nichts lernen will, sie anschreit und beschimpft, einfach abhaut, wenn es ihm passt, und schon mit dem Rauchen und Trinken angefangen hat. Ich habe ihr gesagt, es bringt nichts, ihn kontrollieren zu wollen, dafür ist er zu groß. Er ist sechzehn.

Ich nickte.

Sein Opa ist Zigeuner, fügte sie erklärend hinzu. Aber Eva, wie würde es dir gehen, wenn das dein Sohn wäre? Bald sperren sie mich in eine Kiste, meint Aljona. In eine Kiste unter der Erde. Aber sie ist auch selbst schuld. Sie haben ihm immer alles durchgehen lassen, ihn verhätschelt und mit Geschenken und Taschengeld überschüttet.

Oberflächlich herrschte Vertrauen zwischen uns, doch sie war vorsichtig, und ich spürte, dass alles, was sie erzählte, allein dem Zweck diente, mich abzulenken. Auf dem Küchentisch sah ich einen Bottich voll Weißkohl und zwei Holzbretter mit jeweils einem großen Messer darauf.

Winterkohl, sagte Ljuba. Wenn es kälter wird, verdichtet sich der Kohl und wird zäh, dann macht man besser Sauerkraut daraus. Am besten nachdem es einmal gefroren hat. Zu Hause haben wir immer im Oktober Sauerkraut gemacht, bei Neumond. Wir hatten einen speziellen Gartenbaukalender, in dem stand, an welchem Tag dieses oder jenes am besten gesät wird, wann Möhren geerntet werden, Sauerkraut gemacht, Gurken eingelegt und so weiter. Das hing alles davon ab, ob Neu- oder Vollmond war, zunehmend oder abnehmend. Aber an den rot markierten Sonn- und Feiertagen durften wir nichts machen, noch nicht einmal kochen oder unsere Kleidung waschen – nichts. Mama und Oma glaubten auch, dass Frauen an gewissen Tagen im Monat, du weißt schon, gar nicht versuchen sollten, etwas zu säen, weil dann eh nichts daraus wird. Ganz schön kompliziert.

Sie nahm einen Kohlkopf und warf ihn mir zu, und als ich ihn ohne Weiteres auffing, nickte sie und sagte: Gut, jetzt weiß ich, dass dieser Kohl in Ordnung ist. Weil du ihn gefangen hast. Aber ich will es gar nicht unnötig kompliziert machen. Der Kohl hat zwei- oder dreimal Frost abbekommen, und ich habe keine Ahnung, welchen Mond wir gerade haben, aber Mama und Oma sind ja nicht hier.

Sie gab mir ein Zeichen, mich an eines der Bretter zu setzen, und stellte eine große Plastikschüssel auf den Tisch. Schneide den Kohl, sagte sie und zeigte mir auf dem anderen Brett, wie geschickt und schnell sie den Kohlkopf in sechs oder sieben Stücke schnitt. Die Stücke sammelte sie mit beiden Händen ein und warf sie in die Schüssel. Dann brachte sie eine uralte Küchenmaschine auf der Anrichte in Position und steckte sie ein.

Die sind so abergläubisch, Oma und Mama, sagte sie. Das Schlimmste ist, dass ich das auch bin, wenn auch nicht ganz so extrem wie sie.

Ich nickte und stimmte allem zu, was sie sagte, befürchtete, dass der Redefluss versiegen würde, wenn ich irgendetwas nachfragte. Wenn sie nur genug redet, passt sie irgendwann nicht auf und lässt mich wieder rein, dachte ich. An sich heran. An den Schmerz.

Oma meinte, man soll abends nicht in den Spiegel gucken, weil er einem dann die Schönheit raubt. Und abends fegen darf man auch nicht, dann fegt man das Glück weg. Und man darf auch nicht fegen, wenn Gäste da sind, weil es dann ist, als würde man den Besuch rausfegen, und dann kommt keiner mehr. Kämm dich nicht vorm Spiegel und sieh auch nicht lange hinein, sagte Oma. Und auf gar keinen Fall einen zerbrochenen Spiegel aufbewahren. Wenn einem ein Spiegel zerbricht, muss man die Splitter aufsammeln, ohne hineinzublicken, und sie sofort in die Tonne werfen.

Sie sah sich um. Wie du siehst, hängt bei mir kein Spiegel an der Wand, am liebsten habe ich nur einen kleinen in einer Schublade. Wenn große Spiegel um mich herum sind, habe ich Angst, dass etwas Schlimmes passiert. Oma hat immer eine Sicherheitsnadel irgendwo unauffällig an ihre

Kleidung gesteckt, erzählte sie weiter. Um den bösen Blick von sich fernzuhalten. Mama trug die Nadel immer unter dem Hemd oder Pullover, nah am Herzen. Ich wusste nie, warum sie das tat. Warum nah am Herzen? Vielleicht dachte sie, so verhindern zu können, dass es zerbricht, schnaubte sie und stand einen Moment still da und starrte auf die Küchenmaschine.

Wenn ein Kind geboren wurde und die Leute kamen, um es zu bestaunen, musste der böse Blick auch abgelenkt werden. Daher hat Oma, wenn die Leute wieder weg waren, einen Finger angeleckt und damit zwischen den Augen des Kindes gewischt. Oder ihm gründlich das Gesicht gewaschen und es mit einer Ecke des Hemdchens getrocknet, das es trug.

Ich schnitt pausenlos, der Kohlberg schrumpfte und der Kohlspiegel in der Schüssel stieg oder sank, je nachdem, wer von uns schneller arbeitete: ich mit dem Messer oder Ljuba mit dem Finger am Schalter des Schredders. Während die Maschine lief, schwieg sie, aber sie sprach in die gesegnete Stille hinein, während sie die Kohlstücke einfüllte. Eine Emaillewanne vor ihren Füßen fing die Kohlstreifen auf, und ich staunte, wie schnell wir vorankamen.

Als nur noch wenige Kohlköpfe im Bottich lagen, unterbrach sie kurz das Schreddern, setzte Wasser auf und holte Nescafé und eine Zweikilopackung Zucker. Wir arbeiteten schweigend zu Ende, und als der gesamte Kohl zu hellgrünem Konfetti verarbeitet war, machte sie Kaffee, spritzte Milch darauf und Zucker direkt aus der Tüte, und in einer einzigen Bewegung legte sie eine Packung Kekse vor mich auf den Tisch, verstaute Bretter, Messer und Schale im Bottich und trug ihn zur Spüle. Ich fegte die Kohlschnipsel auf dem Tisch mit den Händen zusammen und stand auf.

Der Müll ist da unter der Spüle, Eva. Komm und guck zu, wie ich das mache.

Ich stellte mich neben die Wanne und sah zu, wie sie Salz und Zucker über den Kohl streute, alles mit den Händen vermengte und anschließend kräftig durchknetete und quetschte. Sie trug ein schwarzes T-Shirt einer Heavy-Metal-Band, die ich für Kiss hielt, bis ich sah, dass die Bandmitglieder zwar ihre Gesichter ähnlich geschminkt hatten, es aber fünf statt vier waren und der Bandname in kyrillischer Schrift geschrieben war.

Aus dem Kühlschrank holte sie eine Schale mit geriebenen Möhren und Roter Bete, kippte sie über den Kohl, stellte die Kohlwanne auf den Tisch und walkte ihn weiter durch. Sie walkte, und der Kohl wurde immer dunkler und feuchter von seinem eigenen Saft.

Ein Werkzeug, das ich noch nie gesehen hatte, wurde aus einem Schrank geholt: eine breite Mahagoni-Walze mit gedrechseltem Griff. Ich erkannte Hlynurs Handschrift wieder. Ljuba benutzte das Teil, um den Kohl zu pressen, pressen, pressen. Nach einigen Minuten quatschte der Kohl und mit jeder weiteren Minute spritzte mehr Flüssigkeit heraus, bis das Gemüse ganz darin schwamm.

Mir taten schon vom Zuschauen die Arme weh, doch Ljuba zeigte keinerlei Anzeichen von Erschöpfung. Die Kraft ihrer Ahninnen war mit ihr.

Ist Mínerva bei der Tagesmutter?

Sie ist im Kindergarten, antwortete ich. Das ist ihr erster ganzer Tag. Hatten die Pfarrer ein Problem mit dem Aberglauben?

Ja, sehr, aber sie wussten natürlich auch, dass sie genau deswegen gebraucht wurden. Wollten Leute Unglück abwenden, griffen sie zu allen Mitteln – und eines davon war, dass ein Pfarrer mit Weihrauch durch die Wohnung ging und Weihwasser in jede Ecke spritzte, natürlich gegen Bezahlung.

Sie verließ die Küche, und ich hörte sie in einer Mischung aus Isländisch und Russisch reden. Schließlich kam sie zurück, einen mit Teddys bedruckten Kinderdeckenbezug im Arm. Ich habe Sigmar zum Einkaufen geschickt, und er nimmt Fjodor mit. Sie brauchen mal frische Luft.

Ich nickte, war es mittlerweile gewohnt, Sigmar mit seinem Bruder vor sich auf einer rot-weißen Vespa über die Gehwege zuckeln zu sehen. Der Ältere mit bloßem Kopf, der Jüngere mit riesigem Helm.

Wie ein Stierkämpfer breitete sie den Deckenbezug aus. Guck, Eva, sagte sie. Ein sauberer Bettbezug. Den lege ich bis zum Abend über die Wanne. Dann presse ich den Kohl noch mal beim Fernsehen, und dann kommt ein großer Topfdeckel darauf, der in die Wanne passt, den beschwere ich mit Mahagoni-Klötzen, die Hlynur aus der Werkstatt mitbringt. Der Kohl muss in der Flüssigkeit liegen, verstehst du?

Ja.

Sieben Tage lang nehme ich den Deckel täglich ab und steche an einigen Stellen mit einem Stab in die Masse, um das Gas entweichen zu lassen und das Kraut ein wenig zu lüften, erklärte sie, während sie ihren Kaffeebecher nahm und sich mir gegenüber an den Tisch setzte. Nach einer Woche ist es fertig, aber erst müssen noch die Gläser abgekocht werden.

Klar.

Und dann wird es immer besser, je länger es im Glas bleibt. Natürlich nicht unendlich lang, aber du weißt schon.

Ich nickte unter Ljubas ernstem Blick, bis sie zum Fenster sah, auf grauen Himmel über weißer Erde.

Papa hat mir von Pfarrern erzählt, die Leute bis aufs Hemd ausgenommen haben und schlecht mit Kindern umgegangen sind, und von einem, der in eine brennende Kirche gerannt ist, um eine Dreiliterbüchse voll Geld zu retten, die er durchs Weihwassersprenkeln verdient hatte. Er ist mit der Geldbüchse im Arm dort drinnen verbrannt. Aber Oma meinte, unser Pfarrer sei einer von den guten, die nicht nur ans Geld denken. Das habe ich auch selbst gesehen, als Aljona ein totes Kind geboren hatte und danach lange schwer krank in der Klinik lag. Das ist jetzt achtzehn Jahre her, aber ich erinnere mich noch ganz genau daran. Ihr Mann wollte gar nicht mehr aus dem Bett aufstehen, noch nicht einmal, um Aljona im Krankenhaus zu besuchen, deshalb mussten die Omas – meine Mama und eine andere Frau aus dem Dorf – das Kind holen, anziehen und beerdigen. Ich hörte sie darüber reden, wie sie es aus dem Leichenkühlraum holen mussten, wo es noch nackt von der Obduktion und mit einem Schnitt vom Kinn bis zur Leiste auf einem Tisch lag. Wie ein Stück Fleisch, wisperten sie und bewegten sich langsam, weil der Kummer so erdrückend war.

Der Pfarrer saß viele Wochen lang abwechselnd am Bett meiner Schwester und ihres Mannes und sprach mit ihnen. Dafür hat er nie Geld gewollt. Und trotzdem: Wenn ich mir unseren Pfarrer oder irgendeinen anderen Pfarrer anschaue, sehe ich nichts als den Tod. Ich bin so froh, dass die Pfarrer hier wenigstens nicht in langen schwarzen Kutten, mit langem Haar und Bart herumlaufen. Solchen Gestalten will ich nicht jederzeit auf der Straße begegnen. Eva, ich muss dich etwas fragen.

Mir lief ein kalter Schauder über den Rücken, obwohl ich gar nicht wusste, wonach sie fragen wollte. Ja, sagte ich.

Sie führte den Becher langsam an ihre Lippen und sah mich über den Becherrand hinweg an, während sie einen winzigen Schluck nahm. Meine Furcht spiegelte sich in ihren Augen; ich sah, dass sie Angst hatte. Ich hielt es nicht mehr aus. Frag, sagte ich.

Sie stellte den Becher ab. Warum hast du angedeutet, dass es kein Unfall war, als mein Vater den Essig getrunken hat? Dass er sich umbringen wollte.

Mein Magen reagierte, als hätte ich einen Schluck Speiseessig getrunken. Ich habe nichts angedeutet, beeilte ich mich zu sagen.

Aber du hast es gedacht, sagte sie.

Ja.

Sie sah auf den Tisch.

Ich hielt den Atem an.

Wahrscheinlich weil es stimmt, sagte sie schließlich. Ich habe darüber nachgedacht. Ich war siebzehn Jahre alt. Natürlich haben mir alle erzählt, dass es ein Unfall war, und ich wollte es glauben. Aber klar: ein Essigkanister ist keine Schnapsflasche. Er hatte sich entschieden, das erkenne ich jetzt. Er war so anständig zu Mama, bevor er starb, einen ganzen Monat lang. Hat ihr die Schultern gestreichelt und nette Dinge zu ihr gesagt. Das war so unnatürlich.

Sie stand auf. Jetzt weißt du es, und auch, dass ich dich nicht absichtlich angelogen habe.

Das habe ich gar nicht gedacht, sagte ich und stand ebenfalls auf, traurig und wenig hoffnungsvoll, weil in ihrem Ausdruck etwas Endgültiges lag. Als wäre die Sache damit erledigt. Für immer und ewig gegessen.

Sie begleitete mich zur Treppe, und ich wollte mich gerade verabschieden, als sie mich bat, kurz zu warten. Sie ging rein und zog Schuhe an. Wir liefen schweigend zum kaputten Fenster an der Rückseite des Gewächshauses. Sie nahm die Spanplatte heraus, und wir kletterten ungelenk hinein. Ich ging hinter ihr, zwischen Gerüsten hindurch, die von hohen Gurkenpflanzen bewachsen waren, völlig nackt, abgesehen von einigen wenigen späten Früchten. Die Wassergeräusche nahmen zu, je mehr wir uns den Becken mit den Fischen näherten.

Auf einmal bückte sie sich und griff eine Kiste mit wucherndem Basilikum. Wir gingen in den Laden, wo sie die Kiste abstellte und mir einen Korb mit grünen Tomaten zeigte. Willst du die haben? Irgendetwas daraus machen? Ich habe keine Zeit. Das sind mehr als fünf Kilo, sagte sie.

Ich nahm den Korb und hatte das Gefühl, bestochen zu werden, damit ich nicht weiterfragte. Ein unklares Gefühl, das ich nicht loswurde. Ich hatte keine Ahnung, wie ich ihr Vertrauen zurückgewinnen konnte oder wodurch ich es verloren hatte.

Sie nahm eine Schere und schnitt das Basilikum. Nimm das auch, sonst werfe ich es weg.

Und trotz allem fühlte es sich an, als meinte sie: Nimm alles, was ich nicht gebrauchen kann. Nimm, was ich sonst wegwerfe. Nimm mein Leben, bevor es noch verdirbt.

ZU HAUSE SORTIERTE ICH die unbrauchbaren Tomaten aus, schnitt die anderen in der Mitte durch und suchte mir Knoblauch, Zitrone, ein Stück Ingwer und verkrumpelten Stangenpfeffer aus dem Kühlschrank zusammen und was noch an Senfkörnern, Kümmel, Fenchel, Pfeffer und Kurkuma in der Kräuterschublade war. Ich hackte das Gemüse klein und leerte die Gewürzgläser in einen großen Einmachtopf mit heißem Öl. Dann kippte ich die Tomaten dazu, Salz, Zucker und Apfelessig, wartete, bis es aufkochte, reduzierte die Hitze und machte mich ans Übersetzen.

Matti schlief nach seiner letzten Nachtschicht. Die Katze quetschte sich auf meinen Schoß und machte Barbara Cartland aus mir, die Liebesromanautorin, die ihr Leben lang Frauen rund um den Globus auf Abwege geführt – oder ihnen Hoffnung gegeben hat, je nachdem, wie man es sehen mag. Sie hat 732 Bücher mit ihrem Lieblingspudel auf dem Schoß geschrieben.

Um zwei Uhr hatte ich das Endprodukt auf zwanzig Gläser verteilt und war mit der Hälfte meines Übersetzungspensums durch, als Matti aus dem Schlafzimmer kam und sich in Pyjamahose mit nacktem Oberkörper auf einen Stuhl am Esstisch fallen ließ. Den süßsauren, würzigen Duft schien er gar nicht wahrzunehmen.

Da war bei mir alles vorbei. Wenn Matti so dumpf war, fiel in mir eine Tür ins Schloss. Er, für den ich all die Jahre nicht das Interesse verloren hatte und dem ich treu gewesen war, weil er der gefühlvollste Mensch war, den ich kannte. Der mir beigebracht hatte, ohne Schutzpanzer zu lieben. Er ließ sein Herz offen herumliegen, und wenn ich schlecht auf ihn zu sprechen war, wollte ich, dass er es zurück in seinen Brustkorb steckte und von Zeit zu Zeit auch mal die Gesellschaftsmaske aufsetzte und nicht immer so schutzlos und angreifbar war. Aber meist bewunderte ich die Ehrlichkeit, die er an den Tag legte, wenn er sein Innerstes so unverstellt nach außen kehrte.

Wenn Matti keine Säufer trocken legte, machte er Kinofilme. Er war eine Einmann-Division, die schrieb, Regie führte, produzierte, drehte und schnitt. Manche seiner Filme wirkten wie vor dem Sündenfall gemacht, bevor die Menschen lernten, sich zu schämen. Bevor es den Begriff Sentimentalität gab. Da waren alte Frauen in weißen Kleidern mit Blutfleck an der Brust am Strand, Frauen in Schlachtkitteln spritzten nackte junge Männer ab, die einem Schlammbad entstiegen, korrupte Politiker aßen mit bloßen Händen Sahnetorte, Nahaufnahmen von weinenden Menschen. Kraftvolle, rohe Kunst. Ich war seine Bewunderin und er mein sanfter, kaputter Mann.

Willst du Kaffee?, fragte ich.

Er sah mich an, aber das war nicht er, sondern irgendwer anders. Mir egal, antwortete er.

Ich sprang auf, wie Ljuba, als sie die Schlange entdeckt hatte. Nein, sagte ich. Wage es ja nicht.

Es ist zu spät…, antwortete er und schien selbst nicht zu wissen, was er damit meinte.

Auf der Anrichte wartete ein Bund Basilikum auf mich, das in kochendes Wasser und danach in ein Eisbad getaucht werden musste, bevor es mit Olivenöl in den Mixer und anschließend in kleinen Plastiktüten eingefroren werden konnte. Das schien mir auf einmal dringender als die Übersetzung.

Kannst du nachher mit Mínerva ins Schwimmbad gehen, damit ich zu Ende übersetzen kann?, fragte ich, doch als lähmendes Schweigen die einzige Antwort war, korrigierte ich mich: Ach nein. Das ist keine gute Idee.

Ich kann schon mit ihr ins Schwimmbad gehen, sagte Matti mürrisch, und ich wurde noch entschlossener, dass das nicht passieren würde.

Wir wollen zu Ljuba gehen und ihr beim Ernten der letzten Möhren helfen, log ich. Das haben wir schon lange abgemacht, ich hatte es nur vergessen. Mínerva liebt es, Möhren zu ernten. Ruh du dich aus. Ins Schwimmbad könnt ihr später gehen.

Ich wusste, dass meine Reaktion überheblich war. So reagierte ich auf die Stimmungsschwankungen anderer. Über diese uncharmante Eigenart haben sich auch schon frühere Freunde beklagt.

Matti ging nicht in die Offensive, sondern saß schweigend da und starrte mit finsterem Blick auf die Tomatengläser.

Eva, es tut mir leid, sagte er schließlich. Ich weiß nicht, ob ich das noch länger ertrage. Und du kannst mich nicht dazu zwingen.

Geh zu dem verdammten Psychiater, sagte ich.

Ich stehe auf der verdammten Warteliste, antwortete er mit leerer Stimme.

Ich weiß, dass du dich umbringen willst, sagte ich. Das hast du mehrfach angedeutet, und das ist auch nicht zu übersehen. Hast du schon alles geplant? Dir Gedanken über die Methode gemacht?

Er antwortete nicht, und die Stimmung wurde noch drückender. Obwohl ich kaum wusste, warum ich überhaupt fragte, wollte ich die Antwort hören.

Ich habe dich etwas gefragt.

Natürlich, antwortete er.

Wie?

Darüber will ich nicht reden.

Wie?

Schlafmittel, Whiskyflasche, Hochland.

Ich wollte ihm einen Kaffee und eine Schnitte Brot bringen, ihm etwas vorsingen, ihn umsorgen und einschließen, damit er sich nichts antun konnte. Und gleichzeitig wollte ich ihn vom Stuhl stoßen. Ich tat nichts von alldem, sondern nahm einen Topf vom Stahlhaken am Fenster, füllte ihn mit Wasser und machte Feuer unter dem größten Gaskochfeld.

EIN TAG IM LEBEN VON MATTI

Er wird von seinem bangen Pflichtbewusstsein geweckt und sieht auf die Uhr: Viertel vor neun. Erst um elf muss er da sein. Es ist Mitte September und abends um diese Zeit schon stockfinster. Der Wecker steht auf halb zehn; er stellt ihn aus.

Erst als er richtig wach ist, überkommt ihn das Unbehagen mit seiner ganzen Wucht. Es ist, als würde sein Herz zerbersten, als wäre gerade jemand gestorben und morgen die Beerdigung. Eine Beerdigung, für die er noch nichts organisiert hat, obwohl er allein verantwortlich ist.

Nachdem er gestaunt hat, dass schon allein das Anziehen einer Hose ein Akt sein kann, geht er aus dem dunklen Zimmer ins Wohnzimmer und wartet dort einen Moment, bis die Augen sich an das gedämpfte Licht gewöhnt haben, an die Lampen in allen Ecken des Raums und die flackernde Kerze auf dem Tisch.

Dann schleicht er sich zu seiner Tochter, die seit Neuestem ihr eigenes Zimmer hat, in dem sie Farben, Teddys, Bauklötze und Pferdchen mit einer solchen Sorgfalt verteilt, als ertrüge sie aus irgendeinem Instinkt heraus kein einziges leeres Fleckchen um sich herum. Sie mag ihr neues Bett, ein Hochbett mit kleiner Höhle darunter, in der ein kleiner Tisch steht mit erleuchtetem Globus, ein kleiner roter Stuhl und die Truhe, die ihr Opa gebaut, weiß gestrichen, mit Engelglanzbildern beklebt und klar lackiert hat. Aber wenn Matti Nachtschicht hat, schläft sie meist im Ehebett bei ihrer Mutter.

Diesmal liegen sie Seite an Seite im Hochbett und die Mama hebt den Kopf, sieht ihn an und lächelt. Es ist kein strahlendes Lächeln, sondern ein vorsichtiges: Wie ist er drauf? Es liegt auch eine Forderung in diesem Lächeln: Benimm dich wie ein Mensch. Gleichzeitig hat er das Gefühl, sie lächelt über die Erinnerung an ihn; als wäre da eine durchsichtige Membran, die ihn von Mutter und Tochter trennt.

Er geht in die Küche und isst den Rest gestampften Kabeljau mit Kartoffeln und Butter. Dann macht er sich einen Teller mit kaltem Kabeljau, lauwarmen Kartoffeln und gebratenen Möhren. Er hofft, dass sie im Kinderzimmer bleibt, weil er sich nicht wie ein Mensch benehmen kann. Gleichzeitig hofft er, dass sie herauskommt und in irgendeiner Weise mit ihm kommuniziert; dass irgendwas geschieht, das sich wie Nähe anfühlt.

Sie kommt, als er die Schuhe schon anhat und gerade in seine Jacke schlüpft.

Legst du dich nach der Arbeit bei deiner Mutter hin?, fragt sie.

Ich denke schon, nach der letzten Schicht bin ich fast am Steuer eingeschlafen.

Okay, Schatz, fahr vorsichtig.

Ja, antwortet er und küsst die Membran. Sie ist irgendwo dahinter, allein mit dem Kind und dem Unverständnis. Und er hat den umhergeisternden Leichenzug am Hals.

Im Auto brabbelt das Radio von Flamenco, dazwischen jaulende Musikbeispiele. In der Dunkelheit rasen reflektierende Pins vorbei. Er parkt am Mitarbeitereingang; inzwischen ist es zehn vor elf. Drinnen schließt er einen Spind auf, verstaut Jacke und Schuhe darin und schlüpft in seine Clogs. Dann betritt er den offiziellen Bereich der Klinik und grüßt im Vorbeigehen die Krankenschwestern, die gerade die letzte Medikamentenration verteilen. Er wirft einen Blick auf die Liste neuer Patienten und sieht im Schichtbuch nach, ob es besondere Vorfälle gab.

Ein Neuankömmling hat im Speisesaal eine Schwester mit einem Tafelmesser bedroht. *Bei ihm muss man vorsichtig sein*, steht im Schichtbuch, *er reagiert sehr heftig auf Reize.*

Es ermüdet ihn, das zu lesen. Die Glut kühlt ab. Auch er selbst reagiert heftig auf Reize – innerlich.

Seine Füße finden den Weg durch den Klinikflur in die obere Etage, wo die neuesten Patienten in Einzelzimmern untergebracht sind. Von dort aus in die Jugendabteilung, wo er mit Kollege Magnús spricht, der gerade seine Schicht beendet.

Gibt's irgendwo Stress?, fragt Matti.

Den üblichen, antwortet Magnús.

Im Fernsehraum, der auch als Seminarraum dient, sehen die Jugendlichen gerade einen Film zu Ende, und ein paar von ihnen sind draußen und rauchen. Er begrüßt sie, stellt sich vor und fragt die neuen Gesichter nach ihren Namen.

Um zwölf müssen sie auf ihren Zimmern sein. Jeweils zu zweit, Jungen und Mädchen getrennt. Einige von ihnen sprechen so undeutlich und schnell, dass er kaum ein Wort versteht.

Türen knallen. Lichter gehen aus.

Er sieht glänzende Augen in der Dunkelheit vor sich, all diese unglücklichen, schlaflosen Kinder, die es so quält, dass sie sich nichts spritzen oder einwerfen können. Manche haben nur Gras geraucht, aber in rauen Mengen. Als er selbst noch Hasch rauchte, hat er nicht annähernd so viel am Tag geschafft wie sie.

Um halb eins löst er eine Zusammenkunft in einem der Zimmer auf. Erklärt noch einmal die Regeln. Danach sitzt er zwei Stunden bei einem Jungen, dem es schlecht geht und der abhauen will. Der Junge will ein Schlafmittel, doch die Jugendlichen bekommen höchstens Kamillentee oder ein leichtes Schmerzmittel, wenn sie Kopfschmerzen haben.

Er macht einen Kontrollgang und sieht nach, ob alle Türen verschlossen sind, die verschlossen sein müssen, ob irgendwer auf dem Zimmer raucht oder welche es auf der Toilette treiben. Schließlich setzt er sich in den Nachtwachenraum, einen Glaskäfig, von dem aus man das Treppenhaus sieht und hört, wenn jemand unterwegs ist. Guckt in ein Buch, trinkt Kaffee. Dreht eine zweite Runde durch die Klinik.

Auf der unteren Etage sind die Erwachsenen, die schon ein paar Tage hier sind und die schlimmsten Entzugserscheinungen hinter sich haben. Dort begegnet er einer Frau, nackt unter dem offenen Bademantel, die Hände in den Taschen, den Gürtel hinter sich her schleifend. Ihr Schamhaar ist rötlich und glatt, die Brüste sind groß und die Brustwarzen stehen zur Seite.

Wo wollen Sie denn hin, gute Frau?

Draußen rauchen.

Nach zwölf darf nicht mehr geraucht werden. Auf welchem Zimmer sind Sie?

Weiß ich nicht.

Warten Sie hier, ich hole eine Schwester. Sie gibt Ihnen was.

Gibt mir was?

Ein Schlafmittel oder so.

Die zweite Hälfte der Schicht zieht sich. Er zählt nicht mehr die Kaffeebecher und liest immer wieder dieselbe Seite, ohne die Bedeutung der Wörter zu begreifen. Irgendwann gibt er es auf und macht die letzte, ereignislose Runde.

Am Morgen kocht er Kaffee für die Tagschicht und schließt den Rauchern die Tür auf. Wartet bis Viertel vor sieben, dann weckt er die Patienten auf der Allgemeinen: geht in die Zimmer, macht das Licht an, wünscht einen guten Morgen und erinnert daran, dass es um sieben Uhr Frühstück gibt. Anschließend frühstückt er mit den Patienten und Schwestern. Noch mehr Kaffee und Brot mit Lammstreichwurst.

Die Jugendlichen werden um kurz vor acht geweckt; er muss zwei Runden gehen. Manche von ihnen werden das Frühstück verpassen, aber das ist ihre Sache.

Die Tagschicht ist da, und Matti erstattet Kollegin Ellen mündlich Bericht. Er schreibt ins Schichtbuch, von dem Jungen, der abhauen, und der Frau, die draußen rauchen wollte, und betont, dass kein Gras, keine Medikamente und keine Handys gefunden wurden.

Er verabschiedet sich von den Schwestern, zieht die Clogs aus und Schuhe und Jacke an, setzt sich ins Auto und überlegt, doch den ganzen Weg nach Hause zu fahren: im eigenen Bett einzuschlafen, vielleicht gerade noch die dick eingepackte Mínerva zu sehen, sie kurz in den Arm zu nehmen und Hi und Tschüss und Mach's gut zu sagen – und entscheidet sich dann dagegen, zu müde, um über die Hochebene zu fahren.

Das Reihenhaus seiner Mutter und des Stiefvaters steht unweit der Klinik; zehn Minuten Fahrt gegen den Strom, der sich von den Vororten in Richtung Stadtzentrum schiebt. Eine Seele in jedem Auto, die meisten im Halbschlaf am Steuer. Das ist zwar nicht ganz so deprimierend wie die Jugendstation in der Klinik, aber trotzdem traurig. Beengend. Einsam.

Es ist Samstagmorgen, und seine Mutter schläft. Sein Stiefvater ist in blauer Uniform auf See. Morgenlicht erfüllt das Wohnzimmer und den daran anschließenden Wintergarten, durch eine weiße Wolkenschicht gefiltert; die Zimmerpflanzen strecken sich ihm entgegen. Dies ist nicht das Zuhause seiner Kindheit und auch die Atmosphäre eine andere als die, in der er aufgewachsen ist, doch der Geruch ist noch derselbe: nach milder Seife, Lavendel und traditionellem Essen, mit Salz, Pfeffer und Lorbeer gewürzt. Dieser Duft begleitet seine Mutter – ob sie mit einem alkoholsüchtigen Chefkoch oder mit einem soliden Kapitän zusammenlebt.

Er denkt an zu Hause: Manchmal, wenn er hereinkommt, nimmt er den Geruch des Hauses wahr: Ruß und verbranntes Holz aus dem Kamin, die japanischen Räucherstäbchen, die Eva im Arbeitszimmer anzündet, die Birken- und Arnikaöle, die sie für sich und das Kind verwendet, den Geruch des aufgehenden Brotteigs, sauer und ein bisschen wie Farbe. Eigentlich müsste das das Paradies sein, doch er kommt nicht von der Beerdigung los. Seine einzige Chance wäre, sich mit dem Sarg in den Leichenwagen zu schmuggeln.

Matti hat eine Gabe, um die Eva ihn beneidet: Er kann überall und jederzeit einschlafen. Selbst um halb neun morgens im Gästezimmer seiner Mutter über Gedanken an verhärtete junge Herzen, einen klaffenden Bademantel, starre Gesichter auf dem Weg zur Arbeit und Selbstmord.

DIE EHE HING AM SEIDENEN FADEN. Das wussten wir beide, wir litten darunter und vermissten, was einst gewesen war. Ich liebte ihn immer noch. Wie er gewesen war, bevor die Depressionen die Oberhand gewannen. Und er liebte mich, wenn er es schaffte, den Kopf aus dem schwarzen Loch herauszustrecken. Der Sex war distanziert, zumindest war ich nicht wirklich bei der Sache. Wir stritten uns nicht, waren uns aber auch nicht nahe.

Matti war nicht einmal mehr ein Schatten seiner selbst. Mit übermenschlicher Kraft schaffte er seine Arbeit, doch zu Hause brach er zusammen; war entweder ausgebrannt oder gereizt. Und ich: Ich war unnatürlich fröhlich und gleichzeitig wütend. Einsam in der Ehe. Die klassische Valium-Hausfrau.

Doch, wir stritten manchmal darüber, ob er den Klinikjob schmeißen sollte oder nicht. Ich wollte, dass er aufhörte und sich auf seine eigene Gesundheit konzentrierte. Doch das kam für ihn nicht infrage: Nur von deinen Stipendien können wir nicht leben, dann verlieren wir das Haus.

Das muss nicht passieren – und wenn schon!, schrie ich, doch er war nicht davon abzubringen. Er machte mich rasend mit seiner »Vernunft« bis zum Gehtnichtmehr, und gleichzeitig nötigte mir seine Art, die Würde zu bewahren,

Respekt ab. Tatsächlich wandte ich ganz ähnliche Methoden an, ackerte wie ein Hamster im Laufrad, damit unser Zuhause ein solches blieb. Mein Job war es in erster Linie, gute Laune zu haben und für Stimmung zu sorgen. Ich wollte unter keinen Umständen, dass das Kind diese Niedergeschlagenheit spürte, genau wie es Matti nicht in den Sinn kam, seine Arbeit schleifen zu lassen oder überhaupt nichts mehr zu verdienen.

Einmal haben wir uns geschlagen. Aber da waren wir frisch verliebt, noch kinderlos und mit Bacchus im Bunde.

Eines der Geheimnisse von Partnern ehemaliger Trinker ist, dass sie die Trinkerei manchmal vermissen. Dieses Raue, Unkontrollierte, das den Alltag komplett ausknockt. Wie hoch der Preis des Trinkens ist, ist dieser Sehnsucht egal. Wahnsinn und Tod. Und auch wenn der schleichende Selbstmord eines lieben Freundes eine ewige Wiederholung ist – Langeweile gepaart mit zäher Trauer –, rückt einen das Besäufnis in eine unwiderstehliche Nähe zu den Naturgewalten, und das hat Triebkraft – produziert Strömungen und Winde, die das Gegenteil des Stillstands sind.

Überhaupt hatte Matti nicht weit vom Urschrei gebaut – sowohl in betrunkenem Zustand als auch nüchtern. Tag für Tag bekam ich die Gelegenheit, die inneren Kämpfe in ihm zu verfolgen – wenn ich es wagte, direkt hinzusehen. Ich konnte nicht anders, als ihn für seinen Mut und seine Ausdauer dort zu bewundern. Das war, als lebte man das ganze Jahr über auf Spitzbergen. Nichts als hungrige Eisbären und siebzig Meter pro Sekunde. Er holte sich dort Inspiration und Eingebung, die ich wiederum nur so in mich aufsaugte. Er war meine leicht gestörte Muse, der Quell neuer Perspektiven, die Farbpalette meines Lebens. Gott, wie ich ihn liebte.

Als wir uns schlugen, war Mattis leiblicher Vater gerade gestorben. Wir waren dabei, seinen Nachlass in Höfn im Hornafjörður in Kisten zu packen, und Matti kippte das Bier nur so in sich hinein. Der selige Þór war ein trunksüchtiger, frauenliebender Berufskoch gewesen, der sich von seinem älteren Sohn abgekehrt hatte, so merkwürdig das auch klingen mag.

Kurz zuvor hatte uns eine seiner ehemaligen Freundinnen besucht und Matti in einer hübschen Schachtel allen Schmuck vermacht, den Þór ihr geschenkt hatte, als sie zusammen waren. Ich saß dabei und hörte zu, wie sie darüber sprachen, dass Þór als kleiner Junge in eine Pflegefamilie an einem entlegenen Ort gekommen war, wo er institutionalisierte Gewalt erfahren musste. Sie sprachen darüber, wie viele Freundinnen er gehabt hatte, und dass er nicht einer einzigen von ihnen treu gewesen war. Sie gingen seinen Lebenslauf durch und sprachen in der Vergangenheitsform über ihn, als wäre er schon tot, dabei war er zu diesem Zeitpunkt noch quicklebendig, kochte Hummerschwänze im Hornafjörður. Er war lustig, wenn er Wein trank, sagte sie. Aber er konnte auch rabiat sein.

Ich erschrak und hoffte, nicht richtig gehört zu haben, als sie sagte: Ich habe nie verstanden, warum dein Vater dich nicht leiden konnte. Du warst ein so wunderbares Kind: intelligent, hilfsbereit und mit Grübchen, die einen zum Weinen bringen konnten.

Einige Wochen später wurde Þór tot in seinem Auto gefunden, mit seinem freundlichen, völlig unversehrten Border-Collie-Mischling auf dem Schoß. Sein Herz hatte auf der Landstraße versagt und das Auto sich ein paarmal im Lavagestein überschlagen. Bei der Obduktion stellte sich heraus, dass sein Herz durch zu viel Alkohol und unterdrückten Kummer aufgedunsen und dreimal so groß war, wie es eigentlich hätte sein sollen.

Im Hornafjörður packten wir Bücher, CDs und VHS-Kassetten, Ordner, Küchengerät, Wohnzimmerdeko und andere bewegliche Dinge aus der Wohnung über dem alten Posthaus ein, ackerten bis spät am Abend. Doch kurz vor Mitternacht geriet Matti in einen amnesischen Zustand; da bestand kein Zweifel. Er baute sich mitten im Wohnzimmer auf und redete in meine Richtung, sprach aber seinen Vater an. Ich war so geschockt, dass ich kaum hörte, was er sagte.

Hör auf damit, befahl ich, doch er rechnete weiter mit dem frisch Verstorbenen ab. Ich ging hin und schubste ihn. Er taumelte ein paar Schritte zurück und wäre beinahe gestürzt, doch dann fing er sich wieder und starrte mich an, als könne er nicht glauben, dass ich ihn angegriffen hatte. Dann gab er es mir zurück, aber das war mehr im Spaß. Wir prügelten uns über eine Stunde lang, durch die ganze Wohnung. Ich nahm ihn von hinten in den Würgegriff, und er drehte sich mit mir im Kreis, wie ein Hund, der seinen eigenen Schwanz jagt, bis er mich an den Schultern zu packen bekam und mich über den Rücken auf das Ledersofa seines Vaters schleuderte. Ich sprang wieder auf, doch er hielt mich am Fußknöchel fest. Ich trat ihm vor die Brust, und er stolperte gegen ein Bücherregal. Kochbücher, Þórbergur, Laxness und Thriller stürzten zu Boden. Die Figuren (ein Engel mit Harfe, ein Junge mit Hund auf dem Arm und eine butternde Frau) hatten wir zum Glück schon in Kartons gepackt. Ich warf mich auf Matti, packte ihn am Schopf und schlug seinen Kopf auf die Autobiografie von Þorbergur

Þórðarsson. Er erwischte meinen Pferdeschwanz und zog mich von sich herunter. Ich krabbelte weg, er rappelte sich auf und lief mir in den Flur nach, wo ich ihn mit Schuhen seines Vaters bewarf.

Das war alles hochsymbolisch, ohne dass ich genau wusste, für was es jeweils stand. Niemand wurde verletzt. Aber es hätte nicht viel gefehlt, in dem Moment, als ich auf den Küchentisch geklettert war und er mir nachkam und dabei fast stürzte. Er schwankte bedrohlich, und sein Kopf wäre beinahe auf die Heizung geknallt, aber ich schaffte es, ihn am T-Shirt aus der Schieflage zu reißen. Ich gebe auf, sagte ich. Lass uns schlafen gehen.

Am Tag darauf erzählte ich ihm, was geschehen war. Ich war das ganze Elend so leid, dass ich unsere Rauferei witzig fand – im Gegensatz zu Matti: Prügel dich nicht mit mir, wenn ich betrunken bin, ich weiß dann nicht, was ich tue, bin nicht da, bin wie besessen.

Aber das war zehnmal lustiger, als mir dein Gelaber anzuhören, ein richtiger Höhepunkt dieser Woche, entgegnete ich.

Ich war selbst überrascht, dass ich es fertigbrachte, auf jemanden loszugehen. Aber manchmal sind die Hände das einzig passende Mittel der Kommunikation. Die Hände sind das Werkzeug, mit dem wir uns aus der Klemme im Kopf befreien. Wir haben uns nie wieder geschlagen, und ich weiß, dass Matti mir nie etwas antun würde – niemandem etwas antun würde außer sich selbst. Er war einfach nur traurig und empfindlich. Genau wie Hlynur.

Der selige Þór war eine Art Russland: das Herz durch Schläge geschwollen, was eine Härte erzeugt, die in erster Linie die eigenen Kinder trifft.

In gewisser Weise war Matti von Russland gezeugt.

Söhne und Töchter Russlands: Ich will eine Brücke zu euch bauen!

ALKOHOLISMUS IST EIN WEG, um aus Enttäuschung zu sterben, aber dazu braucht es nicht unbedingt Alkoholmissbrauch.

Am Abend bevor ich die Tomaten einkochte, las ich einen Artikel über die hohe Sterberate junger Menschen in Russland. Der Autorin Masha Gessen war es gelungen, einige Länder mit ähnlich hohem Alkohol- und Tabakkonsum wie Russland ausfindig zu machen, in denen die Leute aber nicht reihenweise starben. Sie hatte auch berücksichtigt, dass Selbstmorde, Arbeitsunfälle und Morde an Frauen in den eigenen vier Wänden in Russland an der Tagesordnung sind – die Russen halten den Weltrekord in häuslicher Gewalt. Übrig blieb, dass Menschen im besten Alter an einer Herzinsuffizienz sterben, die weder angeboren noch erblich ist. Die Leute sterben aus Hoffnungslosigkeit, nachdem ihnen begreiflich gemacht wurde, von Generation zu Generation, viele Hundert Jahre lang, dass ihr Leben nichts wert ist.

Die Hoffnungslosigkeit als häufigste Todesursache der Russen – das war natürlich nur eine Hypothese, aber sie wurde umfassend und überzeugend hergeleitet.

Ich dachte an sterbende Russen, als ich zum Kindergarten radelte, um Mínerva abzuholen, und dachte immer noch daran, als wir Hand in Hand in das Gewächshaus gingen, in dem die Möhren wuchsen. Im Werkstattraum davor war es düster. Nichts außer dem Rascheln des Kaninchens und dem Gluckern aus den Fischbecken war zu hören. Mir fiel auf, dass die graubraunen Speisefische nicht mehr da waren, stattdessen schwammen dort jetzt Zierfische mit hervorstehenden Augen und Flossen, die an Schleier erinnerten.

Ist Fjodor?, fragte Mínerva und ich wollte gerade etwas antworten, als aus dem Gewächshaus ein lautes, vielstimmiges Lachen drang.

Mínerva sah mich verschreckt an.

Alles gut, sagte ich. Das sind nur lachende Frauen.

Wir gingen zur Treppe und blickten über eine grüne Fläche aus Wasserspinat und Pak Choi. Ljuba unterhielt sich mit drei thailändischen Frauen am anderen Ende des Glashauses. Zwei von ihnen kannte ich bereits, weil sie regelmäßig herkamen und etwas kauften und manchmal auch beim Unkrautzupfen oder dergleichen halfen, aber die dritte hatte ich noch nie gesehen.

Hi!, rief ich.

Sie reagierten kaum, waren offenbar nicht bereit, Außenstehende in ihre fröhliche Runde zu lassen. Dann kam Bewegung in die Frauen, und sie liefen in Richtung Ausgang, auf mich und Mínerva zu. Wir machten ihnen Platz, und ich wunderte mich über die tiefe Dankbarkeit, mit der sie Ljuba überschütteten. Sie musste ihnen noch etwas anderes als Pak Choi gegeben haben.

Wartet erst mal ab, bis der Sack geöffnet ist, sagte sie, und die Frauen prusteten los. Bye, kicherten sie.

 Bye, echote Mínerva, als die Tür hinter ihnen zufiel.

Ich nahm sie auf den Arm, und wir stiegen in die Hitze und Feuchtigkeit hinab.

Eva, du hättest sehen müssen, welche Unmenge an Wasserspinat sie gestern schon gekauft haben. Die sind total heiß darauf.

Mínerva lief zum Möhrengrün und begann, an einer Pflanze zu ziehen.

Darf sie ein paar Möhren ernten?, fragte ich.

Sie kann alle ernten, wenn sie will. Das wollte ich schon längst getan haben.

Warum waren sie so dankbar?

Uff, Eva, ich traue mich kaum, es dir zu sagen, antwortete sie, doch ihre Augen verrieten, dass sie es nicht aushalten würde, es nicht zu erzählen. Sie schielte in Richtung Tür, als wollte sie sichergehen, dass die Frauen auch wirklich weg waren, dann berührte sie mich am Arm und sagte: Diese Alte im roten Pulli, du weißt schon. Sie hat eine Nichte in Thailand, die nach Island kommen will.

Ich nickte.

Und du erinnerst dich an Jónsi, Hlynurs Freund, der so böse auf ihn war, als er sich von Ingibjörg getrennt hat?

Ja, sagte ich, und es schauderte mich vor Spannung, wohlig und unheimlich zugleich.

Ich habe mit Jónsi geredet, er will ihr ein Flugticket kaufen. Ich habe ihm Fotos von ihr gezeigt, und sie gefällt ihm sehr. Sie ist zweiundvierzig, kinderlos, ein bisschen kleiner als ich, fünfzig Kilo und sehr hübsch.

Ich nickte mit großen Augen.

Weißt du, Eva, Thailänderinnen sind gute Frauen, zumindest in dieser Familie, hübsch und fleißig. Jónsi wird nicht enttäuscht sein. Aber er muss sich ins Zeug legen, wenn das klappen soll. Ich habe ihm gesagt, dass er das Haus gut putzen muss, bevor sie kommt, und seine schwarzen Socken gegen weiße tauschen. Ich habe versucht, ihm zu erklären, wie wichtig Frauen Sauberkeit ist.

Meinst du, dass weiße Socken ihn jünger und sauberer machen?, fragte ich.

Ja, antwortete sie ungeduldig, als wäre das klar. Schwarze Socken erinnern an alte Männer und hinterlassen schwarze Fusseln im Bett und überall. Ich will Hlynur immer frisch gebadet, in weißen Socken und weißer Unterwäsche. Auf keinen Fall zu viel Rasierwasser. Ich versuche auch, ihn zu Trainings- oder wenigstens Jogginghosen zu überreden, du weißt, irgendwas Sportliches, Junges. Keine Chance. Aber Jónsi versteht, was ich meine. Er will sich weiße Socken kaufen. Aber dann gibt es da noch ein Problem, das sich nicht so einfach lösen lässt, fügte sie leise hinzu.

Was denn?, fragte ich und sah zu Mínerva, die sich zufrieden durchs Möhrenbeet arbeitete.

Jónsi hat eine Ex, die davon nichts erfahren darf. Sie hat drei Kinder, auf die er oft aufpasst. Ich habe mit ihm geschimpft und gesagt, dass er die alten Verbindungen kappen muss, wenn er ein neues Leben beginnen will. Ich habe gesagt: In der Liebe muss man brutal und mutig sein. Lass keinen anderen Menschen über dein Leben bestimmen, mach niemandem etwas vor. Das ist wichtig. Hör auf mich.

Und hat er gehört?

Ja, antwortete sie. Ich glaube, er wird sich Mühe geben. Er ist so begeistert von dieser Neuen.

Ich senkte den Blick und seufzte.

Ljuba interpretierte das falsch und sagte: Diese Thailänderinnen sind schön, aber wir auch, Eva.

Was? Ja, natürlich, antwortete ich.

Wir dürfen niemals aufgeben, betonte sie. Dann sah sie mich an, als ahnte sie etwas. Wie geht es Matti?, fragte sie.

Er betrügt mich mit Satan.

Wahrscheinlich verstand sie mich falsch, denn sie fragte: Und du? Hast du ihn schon mal betrogen?

Nur in Gedanken, antwortete ich, selbst überrascht von der Brutalität und Kälte in meiner Stimme.

In diesem Moment hätte ich mir gewünscht, dass Ljuba lacht oder etwas sagt wie: Eva, in Gedanken betrügen doch alle. Doch sie nickte bloß, und mein schlechtes Gewissen wurde immer größer. Ich fühlte mich wie Raskolnikow in *Schuld und Sühne*, nachdem er seine böse Vermieterin und die harmlose Putzfrau umgebracht hatte. Matti war nicht der Einzige, der sich schlecht benahm. Er musste auch von mir einiges ertragen.

Aber du stehst schon noch auf ihn?, fragte Ljuba.

Ja, antwortete ich. Aber das sollte man nicht zu laut sagen.

Nein. Damit macht man sich im Zweifel nicht gerade beliebt.

Ich verstand sie so, dass es in dieser Welt normal war, sich zu beklagen, es aber als oberflächlich, ja sogar als dreist angesehen wurde, zufrieden zu sein mit dem, was man hatte. Wer nicht jammert, wird schief angeguckt, als trüge er mit seiner Zufriedenheit indirekt zum Verfall der Gesellschaft bei, begrüße ihn sogar.

Ich sah mir die Risse in den Scheiben um uns herum an, die gleißende Abendsonne. *Mama klagt und jammert, alles tut ihr weh, aber sie will nichts dagegen tun*, hatte Ljuba am Tag, an dem wir uns kennenlernten, zu mir gesagt.

Ljuba war gut im sich Beklagen Doch ihr Klagen war nichts weiter als Small Talk, der vermeintliche Beleg dafür, dass wir anderen uns keine Sorgen zu machen brauchten – zu gut ging es ihr auch nicht. In Wirklichkeit war es für sie selbstverständlich, bis in den Abend hinein zu schuften und trotzdem die Rechnungen nicht bezahlen zu können. Wir Einheimischen können uns gar nicht in einem so netten, neutralen Ton beklagen. Unser Klagen ist voll Wut und Enttäuschung – das Gezappel und Geschrei von Menschen, die versuchen, den Kopf über Wasser zu halten.

Manches hatten Ljuba und ich gemein – und manches natürlich auch nicht. Aber in einer Hinsicht waren wir in einer sehr ähnlichen Lage: Wir bauten in aller Ruhe unser kleines Reich auf, und alles wuchs und gedieh in unseren Händen, auch wenn wir nicht viel mehr ernteten als die Freude über unsere gute Arbeit. Das war in Ordnung so. Ihre Ruhe war das Seil, das mich aus der Brandung der Angst rettete. Ich war ihre Schülerin in der Kunst, von nichts zu leben. Sie führte mich zu den versteckten Heiligtümern der Schattenwirtschaft, ohne überhaupt wahrzunehmen, dass sie mich wie ein Kind hinter sich herzog.

Sie sammelte Mínervas Möhrenspur ein, ich nahm das erdige Kind auf den Arm, und wir gingen in die schummrige Werkstatt, wo Ljuba den gröbsten Dreck von den Möhren spülte. Dann gab sie mir die Hälfte des Bundes, noch mit dem Kraut daran, und fragte: Braucht ihr noch die Stahlmatten, die in eurem Garten liegen?

Nein, antwortete ich. Die sind übrig geblieben, als wir den Boden in einem Teil des Hauses neu gegossen haben.

Hlynur kann sie gebrauchen, sagte sie. Er will versuchen, etwas Kleines auf unserem Stück Land am Ortsrand zu bauen. Wir können nicht ewig hier wohnen bleiben. Im Gegenzug kann er euren Schuppen mit Holzresten aus der Werkstatt füllen. Das reicht, um das Haus den ganzen Winter über warm zu halten. Was meinst du?

ALL DAS SIND ABSCHWEIFUNGEN, die den Fortgang verzögern, für ebendiesen aber notwendig sind. Was als Nächstes geschah, während ich schlafend auf dem Küchenboden lag, war, dass Ljuba und ich den Glöckchentänzern in den Ortskern folgten, der immer enger wurde und die Straßen schmaler, bis man gar keine Gärten oder Gewächshäuser mehr sah, sondern nur noch Häuser, die sich an Häuser schmiegten; manche aus Beton, andere mit Wellblech verkleidet. Von Türen und Fensterrahmen blätterte die Farbe ab, und das verblassende Holz war zu sehen.

Die Glöckchen waren nicht mehr zu hören, doch Ljuba wusste, wohin sie ging. Mir kam nicht in den Sinn, es infrage zu stellen, dass sie, die Ausländerin, gleichzeitig Ureinwohnerin war – die Sprache sprach, die Bräuche kannte –, während ich, die Isländerin, mich überhaupt nicht zurechtfand.

Hier ist es, sagte sie. Sie war in einer engen, schmalen Seitenstraße stehen geblieben und zeigte auf eine alte Holztreppe, die hinunter in die Dunkelheit führte.

Nein, sagte ich.

Na los, sagte sie.

Wir hangelten uns hinunter, und nachdem sie an eine Tür geklopft hatte, ließ man uns in einen Saal, der an den Keller des Nationaltheaters in Reykjavík erinnerte, nur dass die Bühne nicht erhöht, sondern einfach nur eine freie Fläche auf dem Boden war, wie die Tanzfläche in einem Gemeinschaftshaus. In der Mitte der Bühne stand ein langer Tisch, an dem eine kleine Frau saß, um die fünfzig, gut gekleidet und intelligent aussehend. Um die Bühne herum waren runde Tische aufgestellt, auf jedem Tisch ein hohes rotes Glas und in jedem Glas ein brennendes Teelicht. Es gab nur noch wenige freie Stühle, viele saßen auf dem Boden oder standen entlang der Wände. Manche hielten Rotweingläser in der Hand, andere Bierflaschen, aber eine Bar oder einen Getränkestand konnte ich nirgends entdecken.

Die Frau räusperte sich ins Mikrofon. Ich will nur sagen, begann sie, dass es auf Island keinen Krieg gibt und keine Armut, deshalb passiert hier nichts von Bedeutung. Die Leute gehen arbeiten, sind mit Kochen beschäftigt und sehen fern, in all ihrer Ignoranz und Undankbarkeit.

Ich schnappte nach Luft, weil ich eine vage Ahnung hatte, was als Nächstes kam. Mitte der Neunziger hatte die Autorin Isabel Allende eine solche Rede im Nordischen Haus gehalten. Ich bin zwar nicht dabei gewesen – ich war damals vielleicht gerade mal zehn Jahre alt –, aber ich habe mehrfach davon gehört, obwohl die Geschichten natürlich verzerrt waren. In der realistischsten Version sagte sie bloß, dass sie nicht sicher sei, ob hier echte Literatur entstehen könne.

Aber alle Versionen stimmen darin überein, dass sich im Publikum der Filmemacher Friðrik Þór Friðriksson erhob – groß, mächtig und mit seinem finsteren Blick – und donnerte: *But we have got the pain in the brain.*

Und tatsächlich, jetzt erhob sich ein großer, kräftiger

Mann – nicht Friðrik, aber jemand, der ihm ähnelte – und sagte: Der Schmerz sitzt den Menschen im Hirn!

Auch ich stand auf, mit donnerndem Herzschlag und einem schwindelerregenden Gefühl der Unwirklichkeit, und sagte: Natürlich gibt es hier Armut. Und Schmerz und Unglück und den Sieg des Geistes. Außerdem ist es die Geschichte eines jeden Menschen wert, erzählt zu werden.

Die Frau sah uns abwechselnd an, ehe sie wieder das Wort ergriff: Das ist richtig, sagte sie einfach nur und erhob sich. Sie trug einen schwarzen knielangen Rock, der Tische und Stühle streifte, als sie sich in den dicht gedrängten Saal schlängelte.

Gut gemacht, flüsterte Ljuba mir ins Ohr. Doch ich fühlte mich dumm, denn im Schlaf kommen einem nicht nur Albträume, sondern auch Fantasien. Soeben hatte ich mir angemaßt zu glauben, dass mir wirklich zugehört würde; dass meine Worte etwas bewirkten. Dass jemand seine Meinung wegen etwas änderte, das ich gesagt hatte. Außerdem war ich mir gar nicht so sicher, ob ich wirklich recht hatte. Verharmloste ich damit nicht Kriegsschrecken und Hungertod? So hatte ich das nicht gemeint, aber es war möglich, es so zu interpretieren.

Ich hätte nichts sagen sollen, flüsterte ich zurück.

Du bist so beherzt, Eva, flüsterte sie.

Stimmt gar nicht, flüsterte ich. Ich habe immer Angst und fühle mich schuldig. Pass lieber auf, was du hier drinnen sagst. An diesem Ort geben sich Eitelkeit und Schande gemeinsam die Kante.

Hahaha, *watering hole of vanity and shame*, wiederholte sie. Du bist so theatralisch, Eva. Genau aus diesem Grund mag ich dich.

In der echten Welt hätte sie niemals so geredet. Aber im Traum war diese inhaltsleere Schmeichelei wahrscheinlich genau das, was meine Eitelkeit aus ihrem Mund hören wollte.

1866 WAR SCHULD UND SÜHNE von Dostojewski die literarische Sensation des Jahres, ein Roman, der in zwölf Teilen in der Zeitschrift *Russischer Bote* erschien. Es muss für viele eine Qual gewesen sein, auf die nächste Portion zu warten, in dem Wissen, dass der Autor sie noch gar nicht geschrieben hatte.

Die Geschichte beginnt damit, dass ein junger Student zwei Frauen umbringt, und den Rest des Romans verkümmert er in Paranoia und Gewissensbissen.

1994, mit achtzehn Jahren, arbeitete ich als Kellnerin in der Spanischen Bar. Eines frühen Abends im tiefen Winter hatte ich gerade einem Gast ein kleines Bier gezapft. Mit Schaum im Bart sah er zu, wie der Regen an den Fensterscheiben hinunterrann. Ich saß mit einem gezuckerten Milchkaffee an der Bar und las für eine Philosophiearbeit in der Schule *Der Existentialismus ist ein Humanismus* von Jean-Paul Sartre. Auf einmal wurde die Tür aufgerissen, und ein Mann mit irrem Blick schob sich herein. Die nassen Haare klebten ihm an der Stirn, und Hemd und Jacke waren völlig durchnässt. Bei seinem letzten Besuch hatte er versucht, die schmiedeeiserne Wendeltreppe zur Küche hinaufzukommen, allerdings an der Unterseite kletternd, sodass er unter der Treppe hing. Meine Kollegen mussten ihn von dort losreißen und aus der Kneipe werfen. Er brüllte, als sie ihm auf die Finger schlugen, damit er losließ. Doch jetzt ruhten sich die Kollegen von der Wochenendarbeit aus, ich war allein in der Kneipe, und der Bärtige hatte die Ruhe weg – eher unwahrscheinlich, dass er eine Hilfe sein würde, wenn es hart auf hart käme.

Einen schönen guten Abend!, rief der Verrückte und schien sich zu freuen, mich zu sehen.

Ich darf Sie nicht bedienen, antwortete ich.

Das macht nichts, sagte er. Hast du *Schuld und Sühne* gelesen?

Das will ich Ihnen nicht sagen.

Jetzt hab dich nicht so. Ja oder nein?

Okay, ja, antwortete ich, denn ich wusste nicht wirklich, weshalb ich das geheim halten sollte.

Und wie ging es dir während der Lektüre?, fragte er. Seine Stimme überschlug sich beinahe, und seine Augen waren weit aufgerissen.

Nein, hören Sie, Sie müssen gehen, Kerle wie Sie darf ich auf keinen Fall bedienen, bat ich.

Du bedienst mich ja gar nicht. Sag es mir einfach. Sag mir einfach nur, wie es dir dabei ging, dann gehe ich.

Ich dachte nach und hörte mein Herz pochen. Meine Finger zitterten. Der Mann mit dem Bier schielte zu uns herüber.

Mir war schlecht vor Schuldgefühlen, antwortete ich schließlich.

Ha! Ich wusste es!, rief der unverschämte Kerl und stürmte zur Tür. Ich stand da, nicht wirklich gedemütigt, aber entblößt. Etwas, von dem ich dachte, dass es nur mir gehörte und in Sicherheit wäre, war in die Öffentlichkeit gespült worden.

Als Kind lief ich lesend durchs Haus und stolperte über Türschwellen, nahm Bücher mit aufs Klo und hatte das Gefühl, dass etwas fehlte, wenn ich mit dem Essen nicht auch Wörter zu mir nahm. Wenn gerade nichts anderes da war, las ich Anzeigenblätter oder was auf der Cornflakespackung stand, aber Romane waren die Nahrung, die meine Seele brauchte; der Stoff, aus dem das Leben gemacht war. In der Schule dachte ich nur an die Geschichte, die zu Hause auf mich wartete, und manchmal wimmelte ich unter fadenscheinigen Vorwänden meine Freundinnen ab, um es mir zu Hause mit einem Buch gemütlich machen zu können.

Wenn ich Romane las, bildete ich mir nicht wirklich eine Meinung dazu. Ich steckte sie als Ganzes ins Unterbewusstsein und dachte nicht länger darüber nach. Dort verwoben sie sich mit anderen Fäden meines Lebens und wurden ein Teil von mir. Ganz privat. Die Furcht vor dem Herumwühlen anderer in dem, was allein mir gehörte, war echt, auch wenn es schwierig zu erklären ist, wie mich eine solche Grabbelei verletzen sollte. Das hatte etwas mit der Verarbeitung zu tun, beziehungsweise dem Mangel daran. Nichts auszuarbeiten, sondern es nur in sich hineinzustopfen. Ich war nicht bereit, mit anderen über die wirklich entscheidenden Dinge zu sprechen, jenseits von ganz Allgemeinem, das mich nicht persönlich berührte. Mein Mitgefühl mit Raskolnikow war für meinen Geschmack ein zu intimes Gesprächsthema.

Ich kam nicht umhin, diesen Vorfall in der Kneipe mit dem zu vergleichen, was sich zwischen Ljuba und mir abspielte. Sie weckte in mir das distanzlose Verlangen, mehr zu erfahren. Das war das erste Mal, dass ein Mensch etwas Derartiges in mir auslöste. Ich wollte sie in einem Rutsch lesen, doch sie hielt mich kurz.

Ich war die Unverschämte, sie das junge Mädchen hinter der Bar. Sie war nicht bereit, etwas mit mir zu teilen, das sie selbst noch nicht durchdrungen hatte, das sie sich selbst noch erarbeiten musste, das ihre Privatsache war. Doch ich wusste: Irgendwann wird sie nachgeben. Manches weiß man einfach. Bis dahin begnügte ich mich mit dem netten Tratsch über die Asiatinnen, den Neuigkeiten vom täglichen Betrieb und dem steten Strom an Suppen, Gemüse, Rezepten, Hausmitteln und Volksheilkunde.

Die erste Hälfte des Winters war unbeständig, und es gab endlosen Niederschlag. Der Schnee türmte sich entweder auf oder schmolz im warmen Regen. Schneepflüge düsten durch die Straßen, was bei diesem wechselhaften Wetter eigentlich sinnlos war. Meist watete man bis zu den Knöcheln durch Schneematsch und kämpfte gegen den Wind an, aber manchmal schneite es auch bei Windstille, und der Quelldampf stieg zwischen großen Flocken auf, die sich wie schmelzende Schnaken auf einen setzten.

An einem solchen Morgen lief ich mit dem leeren Schlitten nach Hause, und die Luft stand so still, dass es sich anfühlte, als würde ich schweben. Der Schnee türmte sich auf den Zweigen der Bäume, die sich unter dem Gewicht bogen. Gedämpfte Geräusche schoben sich in die Stille hinein: das Krächzen der Raben und das Rattern eines Schneepflugs in der übernächsten Straße. Ich probierte aus, mit geschlossenen Augen zu gehen. Das war, wie in einem Meer aus Daunen zu versinken. Das letzte Wegstück fanden meine Füße von allein. Bis ich von Ljubas Lachen herausgerissen wurde, und als ich die Augen öffnete, stand ich mitten in einem Beet. Einen Schritt weiter, und ich wäre auf eine der Birken-Spieren getreten, die Papa und ich im Sommer gepflanzt hatten.

Eva! Schläfst du? Ich wollte grad bei dir klopfen, als ich dich gesehen habe. Kriege ich einen Kaffee? Wir haben keinen mehr und der Laden macht erst um zehn auf.

Ja, antwortete ich und drehte den Schlitten in der Nische am Eingang um.

Ich bleibe auch nicht lange, versprochen. Du solltest dich mal aufs Ohr legen, fügte sie hinzu.

Haha, sagte ich.

Was meinst du mit *haha*? Hast du immer noch Probleme mit dem Schlafen?

So könnte man es nennen, antwortete ich.

Hast du mal heiße Milch mit Honig probiert, bevor du abends ins Bett gehst? Mist, ich hatte so gute natürliche Schlaftabletten, die mir meine Schwester aus Lettland geschickt hat, aber ich habe sie aufgebraucht. Soll ich sie bitten, mir noch eine Packung zu schicken?

Während ich Kaffee kochte, blätterte Ljuba in einer Tageszeitung, die auf dem Tisch lag. Ich holte Brot, Käse, Butter und Marmelade, und als ich mit der Milchtüte kam, sah ich, dass sie bei einem seitenfüllenden Foto von Putin hängen geblieben war.

Wie denkst du über ihn?, fragte ich.

Putin? Ihre Lippen formten den Namen so sanft und so schön, dass es beinahe etwas Erotisches hatte. Sie dachte nach, das Kinn auf eine Hand gestützt. Dann antwortete sie: Putin ist ein starker Führer, aber er hat natürlich nicht alle seine Leute im Griff. Manche von ihnen sind untreu, lassen sich bestechen, wenden Gewalt an und sind übergriffig. Aber Putin ist auch nicht Gott. Er kann nicht überall sein.

Das war das erste Mal in unserer Beziehung, dass mir etwas unangenehm war. Ich senkte den Blick, beendete das

Gespräch, ohne direkt an etwas Neues anzuknüpfen, und versuchte so zu tun, als wenn nichts wäre.

Meine Freundin aus der Ukraine sagt, dass Putin ein Verbrecher ist, beeilte sie sich zu ergänzen.

Entschuldige, sagte ich.

Nein, sagte sie. Echt schade, dass ich nur die russischen Medien lesen kann. Das Lettische habe ich völlig verlernt, und Isländisch spreche ich wie ein Kleinkind. Englisch kann ich zwar sprechen, aber nicht lesen. Die Rechtschreibung ist so merkwürdig.

Eigentlich steht in allen Zeitungen dasselbe Geschwätz, sagte ich. Ich wollte nicht durchblicken lassen, dass die russischen Halunken noch ein bisschen schlimmer waren als die isländischen.

Du musst dich nicht entschuldigen, betonte Ljuba.

Der Kaffeekocher röchelte. Ich stellte die Herdplatte aus und trug die dampfende Kanne zum Tisch. Da sei dir mal nicht zu sicher, sagte ich. Wir alle sind schuldig. Leni Riefenstahl trägt sehr wohl Verantwortung für den Holocaust, und Kate Moss für den Tod junger magersüchtiger Frauen.

So oft wie möglich schleuste ich Kate in unsere Gespräche ein, einfach nur, um Ljubas Lachen zu hören.

Und ich?, gluckste sie. An was bin ich schuld?

Ich weiß es nicht, sagte ich. An was bist du schuld?

Sie schüttelte den Kopf, goss Kaffee in beide Becher und fragte: Schläfst du deshalb nicht? Weil du meinst, an irgendetwas schuld zu sein?

Wir sahen uns in die Augen, bis ich fragte: Gibt es Neuigkeiten? Ist sie im Lande, die Frau, die sich mit Jónsi treffen will?

Sie kommt nächsten Monat, antwortete Ljuba. Ansonsten gibt's nichts Besonderes, alles in Ordnung. Nur dass Ninja, meine kleine schwarze Katze, nichts mehr frisst, weil gestern eines ihrer Jungen von einem großen Hund getötet wurde. Sie rennt maunzend hinter den beiden anderen her und will immer beide im Blick behalten, aber die sind schon fast erwachsen und gehen ihrer Wege. Sie macht mich wahnsinnig mit ihrem Wehklagen. Sie jammert mich an, als könnte ich etwas dagegen tun, und verfolgt mich auf Schritt und Tritt, wenn sie nicht gerade ihren Jungen hinterherrennt. Eva, ich konnte heute Nacht auch nicht schlafen, weil ich geträumt habe, dass meine Hühner aus dem Gewächshaus entwischt sind und eine Katze Fjodor blutig gekratzt hat. Ich bin zitternd aufgewacht und konnte nicht mehr einschlafen.

Sie sah mich ernst an und sagte: Ich weiß nicht, was mit den Frauen los ist, warum sie immer Kinder kriegen müssen. Wir machen uns ständig Sorgen um sie und haben ein schlechtes Gewissen, dass wir uns nicht genug um sie kümmern.

Stimmt, antwortete ich kläglich.

Da schlug sie mit der flachen Hand auf den Tisch und sagte: Das geht so nicht, wir müssen etwas tun, damit wir uns besser fühlen, wenn wir heute noch was schaffen wollen.

Willst du irgendetwas in deinen Kaffee?, fragte ich.

Pfff, Eva, wir haben neun Uhr morgens, sagte sie. Ich hab was Besseres. Gib mir deinen Computer. Mamas Lieblingssängerin macht immer gute Laune.

Die ersten Töne drangen aus dem mickrigen Computerlautsprecher; sentimentaler Pop mit Geigen und Akkordeon.

Ljuba drehte den Laptop so, dass wir beide auf den Bildschirm gucken konnten.

Eine Frau um die fünfzig mit Schlangenlocken und blauem Lidschatten, in einem schwarz-goldenen Einteiler, sang um ihr Leben, und ihr Tanz, langsam und sinnlich, beschränkte sich hauptsächlich darauf, mit den Händen in den Hüften umherzuschreiten. Männer in Anzügen standen regungslos hinter ihr und sangen eine tiefe, traurige Begleitung.

Ich nahm den Laptop auf den Schoß und stellte den Ton auf das Kinolautsprechersystem um. Die Geigen und die raue Stimme der Sängerin erfüllten den Raum, dann setzte eine jaulende E-Gitarre ein und machte alles noch dramatischer.

Alla Pugatschowa, sagte Ljuba und begann, sinnlich durch den Raum zu laufen, die Hände in den Hüften. Sie sang mit, erst auf Russisch, später wechselte sie ins Englische. *Millionen Rosen. Lebe das Leben in voller Blüte. Dein Leben ist eine Blume, wenn du verliebt bist. Vielleicht verlierst du den Verstand, aber das ist in Ordnung.*

Wir sahen uns mehrere Videos an. Rote, blaue, schwarze, goldene Kleider schwangen um Alla Pugachowas wohlgeformten Körper. Hüte mit Schleiern. Diamanten. Pailletten. Straußenfedern. Fuchspelze. Stimmen voll Sehnsucht. Liebe, Liebe, Liebe.

Mach noch mal Millionen Rosen, bat Ljuba.

Noch einmal erfüllten die Geigen Wohnzimmer und Küche. *Sieh aus dem Fenster, und du wirst sehen. Wer dich von ganzem Herzen liebt. Er verwandelt sein Leben für dich in Blumen. Du wachst morgens auf und siehst aus dem Fenster. Der Marktplatz ist voller Rosen. Es ist, als wärst du gar nicht aufgewacht. Als wäre der Traum nie zerrissen. Das Herz erstarrt. Welcher steinreiche Idiot ist da am Werk? Doch dort draußen, im Schatten, steht ein armer Künstler. Das Rendezvous war kurz. Der Zug brachte sie nachts fort. Doch sie zehrte ihr Leben lang vom Lied der wahnsinnigen Rosen. Er verbrachte sein Leben allein. Sein Weg war dornig. Doch sein Herz war voller Rosen.*

Wir liefen mit den Händen in den Hüften durch den Raum. Den Refrain sang ich mit: *Million million million alix roz.*

Als ich klein war, dachte ich, Alla Pugatschowa wäre die beliebteste Sängerin der Welt, seufzte Ljuba. Sie erinnert mich immer an die Disko, die es jedes Wochenende im Nachbardorf gab. Auf einer kleinen Insel mitten im Fluss. Ich war vierzehn, als ich zum ersten Mal mit Aljona und ihren Freundinnen hingehen durfte.

Ich war auch mit vierzehn zum ersten Mal auf einem Tanzabend in der Njálsbúð, sagte ich. Ich wurde reingeschleust. Einer aus der Gruppe kannte den Türsteher.

Njálsbúð?, wiederholte Ljuba. Da bin ich einmal mit Hlynur zum Tanzen gewesen. Das hatte wirklich Ähnlichkeiten mit der Disko zu Hause. Nur dass wir zu Hause fast nie eine Band hatten, sondern nur einen DJ. Aber die Trinkgewohnheiten sind dieselben: Die Erwachsenen trinken im Saal und am Eingang, und die Jugendlichen hinter dem Haus. Alle kriegen einen Stempel auf den Handrücken, damit die Türsteher wissen, wer bezahlt hat und wer nicht.

Der Stempel auf dem Handrücken, genau, erinnerte ich mich und sah den roten Kreis mit Stern darin vor mir, der meine Hand noch viele Tage nach der Party zierte. Mit zarter Hoffnung im Herzen schenkte ich Kaffee nach.

Als wir zum Eingang kamen, hörte ich jemanden rufen:

Die Mädchen aus Alte Kirche sind da!, und als wir in den Saal gingen, bekamen wir böse Blicke von einigen Mädchen, die ich noch nie gesehen hatte. Ich machte ein Kreuzzeichen, aber Aljona stieß mir in die Seite und zischte: Nicht hier!

Wir setzten uns an einen Tisch zu Aljonas Freundinnen, die lachten und meinten, dass die Mädchen vor Ort sich nie freuten, wenn wir uns blicken ließen. Aber die Jungs freuen sich, bemerkte eine, und alle lachten.

Aljona und ihre Freundinnen tanzten nicht. Das taten hauptsächlich die älteren Leute und die jüngeren Kinder. Ich zum Beispiel. Ich tanzte, weil ich nicht wusste, was ich sonst tun sollte. Ich konnte mich nicht in der verschlüsselten Sprache und dem ironischen Ton der Jugendlichen unterhalten. Das lernte ich natürlich später noch, aber an diesem Abend war ich noch grün hinter den Ohren. Und ich wagte es nicht, etwas Richtiges zu trinken, weil Aljona gesagt hatte, dass ich vergewaltigt würde, wenn ich betrunken sei. Ich tanzte den ganzen Abend und trank so gut wie nichts. Vielleicht habe ich diesen Abend deshalb als wahren Zauberabend in Erinnerung.

Danach bin ich noch hundertmal in der Disko gewesen, aber es war nie wieder so schön. Wir blieben, bis der Laden dichtmachte und man uns rauswarf. Aber dann wurde ein Lagerfeuer am Flussufer gemacht, und wir sprangen abwechselnd über die Flammen, ich, Aljona, ihre Freundinnen aus dem Dorf und ein paar Jungs. Wir liefen durch die Flammen, bis die Sonne aufging.

Es war schon helllichter Tag, als mich einer der Jungs auf seinem Motorrad nach Hause brachte. Mama war schon auf und schrie mich an und schlug nach mir, und ich schnappte mir zwei Scheiben Brot vom Küchentisch, floh ins Zimmer und schloss mich ein.

Meine kleinen Schwestern, Inna und Katja, waren schon draußen, die Schweine füttern, daher hatte ich das Zimmer für mich, aber ich konnte kaum schlafen, so glücklich war ich. Seitdem ging ich immer, wenn ich die Gelegenheit dazu hatte – ob Mama es erlaubte oder nicht. Und wenn ich nach Hause kam, versuchte ich zu schleichen, aber meist stieß ich an irgendetwas, zerbrach einen Teller oder so, und Mama wachte auf und kam raus und schrie und schlug. Aber das war nicht wirklich ernst gemeint; es wurde beinahe von den Jugendlichen erwartet, dass sie sich nachts davonstahlen, und von den Müttern, dass sie uns schlugen, wenn wir nach Hause kamen.

Ich merkte, wie die Stimmung schwerer wurde, als Ljuba in einem Zug ihren Kaffeebecher leerte und sagte: Aljonas ältester Sohn hat sich vor Kurzem die Pulsadern aufgeschnitten, weißt du noch, der, der seine Mutter beschimpft und mit dem Rauchen und Trinken angefangen hat. Wegen eines Mädchens. Oder vielmehr einer Frau: Sie ist einundzwanzig. Sehr hübsch und aus einer reichen Familie. Sie hält die kleinen Jungs für Spielzeug, das Gott nur für sie erschaffen hat. Er hat quer und nicht längs geschnitten, daher hat es nicht so stark geblutet. Sie haben ihn nicht ins Krankenhaus gebracht, er ist zu Hause, mit einem Verband ums Handgelenk. Aber jetzt kann ich ihn nicht bitten, mir Fotos von der Sommerküche zu schicken, die Mama und mein Bruder endlich gebaut haben.

Sie sah mich entschuldigend an: Ich weiß, das klingt kaltherzig – dabei war es mir überhaupt nicht gleichgültig. Ich habe geweint, als Aljona es mir erzählt hat. Aber du weißt, es bringt nichts, sich fertigzumachen, wenn so etwas passiert. Man muss mit dem Alltag weitermachen. Das ist unsere Pflicht. Was würde passieren, wenn alle jedes Mal aufhören würden zu leben, wenn so etwas geschieht? Da fällt mir ein: Es fehlt eine Birne in einer der Wärmelampen. Ich muss los.

Okay, sagte ich. Aber das mit der Sommerküche habe ich nicht verstanden.

Ljuba seufzte: Das ist nur eine Wand mit Dach. Ein Tisch mit Gaskocher und Gasflasche in einer Kiste. Wenn man Rüben, Kartoffeln und so weiter für die Schweine kocht, wird es so heiß, und das Fett setzt sich an den Wänden ab. Gerade im Sommer will man nicht ständig das Gas voll aufgedreht und den ganzen heißen Dampf im Haus haben, verstehst du?

Ich begleitete sie zur Tür, und als sie sich Stiefel und Jacke angezogen hatte, blieb sie einen Moment draußen auf dem Weg stehen und sah sich die hohen Birken an. Die untersten Äste hingen fast auf der Erde. Ich hatte noch nie so viel Schnee auf so zarten Ästen gesehen.

Die sind so schön, die Bäume hier vor deinem Haus, sagte sie. Du musst dir einen Besen holen und den Schnee runterschlagen, damit die Äste nicht brechen.

DIE BIRKEN AUF UNSEREM und auf Ljubas Grundstück waren die einzigen in der Straße, die in dieser Nacht keine Zweige verloren. Ich weiß nicht genau, warum mir so anders wurde, als sie Putin pries. Vielleicht war mir klar geworden, dass die Geschichte der Menschheit doch nicht so träge ist, wie man meinen könnte. Vielleicht bekam ich Angst, dass sich Island in eine Art Russland verwandeln könnte. Vielleicht misstraute ich »starken Führern«.

Als der richtige Winter einbrach, war er hart und gnadenlos. Ein Tief nach dem anderen zog übers Land, Sturmwarnungen gehörten zum täglichen Brot, und Anfang Dezember hatten wir seit Wochen keinen blauen Himmel mehr gesehen. Eines Mittags klopfte Ljuba an meine Tür, und ich ließ sie aus dem Schneesturm zu mir herein. Sie hatte tiefrote Wangen vor Kälte und einen ganzen Korb voll Essen. Hast du Sahne?, fragte sie und stellte einen Topf Rote-Bete-Suppe auf den Tisch, saure Gurken und gepökelten Schweinebauch mit feinen Knoblauchscheiben.

Schreibst du gerade?, fragte sie.

Ja, antwortete ich. Aber zum Essen habe ich trotzdem Zeit.

Gut, sagte sie. Es ist so schön zusammenzusitzen.

 Ich stimmte ihr zu und holte Schalen, Löffel, Wasserglaser und Sahne. Während ich im Kamin Feuer machte, sah sich Ljuba die Bücher und Zeitungen an, die überall herumlagen; aus manchen guckten Lesezeichen und Notizzettel heraus.

Ich verstehe nicht, wie dir das Spaß machen kann, ich habe in meinem ganzen Leben erst ein Buch gelesen, sagte sie. Neben denen, die uns in der Schule aufgedrückt wurden.

Ein Buch?, wiederholte ich ungläubig. Und fandest du das langweilig?

Überhaupt nicht, antwortete Ljuba. Ich war dreizehn. Das war ein russischer Liebesroman. Ich fand den so spannend, dass ich ihn mit aufs Klo genommen habe und überallhin. Ich konnte mich überhaupt nicht mehr davon losreißen. Mama machte sich ständig über mich lustig, vor allem wenn ich lesend im Haus herumlief.

Warum hast du dann nicht noch mehr gelesen?

Sie zuckte mit den Schultern. Ich hatte nie Zeit. Und ich begreife nicht, wie du Zeit dafür haben kannst, wir haben doch beide so viel zu tun.

Ich weiß nicht, wovon du sprichst, murmelte ich. Das Lesen war etwas, das von selbst passierte. Während man aß, bevor man schlief, wenn der Schlaf auf sich warten ließ.

Sie nahm die Biografie von Rasputin in die Hand, fuhr mit dem Finger über den struppigen Bart auf dem Coverfoto und fragte: Wer ist Rasputin?

Ein Wandermönch, Schürzenjäger, Zechbruder, Friedensstifter, antwortete ich. Der einzige Zwischen-den-Schichten-Herumtreiber seiner Generation in Russland. Für mich ist er der reinste Erzmensch; die steroidgetriebene Menschlichkeit.

Sie aß einen ersten Löffel heiße Suppe mit Schweinefleischstücken und Sahne und sah mich an, verunsichert.

Er hätte beinahe den Ersten Weltkrieg verhindert, konkretisierte ich schnell. Vielleicht ist das etwas zu hoch gegriffen – aber er hat auf jeden Fall sein Bestes gegeben.

Ich erzählte Ljuba, dass eine der letzten Amtshandlungen von Zar Nikolaus gewesen war, Österreich den Krieg zu erklären, unter dem Vorwand, dass die Russen ihren Brüdern auf dem Balkan zur Seite springen müssten.

Das Zarenpaar, Nikolaus und Alexandra, wollte keinen Krieg, aber sie wussten, dass ihr Sockel zerbröckelt war und Volk und Adel endlich mal in einer Sache einer Meinung waren, nämlich darin, dass die Russen die Österreicher niedermachen sollten.

Nikolaus versuchte, die Sache so lange wie möglich hinauszuzögern, nicht zuletzt, weil der Mensch, auf den er am meisten hörte – Alexandra – unter Rasputins Einfluss stand, der sie darauf hinwies, dass die Armee nach dem erst kürzlich verlorenen Krieg gegen Japan kampfesmüde, geschwächt und gebeutelt sei. Und als das nicht reichte, verschreckte er das Zarenpaar mit blutigen Vorhersagen und Visionen. Diese Visionen ähnelten sehr denen, die Jung in seiner Autobiografie beschreibt. Beide sahen den bevorstehenden Krieg als Blutwelle vor sich, die das Land überflutet, die Täler überschwemmt, sich mit Flüssen und Bächen vermischt und das Meer rostbraun färbt.

Es sprach sich herum, dass Alexandra und Rasputin den Krieg verhindern wollten, was den Druck auf Nikolaus noch erhöhte. Die Zeitungen druckten erfundene Interviews mit Rasputin und Karikaturen mit ihm auf dem Kutschbock und dem Zarenpaar im Geschirr vor die Kutsche gespannt.

Es herrschte Einigkeit darüber, dass Rasputin ein Betrüger sei, aufseiten der Feinde stehe, und dass das Zarenpaar eine Schlange genährt habe und das Mutterland betrogen. Das ging so weit, dass Rasputin in sein Heimatdorf geschickt wurde, Pokrovskoye, um das Volk und nicht zuletzt auch den Adel vor Ort zu besänftigen.

Ich erzählte in einem fort von Rasputin und dem Krieg, bis ich bemerkte, dass Ljuba gar nicht mehr zuhörte.

Aber wer war er?, drängte sie. Was machte er am Zarenhof?

Ich dachte nach, bevor ich antwortete: Die Leute glaubten, dass er über Heilkräfte verfügte, und er stieg immer weiter auf, bis er sich ans Bett des Zarenpaars vorgearbeitet hatte und ihren Sohn hypnotisierte, der Bluter war. Es stand viel auf dem Spiel, weil der kleine Prinz nur Schwestern hatte. Er war unentbehrlich. Er war der Thronfolger. Aber in erster Linie ihr todkrankes Kind. Stell dir das mal vor, Ljuba. An Alexandras Stelle hätte ich auch Rasputin gerufen. Auch wenn er ein Trinker und Casanova war. Das passte ohnehin zur damaligen Stimmung. Diejenigen, die sich zu fein zum Sündigen waren, wurden als Heuchler angesehen.

Ja, sagte Ljuba.

Ich war mir nicht sicher, ob es für sie befremdlich oder selbstverständlich war, Sünde und Heuchelei als Gegensatz zu betrachten.

War er verheiratet?, fragte sie.

Ja, das war er sogar, antwortete ich. Sie war groß und stark. Das reinste Arbeitstier. Ein paar Kinder. Erstaunlich, dass du danach fragst, weil sich niemand, noch nicht einmal Rasputin selbst, für seine Frau und Kinder interessiert hat, geschweige denn seine Biografen. Die wissen kaum etwas über sie zu sagen.

Sie sah sich noch einmal das Bild auf dem Buchcover an. Unheimlich, entschied sie.

Ja, findest du?, fragte ich. Mínerva meint, er sieht mir und dir ähnlich. Außer dem Bart sieht sie keinen Unterschied.

Ich griff über den Tisch und verdeckte mit der Hand sein Gesicht. Ich sehe ihm vielleicht wirklich etwas ähnlich. Die Haare. Die Frisur. Mit dem Scheitel in der Mitte. Aber ihr seid euch überhaupt nicht ähnlich.

Doch, widersprach Ljuba. Die Augen. Ihre Form. Und die Kopfform. So sieht das russische Landvolk aus. Wir sind ein Stamm. Wie die Isländer. Die sehen auch alle gleich aus. Haben keine Nase.

Sie dachte nach, ehe sie hinzufügte: Du hast Glück, Matti hat eine Nase. Wo hat er die nur her?

Sein Opa ist Brite, antwortete ich. Offizier Jesse Baker. Er bekam einen Orden für seinen heldenhaften Einsatz, als Menschen aus einem brennenden Flugzeug auf dem Reykjavíker Flughafen gerettet wurden. Island war im Zweiten Weltkrieg besetzt.

Da siehst du's!, sagte Ljuba.

IM JUNI 1914 SORGTEN zwei Ereignisse dafür, dass der Weltkrieg ausbrach. Das eine ist wohlbekannt: In Sarajevo ermordete ein serbischer nationalistischer Student namens Gavrilo Princip den Erben der österreichisch-ungarischen Krone, Erzherzog Franz Ferdinand. Alle wussten, dass damit das Pulverfass auf dem Balkan hochging.

Der österreichische Außenminister, Graf von Berchtold, ließ daraufhin verlauten, dass mit Serbien abgerechnet werden müsse. Wilhelm II., der letzte Kaiser Deutschlands und König von Preußen, erklärte seine Solidarität mit Österreich, während der russische Adel forderte, dass Nikolaus Serbien unterstützte.

Alexandra ließ in ihrer Verzweiflung nach Rasputin schicken und erhielt die Nachricht, eine unbekannte Frau habe ihn in Pokrovskoye angegriffen und ihm ein Messer in den Bauch gerammt. Das ist das zweite Ereignis, das ich vorhin erwähnte. Nach Ausbruch des Krieges soll Rasputin an der kaiserlichen Tafel gesagt haben, dass es zu keinem Weltkrieg gekommen wäre, wenn diese Frau ihm nicht die Eingeweide aufgeschlitzt hätte. Während ich dort lag und genas, nutzten sie die Chance, in den Krieg zu ziehen, sagte er.

Ebenfalls zwei Ereignisse sorgten dafür, dass Ljuba endlich erzählte, wie sie Oljeg, Vadims Vater, kennengelernt hatte, und wie ihr Vater gestorben war. Das eine Ereignis war, dass ich einen Computer für Vadim kaufte, was vielleicht etwas weit hergeholt klingen mag und weiterer Erklärung bedarf. Das andere war, dass die Erde die Nordhalbkugel von der Sonne abwandte; der Tag wich der kalten Nacht, und das Gemüse wuchs trotz Licht und Wärmelampen langsamer, weshalb Ljuba weniger zu tun hatte. Die Dunkelheit schweißt die Seelen zusammen, und neue Sehnsüchte erwachen: Brücken zu bauen, sich zu öffnen.

Es war an jenem Tag im Dezember, als sie mit der Rote-Bete-Suppe zu mir kam und wir über Rasputin sprachen, dass ich diesen Gedanken in ihren Augen aufflackern sah. Ich hatte gerade die Sahne in den Kühlschrank gestellt, den Rest der Suppe in eine saubere Schale gefüllt und das Schweinefleisch in Alufolie gewickelt. Hör mal, Eva, sagte sie, als ich ihr den frisch gespülten und abgetrockneten Stieltopf zurückgab: Wenn du in den nächsten Tagen mal Zeit hast, kann ich dann Vadim zu dir rüberschicken? Er muss einen Aufsatz schreiben, hat aber keinen Computer. Du weißt ja, die kosten so viel wie eine Nutte in der Hauptstadt. Er wird nicht wie die anderen Kinder konfirmiert, weil er in der russischen Kirche ist, aber ich habe ihm als eine Art Konfirmationsgeschenk einen Computer versprochen. Ich weiß nicht, wie ich das einhalten soll, aber er wird es mir verzeihen. Er versteht diese Dinge. Vielleicht kannst du ihm auch ein bisschen dabei helfen? Er sagt, er ist so schlecht im Schreiben, und der Aufsatz muss noch vor den Weihnachtsferien fertig sein. Der Lehrer sagt, alle anderen haben schon abgegeben.

Später an diesem Tag saß er auf dem Stuhl, den seine Mutter mittags gewärmt hatte, schüchtern und mit gesenktem Blick, höflich und rührend in seinen weißen Turnschuhen mit grasgrünen Flecken vom Sommer. Er hatte eine Tasche mit Biobüchern dabei. Es war kurz nach drei und stockfinster draußen. Drinnen brannten der Kamin und einige Kerzen.

Worüber sollst du schreiben?, fragte ich.

Darüber, wie das Leben auf der Erde erwacht ist, antwortete er.

Wir gestalteten ein Titelblatt und formulierten die Einleitung, bis ich Mínerva abholen ging. Sie war hellauf begeistert, als sie Vadim im Wohnzimmer entdeckte. Ich gab ihr eine geschälte Banane und fragte Vadim, ob er auch etwas essen wolle.

Nein, nein, nicht nötig.

Ich ließ nicht locker, erinnerte ihn daran, dass seine Mutter mir ständig zu essen gab und er daher ruhig alles annehmen könne, doch er blieb dabei.

Nachdem Mínerva am Abend eingeschlafen war, kam mir der Gedanke, mal nachzusehen, ob man nicht irgendwo einen Computer bekam, der günstiger war als die Dienste eines Begleitservices in Moskau, und nach einiger Suche fand ich einen auf einer Anzeigenseite im Netz. *In gutem Zustand*, hieß es im Inserat. *Preis: 20 000. Weitere Infos telefonisch unter 867 5776.*

Guten Abend, ich rufe wegen des Computers an, der auf bland.is zum Verkauf angeboten wird.

Welcher Computer?, fragte ein junger Mann auf Englisch mit Akzent. Ich habe viele zum Verkauf.

Ein Acer von 2008, antwortete ich. Er kostet zwanzigtausend.

Ja, der ist noch da, antwortete er.

Gut, ich würde ihn mir gern ansehen, aber ich schaffe es nicht sofort. Ich wohne in Hveragerði.

Nach kurzem Schweigen sagte er: Echt? *Really?* Ich bin auch in Hveragerði.

Es hatte etwas sehr Vertrautes, wie er das Wort *really* aussprach.

Woher kommst du?, fragte ich.

Er klang niedergeschlagen und vorsichtig zugleich, als er antwortete: Ich bin russisch. Komme aus Lettland.

Ich frage nur, weil der Junge, der den Computer kriegen soll, auch ein russischer Lette ist. Ein lustiger Zufall.

Welcher Junge?, fragte er.

Vadim, sagte ich. Ljubas Sohn.

Ljuba, ja, ich bin ihr einmal begegnet. Ist das der kleine Blonde?

Das ist ihr jüngerer Sohn, Fjodor. Vadim ist zwölf, bald dreizehn.

Ach ja?, sagte er. Ich wusste nur von dem Kleinen.

Vadim ist auch ihr Sohn.

Matti lag mit einem Buch auf der Brust im Bett.

Ich will mal eben in die übernächste Straße und mir einen Computer für Vadim ansehen, verkündete ich in voller Montur, mit Pelzmütze und Fäustlingen.

Für Vadim? Willst du ihm einen Computer kaufen?

Nein, ich will ihn mir nur ansehen. Ljuba ist auf der Suche nach einem günstigen Gerät für ihn als Konfirmationsgeschenk.

Schenk du ihn doch einfach, sagte Matti. Dann müssen wir uns kein Geschenk überlegen, wenn er konfirmiert wird. Oder Geld in einen Umschlag stecken. Geld im Umschlag ist so was von lächerlich …

Ja, antwortete ich. Aber er wird nicht konfirmiert.

Am nächsten Morgen schlug ich mich mit Laptop und Netzteil in einer Plastiktüte durch Wind und Wetter über die Straße, und als Ljuba die Tür öffnete, gab ich ihr die Tüte und sagte: Für Vadim. Als Weihnachts- und Konfirmationsgeschenk.

Sie guckte lange in die Tüte. Wo hast du den her?, fragte sie schließlich.

Von Aleksei. War extrem günstig, und wenn er kaputtgeht, kann Vadim ihn kostenlos zur Reparatur bringen. Aleksei sagt, er darf jederzeit kommen.

Es entstand eine Stille, die ich nicht zu deuten wusste, daher redete ich einfach weiter: Er sagt, er kennt dich.

Ich wusste, dass er Computer repariert, aber ich hatte keine Ahnung, dass er auch gebrauchte verkauft. Ich verstehe nicht, warum er das mir gegenüber gar nicht erwähnt hat, sagte sie fast anklagend.

Ich auch nicht, sagte ich. Sag mir, ob er funktioniert. Unglaublich, dass man für so wenig Geld einen Computer bekommt.

Ich hatte noch kaum das letzte Wort gesprochen, als es sich anfühlte, als würde ein Blitz genau zwischen uns in den Beton einschlagen, auf dem wir so dicht standen, dass ich noch nicht einmal die Hand hätte ausstrecken müssen, um die Tüte in ihrem Arm zu berühren. Ich sah Ljuba verschwinden und Nummer zwei an ihre Stelle treten.

Schon praktisch für dich, auf diese Art einen Sohn zu bekommen, oder? Du musstest ihn nicht austragen oder ihm die Brust geben, musst nachts nicht bei ihm wachen oder weinen, wenn er Keuchhusten kriegt. Du bekommst ihn ganz fertig. Clever gemacht.

Das Blut wich aus meinem Gesicht und meine Lippen fühlten sich taub und durchsichtig an. N-nein, so war das nicht… Ich wollte dir nur helfen. Du schenkst mir doch dauernd etwas.

Ist schon in Ordnung, sagte Nummer zwei. Du kannst ihn haben. *You can have him.*

Ich drehte mich auf dem Absatz um und ging. Der Sturm konnte mir nichts mehr anhaben. Ich hatte auf einmal eine sonderbare Aura aus einer Art flimmernder Windstille um mich herum. Kein Haar auf meinem Kopf rührte sich, obwohl sich die Bäume bogen und mit dem Sturm kämpften.

Am Gartentor fing Jakob mich ab. Er trug einen grünen Anorak und eine schwarze Kaninchenfellmütze. Warst du im Gewächshaus? Ich wusste gar nicht, dass sie zu dieser Jahreszeit überhaupt etwas verkaufen. Wusstest du, dass es dort mal einen Kiosk mit Videothek gab? Der Mann, der den Laden betrieb, wohnte in deinem Haus. Hab ich ganz vergessen, dir neulich zu erzählen. Ein feiner Kerl. Man erkannte immer gleich die neuen Filme, weil das die einzigen noch nicht von der Sonne verblassten Hüllen waren. Die ältesten waren schon fast weiß geworden, man musste sich richtig anstrengen, um darauf noch etwas zu entziffern, sagte er und gluckste fröhlich.

Das wusste ich nicht, hörte ich mich sagen.

Nein, der hat ja auch dichtgemacht, lange bevor du hergezogen bist, sagte Jakob.

Ich ließ mich vom Tonfall seiner Stimme beruhigen, und es fühlte sich nicht mehr so an, als würde jeden Moment der Himmel auf mich einstürzen. Magst du Rhabarbermarmelade?, fragte ich.

Ja?

Ich frage, weil du einen Anhänger hast und wir noch ein paar Säcke mit Gartenabfällen vom Sommer loswerden müssen.

So war das: Ich hatte einen falschen Schritt getan und fühlte mich nun, als hätte ich Schläge mit dem Rohrstock bekommen. Dabei war ich eigentlich eine gute Schülerin. Bevor ich Ljuba kannte, wäre es mir nicht im Traum eingefallen, Marmelade gegen Anhängerbenutzung zu tauschen.

Du kannst den Hänger jederzeit nehmen, auch wenn ich nicht zu Hause bin, sagte er.

Am Tag darauf, um ein Uhr mittags, klopfte es. Es war Ljuba, mit einer Tüte in der Hand. Fjodor versteckte sich hinter ihren Beinen. Der Sturm hatte sich gelegt, die Wolken waren mehr weiß als grau, und es war freundlich und ruhig draußen. Ein perfekter Tag für eine Versöhnung, dachte ich, obwohl ich innerlich ziemlich unruhig war.

Ich habe nur Senfkohl, sagte sie. Alles andere wächst nicht mehr. *Pak choi grow very slow.*

Danke, sagte ich und nahm die Tüte. Während ich Kaffee kochte, sah Ljuba sich die Fotos an der Familienwand über dem Klavier an. Fjodor saß auf dem Boden und spielte still mit einem Spielzeugzug. An der Wand hingen Omas und Opas, Uromas und Uropas, Mütter, Väter und ein paar jüngere Leute, ein Hochzeitsbild von Matti und mir und ein Foto von Mínerva an ihrem ersten Geburtstag.

Ist das deine Schwester?, fragte Ljuba und zeigte auf ein Foto von meiner Schwester, mit Ehemann und ihren drei Söhnen.

Ja.

Ich setzte mich. Auf dem Tisch stand ein Schälchen mit

Schokolade, und ich schob mir ein Stück in den Mund, bevor ich den ersten Schluck Kaffee trank.

Ljuba setzte sich mir gegenüber an den Tisch, faltete die Hände und sagte: Wenn Inna noch hier leben würde, wenn sie nicht nach England gezogen wäre, hätte sie Vadim zur Konfirmation einen Computer gekauft.

Sicher, sagte ich und schwieg. Wie sollte ich ihr begreiflich machen, dass ich ihr Vadim gar nicht wegnehmen wollte? Er war ein hübscher, guter Junge, aber ich war froh, dass er nicht mein Sohn war. Ich wollte mir nicht die Entscheidung aufbürden, die sie hatte treffen müssen, als er sechs Jahre alt war, oder seine nächtlichen Albträume und die Sehnsucht nach seinem Vater.

Wir sahen uns kurz in die Augen und dann aus dem Fenster. Das letzte Pappelblatt segelte langsam zur Erde. Drosseln hüpften flatternd umher, auf der Suche nach gefrorenen Johannisbeeren. Die Wanduhr tickte. Die Katze schlich langsam durchs Wohnzimmer. Fjodor sah uns verdutzt an. Normalerweise saßen wir nicht schweigend beieinander.

Bist du ursprünglich deshalb nach Island gekommen?, fragte ich schließlich. Weil deine Schwester vor dir hergekommen war?

Ja, antwortete Ljuba. Ihr Mann erfuhr durch einen Freund, dass es hier Arbeit gibt, die einigermaßen gut bezahlt ist. Das war vor dem Zusammenbruch der Krone. Als sie Mama und mir erzählten, dass sie nach Island wollten, hatten wir noch nie von diesem Ort gehört. Wir lachten über den Namen: Iceland, hahaha!, und suchten die Insel im Weltatlas.

Ein paar Jahre später zog ich ihr nach und bekam in Reykjavík Arbeit, in derselben Werkstatt wie sie. Meine Mutter und meine Schwester Aljona waren sehr dafür, dass ich ging. Meine beste Freundin war drauf und dran, vor die Hunde zu gehen, und sie befürchteten, dass es mir ähnlich ergehen könnte, weil wir immer zusammenhockten und alles zusammen machten.

Vor die Hunde, wie das?

Sie trank jeden Abend und ging mit jedem ins Bett. Ich hingegen ging gar nicht mehr aus und weinte abends, nachdem die Entscheidung getroffen war. Und danach, als ich hier war, hatte ich monatelang Angst: Reykjavík kam mir so riesig vor. Ich war froh, als ich den Arbeitsplatz wechseln und in einen Ort von normalerer Größe ziehen konnte.

Wir aßen Brot mit Käse und zupften den Senfkohl direkt aus der Tüte. Ljuba erzählte mir von einem Mädchen in Lettland, das sich erhängt hatte: Sie war schwanger. Ihr Freund hatte sich von ihr getrennt, weil er mit einer anderen angebandelt hatte. Die war auch schwanger, aber hatte es ihm früher gesagt. Wir sollten immer dankbar dafür sein, dass wir am Leben sind, jeden einzelnen Tag, und nicht so verzweifelt, dass wir uns erhängen müssen. Ich zwang mich jeden Morgen auf die Beine, obwohl ich Schmerzen im Rücken hatte und hier unten in der Lunge, weil ich das Gefühl hatte, etwas zu verpassen. Ich hätte das hier verpasst, wenn ich mich nicht aus dem Bett gequält hätte, sagte Ljuba und machte eine ausladende Handbewegung.

Was verpasst?, fragte ich.

Das Brot, das du bäckst, Eva, mmmh, das ist so gut, und der Jazz aus all den Boxen, und die Töpfe, die du anstelle von Gardinen vors Fenster hängst – die machen mich völlig fertig.

Einmal stieß ich auf einen Vergleich zwischen der englischen und der spanischen Farce. Die Protagonisten der englischen versuchen verzweifelt, sich aus einer misslichen Lage zu befreien. In der spanischen stehen alle am Rande eines Nervenzusammenbruchs, aber haben diebischen Spaß dabei. Jetzt wurde mir klar, dass Ljubas und mein Leben eine spanische Farce waren.

Ich werd noch verrückt dabei, nichts anderes zu tun, als mich um Mann und Kinder zu kümmern, verkündete sie mit einem Mal. Du auch, Eva. Wie lange ist es her, dass wir uns abends getroffen und einen getrunken haben? Wir sind erwachsene Frauen. Die Welt geht nicht unter, wenn wir mal eine aus dem Fenster paffen und uns ein bisschen betrinken.

MANCHMAL BRAUCHEN WIR einen Stromschlag, ehe wir bereit sind zu vertrauen. Es braucht Reibung und einen Stoß, als wollten wir testen, ob da etwas nachgibt oder ob das Kommunikationsnetz auch ein bisschen was aushält.

Bevor wir nach Hveragerði gezogen sind, wohnten wir in einem Holzhaus in der Lindargata in Reykjavík. Im Souterrain wohnten Guðjón und Marta mit ihren zwei Kindern und Hündin Bitsí, einer kleinen, flauschigen, kurzbeinigen Kugel mit Schlappohren und platter Schnauze.

Als wir einzogen, war Guðjón gerade allein, da Marta mit den Kindern Verwandte in Polen besuchte. Wir hatten beide die Angewohnheit, morgens auf den Hinterhof zu treten und unsere Glieder zu strecken, ich mit dem ersten Kaffee und Guðjón mit Bitsí an der Leine. Trotzdem herrschte eine gewisse Vorsicht zwischen uns, bis es zu folgendem Gespräch kam:

Ich putze gerade alles, weil Marta bald aus Polen zurückkommt. Ihr versteht euch sicher gut, ihr seid genau im selben Alter, sagte Guðjón und schielte in meine Richtung.

Guðjón war sechzig und ich neunundzwanzig und hatte die blöde Angewohnheit, dass mir der Unterkiefer auf die Brust herunterklappte, wenn jemand etwas Unerwartetes sagte. Er machte mich nach, indem er ebenfalls den Mund aufriss. Ich wurde rot und sah weg. Danach wurden wir vertrauter, anders kann man es nicht beschreiben. Wir sagten uns mehr oder weniger alles, was uns in den Sinn kam. Eines Morgens öffnete er die Mülltonne und zeigte mir eine Ratte, die er in der Nacht gefangen hatte, und wir sprachen darüber, dass die Drainagerohre rund ums Haus erneuert werden müssten.

Dann kam Marta nach Hause, und ich weiß nicht, warum, aber irgendwie waren wir einander nicht ganz geheuer. Ich überspielte meine Unsicherheit mit Fröhlichkeit, während Marta mir gegenüber unwirsch und damit ehrlicher war. Bis ich eines Tages nach Hause gelaufen kam, nachdem ich den Küstenweg an der Ægisíða entlanggejoggt war. Guðjón und Bitsí waren gerade draußen.

Marta sagt, du müsstest einen BH tragen, wenn du joggen gehst, sagte er und zog die Brauen hoch.

Ich habe einen BH an!, fauchte ich und rannte die Treppe hinauf in meine Wohnung und knallte die Tür hinter mir zu. Ein paar Minuten später klopfte es. Es war Marta.

Ich habe gehört, was er gesagt hat, sagte sie. Ich bin stinkwütend auf ihn. Ich fühle mich, als müssten wir ausziehen.

Schwamm drüber, antwortete ich.

Marta und ich fielen uns zwar dort im Treppenhaus nicht in die Arme, aber fortan herrschte im und ums Haus eine andere, deutlich bessere Atmosphäre.

Wenn man sich mit einem Menschen verkracht und wieder vertragen hat, ist er einem nie wieder gleichgültig. Nicht, dass Ljuba mir gleichgültig gewesen wäre oder ich ihr, doch mit einem Mal vertraute sie mir. Dieses Vertrauen war nicht direkt durch den Computerkauf entstanden – im

Gegenteil: damit hatte ich einen Pakt unterwandert, den ich nicht ganz verstand. Doch Ljuba verzieh mir mein Missgeschick, und ich verzieh ihr, dass sie mich des versuchten Kindesraubs beschuldigt hatte.

Dieser Vorwurf hatte mich verunsichert, doch ich konnte mir vorstellen, woher er rührte, daher achtete ich fortan darauf, Vadim gegenüber eher förmlich zu bleiben, und vielleicht bildete ich mir das nur ein, aber ich hatte das Gefühl, dass auch er aufpasste, in meiner Gegenwart nicht zu ausgelassen zu sein. Nahezu jeder einzelne Satz, der zwischen uns gesprochen wurde, enthielt die Worte *Mama* oder *deine Mama*: *Mama hat mich gebeten, dir das zu geben. Ist deine Mama zu Hause?*

Bevor sie kam, wischte ich in meinem Arbeitszimmer Staub und zündete Kerzen und Räucherstäbchen an. Matti bereitete sich auf die Nachtschicht vor, Mínerva schlief schon. Es war eine gute Woche vergangen, seit Ljuba vorgeschlagen hatte, dass wir uns mal wieder am Abend treffen sollten. Die Lichterkette hing schon im Fenster und an der Wand ein gelber Stern mit Glitzer, den Mínerva im Kindergarten gebastelt hatte. Ein Engelmobile drehte sich über einem Teelicht auf dem Esstisch.

Matti und Ljuba begegneten sich an der Eingangstür. Er hatte sich gerade mit einem elektrischen Haarschneider die Haare gekürzt und trug nun eine Art Irokesenschnitt. Ich fand, er sah sehr gut aus.

Wie gefällt dir die Weihnachtsfrisur?, fragte er Ljuba, als ich gerade dazukam.

Mmm, machte Ljuba. Der Sohn meiner Schwester hat seit kurzem auch so eine Frisur.

Der freche?, fragte ich.

Ja, antwortete Ljuba und grinste. Sie hatte ein mit Alufolie abgedecktes Schälchen mitgebracht. Insgeheim bewunderte ich sie dafür, wie sie sich ohne zu lügen aus der Affäre gerettet hatte.

Mir bringst du nie etwas zu essen vorbei, sagte Matti.

Du bist ja auch nie zu Hause, antwortete Ljuba. Und wenn du mal zu Hause bist, schließt du dich in deinem Zimmer ein.

Stimmt, sagte Matti. Aber nicht, weil ich euch aus dem Weg gehen will, sondern weil es erst richtig schön wird und erst richtig schön werden kann, wenn ich weg bin.

Er ging und ein schweres Schweigen erfüllte den Raum, bis Ljuba fragte: Hast du schon gegessen, Eva?

Ja, antwortete ich, doch als sie die Alufolie abnahm und mir der verführerische Duft in die Nase stieg, ergänzte ich schnell: Aber nur Haferbrei und Leberwurst.

Du musst das probieren, sagte sie. Pirapon hat mir das Rezept beigebracht, mit Chili und Erdnüssen.

Pirapon?

Du weißt schon, die mit der Nichte.

Ich war gespannt: Gibt es Neuigkeiten, ist sie hier?

Es gibt irgendwelche Probleme mit ihrem Pass, aber wir sind dabei, das zu klären, antwortete Ljuba. Sie hat Jónsi gebeten, ihr Geld zu schicken. Ich habe ihm gesagt, dass er das nicht tun soll, aber er hört nicht auf mich.

Ich holte eine doppelt geräucherte Lammkeule aus dem Kühlschrank und schnitt für Ljuba eine Scheibe ab. Nachdenklich knabberte sie daran, während ich am Herd stehend Pirapons Gemüsegericht mit kleinen Schweinefleischstücken verschlang. Anschließend wusch ich das Schälchen ab, trocknete es und gab es Ljuba zurück.

Wir gingen ins Arbeitszimmer, und ich fragte sie, ob sie etwas gegen Räucherstäbchen hätte.

Gegen diese normalen nicht, antwortete sie. Nur gegen die, die Pfarrer verwenden, aber ich bezweifle, dass man so etwas hier bekommt.

Ich schenkte uns Apfelbranntwein ein.

Pirapons Freundin brennt leckeren Schnaps, sagte Ljuba. Nicht schlechter als das hier. Ich bin sicher, dass sie dir gegen – sagen wir mal ein Brot – eine Flasche davon abgibt.

Wenn du das arrangieren kannst, gern, antwortete ich, obwohl ich nicht glaubte, dass er dem Vergleich mit dem Hochprozentigen aus Calvados standhielt.

Ja, du musst nicht mehrere tausend Kronen für eine einzige Flasche zahlen. Das ist doch Unsinn.

Sie nahm ihren gewohnten Platz auf dem geblümten Sofa ein und sagte: Schenk mir noch was ein, Eva. Ich muss ein bisschen runterkommen. Das fällt mir so schwer und bringt mich manchmal richtig in Schwierigkeiten. Hlynur und ich streiten uns oft, weil er – ganz egal wie müde oder gestresst er ist – immer Lust auf Sex hat. Aber er muss das verstehen, ich arbeite so viel und bereite gedanklich schon den nächsten Tag vor. Mein Schritt liegt halt einfach brach. Manchmal sagt er mit einem Augenzwinkern, dass er sich eine zweite Frau anschaffen muss, und dann werde ich nervös und gebe nach. Ahhh, Eva, es ist so gut, nachzugeben. Männer…, seufzte sie. Die haben einen so verdammt gut im Griff.

Während ich die Schnapsgläser füllte, erfüllte mich eine nervöse Hoffnung, die ich jedoch zu unterdrücken versuchte.

Ich kann dir erzählen, wie mein Vater gestorben ist, sagte sie, als hätte sie meine Gedanken gehört, aber dann muss ich dir auch von Oljeg erzählen, Vadims Vater. Manchmal träume ich von ihm und wenn ich dann aufwache, fühle ich mich den ganzen Tag komisch.

Ja, unbedingt, erzähl mir das, sagte ich und fügte leicht verschämt hinzu: Es ist gut nachzugeben.

Ich war so schön damals, sagte sie und sah mich ernst an. Mit langem Haar in meiner natürlichen Farbe. Meine Hüften waren ein bisschen breiter, nicht so schmal wie heute. Mama und Oma sagten immer, dass die Jungs mich umschwärmen wie Fliegen den Pferdemist. So redeten sie immer, und als Kind dachte ich, dass ich später auch mal so grob reden würde, aber das habe ich mir nie aneignen können. Sie meinten immer, ich sei empfindlich, aber das ist vielleicht nicht in jeder Hinsicht schlecht.

Ich hatte das Gefühl, Ljuba war es wichtig, dass ich verstand, dass sie nicht prahlte, sondern die Dinge einfach so erzählte, wie sie waren.

Ich nickte: Wie die Mücken auf der Kuhfladenkruste, haben die Leute auf dem Land gesagt, als ich ein Kind war. *Like mosquito on a smear of cow dung.*

Mit sechzehn ging ich mit meiner Schwester Inna in die Disko, von der ich dir erzählt habe, auf der kleinen Insel im Fluss. Die Brücke über den Fluss war schmal und das Geländer niedrig, jedes Wochenende fiel irgendwer ins Wasser, aber im Sommer machte das nichts, und jetzt war Sommer. Inna und ich balancierten auf den Geländern nebeneinander auf die Insel, und ein paar Jungs johlten und klatschten. Oljeg war auch dabei. Ich wusste genau, wer er war, denn er war fast eine Berühmtheit, einfach nur, weil er der schönste junge Mann in der Gegend war. Er war zwar nur mittelgroß,

 aber muskulös, hatte breite Schultern und gleichmäßige,

klare Gesichtszüge. Er wirkte auch schon ziemlich erwachsen, weil er keine Mädchen belästigte oder ärgerte, und er ließ sich auch nicht von den anderen Jungs zu Dummheiten herausfordern. Er hatte Selbstvertrauen.

Später erzählte er mir, dass er zuerst ein Auge auf Inna geworfen hatte, weil sie so viel lachte, aber als er hörte, dass sie erst dreizehn war, beschloss er, lieber mich anzusprechen. Ich weiß nicht, was ich mir damals gedacht habe, sagte er mir Jahre später. Du bist viel geheimnisvoller und hübscher.

Ich hörte ihn gern so reden.

In der Disko hatten wir nicht viel miteinander zu tun, aber manchmal trafen sich unsere Blicke, und als der DJ den letzten Titel ankündigte, schlangen sich von hinten Arme um mich, und wir tanzten ganz langsam zu *Total Eclipse of the Heart*, oder vielmehr standen wir eng umschlungen auf der Tanzfläche.

Ljuba zog die Beine an und fuhr sich schnell mit den Fingern durchs Haar. Inna versuchte, mich auf den Boden der Tatsachen zurückzuholen. Er hat eine Freundin, sagte sie. Er ist seit vielen Jahren mit demselben Mädchen zusammen.

Hatte eine Freundin, antwortete ich. Ich bin seine neue Freundin.

Träum weiter, sagte Inna. *Dream on.*

Bevor ich mich verabschiedete, rang ich ihr das Versprechen ab, etwas unter meine Decke zu stopfen und Mama zu sagen, dass ich zu viel getrunken hätte und länger schlafen müsste. Ich wusste, dass Mama nicht darauf reinfallen würde, aber einen Versuch war es wert.

Und seid ihr dann zu ihm nach Hause gegangen?, fragte ich.

Sie schüttelte den Kopf: Er und ein paar andere sind zu

einem Freund gefahren. Sie wohnten alle in einem Dorf namens Vilani. Die Jungs fuhren auf Motorrollern oder Motorrädern, und die Mädchen saßen hintendrauf oder fuhren Fahrrad. Oljegs Motorrad war kaputt, daher fuhr er bei einem Freund mit.

Ein Mädchen bot mir den Gepäckträger ihres Fahrrads an, und schweren Herzens ging ich darauf ein. Ich fand es mehr als peinlich, nicht wenigstens auf meinem eigenen Rad zu fahren. Ihres war grün, und ich guckte die meiste Zeit nach unten, auf die kreisenden Speichen. Noch heute ist es mir unangenehm, wenn ich den Nebel sehe, der entsteht, wenn sich Fahrradspeichen schnell drehen.

Das Mädchen roch nach Alkohol und Parfüm, und ich versuchte, mich an ihrer Taille festzuhalten, ohne sie zu sehr an mich zu drücken. Sie trug T-Shirt, Jeansjacke, enge Shorts und Turnschuhe.

Ljuba leerte ihr Glas. Ich schenkte ihr nach und fühlte mich so in ihre Erzählung hinein, dass es mir unglaublich leidtat, dass Oljegs Motorrad genau an diesem Abend kaputt sein musste. Sie hätte stolz hinter ihm sitzen müssen, mit wehendem Haar, und nicht wie ein Anhängsel auf dem Gepäckträger einer seiner Freundinnen.

Langweilst du dich?, fragte Ljuba. Dauert es dir zu lange, bis ich zur Sache komme?

Um Himmels willen, nein, antwortete ich.

Gut, sagte sie. Ich finde es so merkwürdig, mich selbst erzählen zu hören. Es ist, als würde das gerade erst passieren, jetzt, während ich es erzähle.

Wir sahen uns kurz in die Augen. Ich meinte, Mínerva rufen zu hören, und lief schnell hin, doch sie schlief tief und fest.

Ihr seid zu seinem Freund gefahren, sagte ich, als ich mich wieder setzte.

Genau, wir quetschten uns in sein Zimmer, Oljeg und ich auf das schmale Bett, alle anderen auf den Boden. Ich war so verliebt in ihn, dass ich alles für ihn getan hätte, deshalb protestierte ich nicht, als er die Decke über uns zog und begann, mich auszuziehen. Die anderen schlichen sich kichernd raus. Ich atmete tief ein, sammelte Mut, um es geschehen lassen zu können. Es war ohnehin an der Zeit für mich. Danach zogen wir uns wieder an und gingen zu den anderen, die draußen saßen und rauchten.

Hast du in meine Decke gespritzt, du Ferkel?, fragte sein Freund, aber ansonsten taten sie, als wenn nichts wäre. Oljeg lieh sich einen Motorroller, um mich nach Hause zu fahren, doch dann wollte er mich doch nicht gehen lassen, und wir fuhren zu ihm nach Hause.

Die schlafen so fest, sagte er.

Das Haus war alt und klein, aber gepflegt. Nur dass zwei Schweine frei im Garten davor herumliefen und überall hinmachten. Ich wartete an der Haustür, während er einem von ihnen Kopf und Backen kraulte.

Wir mussten durch ihr Zimmer, um in seins zu gelangen, und da sah ich sie: einen kleinen, buckligen Mann, der mit offenem Mund auf dem Rücken schlief, und eine ziemlich derbe, kräftige Frau, die mit dem Gesicht zu uns lag, als wir die Tür öffneten. Sie hatte so markante Augenbrauen, dass ich meinte, sie starre uns an, obwohl sie schlief. Sind deine Eltern schon so alt?, fragte ich, als wir in Sicherheit waren und die Tür hinter uns geschlossen hatten.

Er schüttelte den Kopf und antwortete: Oma und Opa. Mama ist gestorben und Papa nach Riga gezogen.

Wir legten uns angezogen aufs Bett, und er fragte: Woher kommst du? Ich sagte es ihm, und da sagte er: Alte Kirche. Na klar. Ich wusste schon immer, dass die süßesten Mädchen aus Vmeste sind. Ich hörte das Lächeln in seiner Stimme und freute mich darüber, dass er den alten Namen meines Dorfs verwendete.

Vmeste bedeutet *zusammen* auf Russisch, erklärte Ljuba. Ich war elf, als der russische Name abgeschafft wurde und wir einen lettischen bekamen.

Oljeg fragte nach meinem Bruder, glaubte, ihn zu kennen, und aus irgendeinem Grund redete er viel von seinen Cousins und Cousinen, den Kindern seines Onkels mütterlicherseits. Ich nahm an, dass sie ihn so beschäftigten, weil er seine Mutter vermisste.

Und natürlich passierte irgendwann, was ich am meisten gefürchtet hatte: Früh am Morgen wurde seine Oma wach, riss die Zimmertür auf und machte das Licht an, als ich gerade dabei war, in Oljegs Armen einzuschlafen. Sie war sehr wütend und sah furchtbar aus. Erst schleppst du die eine an und dann eine andere!, fuhr sie ihn an. Zu mir sagte sie: Er benutzt dich und lässt dich dann wie ein Stück Dreck fallen. Sei keine Schlampe! Sei nicht so dumm!

Als sie weg war, wollte er mehr Sex, aber ich zitterte vor Angst, an Sex war nicht zu denken. Das hatte er sich anders vorgestellt, aber er musste sich damit abfinden.

Wie alt war er?, fragte ich.

Neunzehn, antwortete sie. Mama war auch böse, als ich so spät nach Hause kam. Normalerweise ging sie am Wochenende auf den Markt, verkaufte dort Käse und Hüttenkäse. Wenn ich spät nach Hause kam, wartete sie auf mich, und diesmal musste sie zwei Stunden warten, mit ihrem feinen Tuch über den Haaren und den gestapelten Käsepaketen an der Haustür. Ich hatte so gut wie nichts getrunken, sah aber aus wie nach einem Besäufnis, so übernächtigt und zerzaust.

Mama fiel über mich her und egal was ich sagte, sie schien zu spüren, dass ich in dieser Nacht meine Jungfräulichkeit verloren hatte, und sie ließ nicht locker, bis ich ihr sagte, mit wem ich zusammen gewesen war.

Irgendwann sagte ich nichts mehr, denn ich war unglaublich müde, und Mama stürmte wütend hinaus. Oljegs Oma war natürlich der erste Mensch, dem sie auf dem Markt über den Weg lief, und sie sprachen über uns. Wir waren ein Problem.

Seitdem trafen wir uns jedes Wochenende, den ganzen Sommer lang. Er arbeitete in einer Holzwerkstatt und sparte für ein Auto, während ich nur zu Hause half und nie Geld hatte. Wenn wir etwas zusammen unternahmen, musste er mich einladen, und ich wusste, dass es ihm widerstrebte, weil er so gern ein eigenes Auto haben wollte.

Im September gab es ein kleines Fest, weil ich zu Aljona und ihrer Freundin nach Rowina zog, wo ich die elfte Klasse besuchen konnte. Es gab Brot und Salat, Kuchen und Wein. Am Abend kam Oljeg mit einem blauen Shiguli von einem Freund, um mich abzuholen, und ich bat ihn herein. Sagte ihm, dass er meine Familie kennenlernen müsse. Er hatte natürlich Bammel, aber er zog es durch. Er und mein Bruder verstanden sich sofort, und Mama gab in der Küche flüsternd zu, dass Oljeg gut aussehe und sich gut ausdrücken könne.

Manchmal fuhr Aljona am Wochenende zu Mama, um ihr zu helfen oder sie einfach nur zu besuchen, und dann machten wir Party, ich, Oljeg und seine Freunde, in der kleinen

Mietswohnung meiner Schwester. Nichts Wildes, ganz gesittet. Er fuhr natürlich zum Schlafen nicht nach Hause. Manchmal besuchte er mich auch unter der Woche und erfand Ausreden, um nicht nach Hause zu müssen; es sei zu kalt zum Motorradfahren oder etwas anderes.

Oft ging ich dann nicht zur Schule, weil ich nach einer schlaflosen Nacht zu müde war. Meine Schwester wusste natürlich davon, war aber nicht so streng wie Mama. Trotzdem log ich sie ständig an: dass Oljeg noch am Abend nach Hause gefahren sei und nicht erst früh am Morgen, dass es keine Party gegeben habe, dass ich selbstverständlich zur Schule gegangen sei.

Oma wollte, dass wir sofort heirateten, aber ich sagte Nein. Das war, als wenn eine fremde Stimme für mich sprechen würde. Ich hörte eine Stimme, die sagte: Nein, denn es wartet ein anderes Leben auf dich. Zu Oma sagte ich: Ich kenne ihn nicht gut genug, und wir sind noch so jung. Wenn man so jung ist, versteht man die Liebe nicht. Oma lachte darüber, dass ich so weise sprach.

Ljuba nahm eine Krähenfeder von meinem Schreibtisch und strich sich damit über die Handfläche.

Und jetzt?, fragte ich. Verstehst du jetzt die Liebe?

Ein bisschen besser, antwortete sie. Manchmal bereue ich es, dass ich so dumm war. Aber er war so schön. Seine Haut war wie aus Gold gewebt. Ich war eifersüchtig. Ertrug den Gedanken nicht, dass er mit anderen Frauen zusammen war. Einmal habe ich versucht, mir die Pulsadern aufzuschneiden, aber ich habe nicht tief genug geschnitten, hatte zu große Angst.

Sie zeigte mir die Narbe, schmal und weiß, kitzelte sie mit der Feder.

Warum hast du das getan?, fragte ich.

Meine Freundin hatte ihn in einem Auto mit einem anderen Mädchen rummachen sehen. Das war im Dezember, vor genau dreizehn Jahren. Aber nach dem Abendessen am Silvesterabend fuhr ich zu ihm nach Hause und um Mitternacht gingen wir in die Disko. In dieser Nacht beschlossen wir, dass wir zusammen waren, und erzählten es allen.

Sie schwieg. Ich wartete. Es herrschte absolute Stille, bis der Kühlschrank in der Küche zu brummen anfing. Ich nahm eine Wolldecke vom Stuhlrücken und schlang sie mir um die Schultern. Ljuba wollte keine. Ich sollte langsam mal, sagte sie.

DIE FRAU IM ROCK SETZTE SICH an einen Tisch weiter hinten im Saal, und die Traum-Ljuba fasste meine Hand. Hörst du die Musik?, flüsterte sie.

Ich hörte nichts. Oder doch? Aus einem Hinterzimmer jaulte eine raue Stimme: Ei, ei, ei, ei!, und dazu schnelle, rhythmische Gitarrenschläge. Die Musik wurde allmählich lauter, während schwarz gekleidete junge Leute die Requisiten des Stücks über Isabel Allende und Friðrik Þór hinaustrugen. Sie brachten den langen Tisch und die Mikros hinter die Kulissen, nur die Stühle blieben stehen. Genau über meinem Kopf ging knackend und surrend ein großer Scheinwerfer an, und in mir kribbelte es vor Aufregung. Eine ernste Frau in einem rot-schwarzen Señoritakleid mit üppigen Rüschen kam auf die Bühne, eine Gitarre im Arm, auf der sie in einem Wahnsinnstempo spielte.

Das ist Sjöfn, die in der Bibliothek arbeitet, raunte ich Ljuba zu.

Ach ja?, sagte sie und reckte den Kopf. Und das ist der Kerl aus der Apotheke, sagte sie und zeigte auf den Sänger, einen Mann um die sechzig mit kahl rasiertem Kopf, den ich irgendwann tatsächlich mal in einem weißen Apothekerkittel gesehen hatte.

 Ich weiß nicht, ob ich den erkannt hätte, flüsterte ich und

starrte auf das Tuch mit persischem Tropfenmuster, das seinen Hals und die Schultern schmückte. Der Gesang bestand aus wortlosem Stöhnen und Schreien, als ahmte er in Ekstase Flamencomusik nach, ohne auch nur ein Wort Spanisch zu kennen, ohne etwas anderes zu kennen als seinen eigenen Schmerz und immer wiederkehrende Enttäuschung und Trauer.

Ich hole uns mal was, sagte Ljuba und war weg, ehe ich etwas sagen konnte. Ich sah sie durch eine Seitentür verschwinden, und als ich mich wieder der Bühne zuwandte, standen dort Matti und Hlynur in voller Montur: in engen Einteilern und Jäckchen, die gerade bis zu den Brustwarzen reichten. Matti trug ein glänzend rotes Band um den Bauch und eine Kopfbedeckung mit Fransen, Hlynur einen Ledergürtel mit breiter Schnalle und einen breitkrempigen Hut. Die Metallsohlen ihrer Tanzschuhe knallten auf die Dielen. Ich rang nach Atem. Wie sie sich bewegten. Als wären sie nichts als Seele.

Es verging einige Zeit, bis Ljuba zurückkam, in jeder Hand ein Glas Rotwein, und sich mit Tränen in den Augen auf den Stuhl neben mir setzte.

Wusstest du von ihrem Auftritt?, flüsterte ich vorwurfsvoll.

Sie schüttelte den Kopf und gab mir eines der Gläser.

Ich stürzte die Hälfte in einem Zug hinunter. Der Sänger krähte, die Gitarre schrummte ihre aggressive Trauer, und die Füße unserer Ehemänner trommelten auf den Boden. Wie sehr ich auch versuchte, mich nicht mitreißen zu lassen – es ging nicht. Ihr Tanz war ein blutiger Geniestreich, der spontan entstand, indem ihre Körperteile an den richtigen Stellen ruckten und zuckten. Ein gerade erst geborenes, zartes, irdenes Wunder, das etwas Dunkles in einem wachrief. Die Schönheit war immer nur eine Haaresbreite davon entfernt, in einen Albtraum umzuschlagen. Als wären sie neu erschaffen aus der Erde gesprossen und empfingen durch ihre Fußsohlen die Lebensenergie, die ihre Körper durchzuckte.

So sind sie, flüsterte ich. Deshalb ertragen wir sie.

True, antwortete Ljuba.

Verlangen, dachte ich. Deshalb verlangt es uns nach ihnen.

Sie sind aus Lehm, flüsterte Ljuba. Ohne uns würden sie zerbröckeln.

Sie musste nicht erklären, woraus wir gemacht waren. Das war so offensichtlich: Wir waren natürlich aus Wasser.

Ohne sie würden wir zerfließen, flüsterte ich.

Wir wären frei, sagte Ljuba.

Ich glaube, auf diese Art von Freiheit bin ich gar nicht mehr aus, antwortete ich und spürte, wie der Tod mein Herz streifte.

Ich werde mir immer nachtrauern, wie ich war, bevor ich mit Oljeg zusammenkam, flüsterte sie. Die Freiheit, die Freunde, die Möglichkeiten. Das Bett mit meinen Schwestern zu teilen, zu kuscheln und zu tuscheln. Wie dumm der Mensch ist, dass er diese Dinge erst zu schätzen weiß, wenn sie vorüber sind. Wir machen uns alles kaputt dadurch, dass wir unbedingt einen Freund haben wollen.

Sieh mal, die beiden, seufzte ich.

Sie sind so *hard to get*, sagte Ljuba. Warum können sie nicht einfach ihr wahres Gesicht zeigen? Vor was haben sie Angst?

Ich schnaubte leise, weil ich es offensichtlich fand, wovor sie Angst hatten. Was ihren Tanz so eindrucksvoll machte, war ja gerade die Gefahr. Ein innerer Kampf um Leben und Tod. Ein Kampf, dem ich mich zu entziehen versuchte, während er für Ljuba ganz selbstverständlich und natürlich war. Das zeigte die Narbe an ihrem Handgelenk.

Du bist *hard to get*, flüsterte ich. Wie oft wolltest du mir von deinem Vater erzählen? Monatelang hast du mich zappeln lassen.

Das ist aber nicht nur meine Schuld, sagte sie. Und ich verstehe auch nicht, welche Bedeutung du an diesen Moment hängst, als Papa seinen letzten Atemzug tat. Das ist mein Verlust, mein Schmerz. Ich verstehe nicht, um was es dabei für dich geht.

LETZTENDLICH WAR AUCH ICH MIR nicht ganz im Klaren darüber, ob ich die letzten Momente des Lebens von Ljubas Vater und andere Dinge, die ihr Geheimnis ausmachten, wirklich brauchte; ob sie über eine heilende Essenz verfügte, die für mich notwendig war. Doch ich war nie im Zweifel darüber, um was es für mich dabei ging: um meine Gesundheit, geistig wie körperlich.

Die Risse traten immer deutlicher zutage, je länger ich keinen gesunden Schlaf fand. Als Ljuba mir von ihrem Kennenlernen mit Oljeg erzählte und mir die Narbe zeigte, bedurfte es einiger Anstrengung meinerseits, mich aufrecht zu halten und normal zu wirken. Alles hing am seidenen Faden. Noch dazu hatte ich schwarze Pusteln ganz hinten auf der Zunge, ein Ekzem und Herzrhythmusstörungen. Manchmal schlief ich einen kurzen Augenblick im Sitzen ein und schreckte schwitzend und fröstelnd wieder auf. Die Tage vergingen wie im Nebel, und ich vermied alles, was nicht direkt mit der Arbeit, dem Kind oder dem Haushalt zu tun hatte. Kontakt zu Menschen war eine unwillkommene Anstrengung. Es sei denn, es war Ljuba, die von sich erzählte. Ihre Worte waren wie ein Regenschauer auf verbrannte Grasnarbe.

 Sie hatte natürlich recht, dass ich sie nicht kategorisch

verantwortlich machen konnte. Sie hatte sich gedrückt, weil sie nicht anders konnte, und als sie nun endlich mit der Sprache herausrückte, brauchte das seine Zeit, doch davon hatten wir nicht viel. Ihre Erzählung war langsam und detailliert, genau wie ich sie haben wollte. Doch alles, was nicht zur täglichen Routine gehörte, hielt uns auf und störte.

Nach dem Gespräch über Oljeg kam Weihnachten wie eine Zusatzladung Mist auf den Haufen an Verpflichtungen, die ohnehin anstanden. Dieses Jahr waren wir uns einig, dass Weihnachten ein Übel war; nicht etwa, weil wir in Sachen Feierlichkeiten so ambitioniert waren, sondern weil wir schlicht keine Zeit dazu hatten und auch nicht zum Heucheln aufgelegt waren. Wir machten nur das Nötigste, und trotzdem fraßen die Weihnachtsaktivitäten und -besuche unsere gesamte Zeit auf. Unser Zusammensein beschränkte sich auf zehnminütige Kaffeeberichte über unseren Zustand und die Lage zu Hause – mit einer Ausnahme, und zwar dem Abend, an dem ich sie bat, mir beim Baden des Katers zu helfen, und dafür anbot, Spaghetti bolognese für die gesamte Mannschaft zu kochen. Matti hatte eine lange Abend- und Nachtschicht.

Ich hielt den Kater am Nackenfell und den Vorderbeinen fest und tauchte ihn in die warme Wanne. Er stemmte sich mit aller Kraft dagegen und kratzte mit den Hinterpfoten. Ljuba massierte das Fell mit Bio-Babyseife ein, und nachdem wir ihn wieder herausgezogen hatten, rieb ich ihn schnell trocken, damit sein Martyrium so schnell wie möglich vorbei war. Ljuba aber nahm sich Zeit, ihn zu umtüdeln und mit einem leisen Strom aus zartestem Russisch zu trösten.

Die Hälfte des Fells blieb an der Wasseroberfläche zurück und Ljuba schüttelte den Kopf. Er wird zu sehr gepäppelt, was gibst du ihm zu fressen? Er sieht aus wie … wie heißt noch mal diese Verzierung an Mützen?

Bommel, antwortete ich.

Ja genau, sagte sie. Er schafft es ja gar nicht, all das Fell zu pflegen.

Er kriegt normales Katzenfutter. Was frisst denn Hlynurs Hund? Der ist auch so flauschig.

Alles Mögliche, antwortete sie. Der frisst alles: alle Reste, Haferbrei, Kartoffeln, Fischgräten und Hühnerknochen.

Da klopfte es an der Tür, und ich ließ Hlynur und die drei Jungs herein. Sigmar gab mir ein kleines, mit grauen Katzen besticktes Kissen. Das habe ich in der Kleiderkammer am Recyclinghof gefunden, sagte er, und als er schüchtern lächelte, sah ich, wie ähnlich er seinem Vater war.

An die Gespräche während des Kochens und Essens erinnere ich mich nicht mehr, aber wir saßen und aßen lange. Mínerva lag schon schlafend im Bett, als wir von Kaffee und Backschokolade aufstanden und uns verabschiedeten.

Zu Weihnachten schenkte ich Ljuba selbst gemachte Süßigkeiten und Bio-Anis, und sie mir eine Flasche Sekt und Käse mit mexikanischen Kräutern. An Silvester trafen wir uns um Viertel nach zwölf auf der Straße und stießen mit ihrem Sekt an.

Mitte Januar bekamen wir dann endlich wieder ein richtiges Treffen hin. Sie kam zu mir und brachte eine in Alufolie eingewickelte gebackene Makrele mit. Sie schmeckte wie gedörrter Steinbeißer; das bräunliche Fett erinnerte an Pfeifentabak.

 Schmeckt dir das, Eva?

Ja.

Gut. Du bist nicht mäkelig. Hlynur meint, er könnte genauso gut Lebertran in der Pfanne braten, statt diesen Mist hier zu essen. Und hier ist der Selbstgebrannte von Pirapon, sagte sie und zog eine bauchige Flasche mit einer klaren rötlichen Flüssigkeit aus der Tasche.

Ich holte die Schnapsgläser mit Goldrand, die meine Oma väterlicherseits mir kurz vor ihrem Tod vermacht hatte, und schenkte uns ein. Es ging schon auf zehn Uhr zu, Mínerva schlief und Matti saß im Computerzimmer und schnitt einen Kurzfilm.

Wir stießen an und nippten.

Nicht schlecht, sagte ich. Erinnert an Gin.

Das ist das Gewürz, sagte Ljuba. Da sind irgendwelche Beeren drin. Ich habe ihn für eine Tüte Pak Choi bekommen. Du kannst mir später ein Brot dafür geben. Sie sah sich die gerahmte Fotografie an, die über der Schiebetür zu dem Teil des Hauses hing, der früher mal eine Garage gewesen war, inzwischen aber Badezimmer, Kleiderkammer und mein Arbeitszimmer beherbergte.

Da sind ja Leute drauf, sagte sie. Ein Mann und eine Frau. Die habe ich noch nie wahrgenommen. Ich dachte, das wäre nur ein kohlschwarzer gerahmter Kasten, und fand das typisch für alles hier bei euch.

Das Foto stammt aus einem abgebrannten Theater in Berlin, antwortete ich. Die Bilder an den Wänden sind alle schwarz geworden, aber man sieht noch die Schauspieler und Requisiten durch den Ruß. Ein Freund von Matti, der jemanden an diesem Theater kannte, hat es ihm geschenkt.

Ljuba streckte die Hand aus und berührte eine Ecke des Rahmens, lüpfte ihn ein kleines bisschen von der Wand.

Mäuseköttel rieselten vor ihren Füßen auf den Boden. Verblüfft sahen wir uns an. Das Bild hing hoch oben an der Wand, weit entfernt von allem. Ich kehrte den Dreck auf und warf ihn in den Papierkorb, dann nahm ich vorsichtig das Bild herunter, und wir sahen uns die Spuren im Rahmen an. Es war kein Loch in der Wand hinter dem Bild.

Sie haben sich offenbar im Bild aufgehalten, sagte ich. Aber wie sind sie dorthin gekommen?

Mich beschäftigt eher, was das zu bedeuten hat, sagte Ljuba.

Was das zu bedeuten hat?, wiederholte ich.

Mir blieb nichts anderes übrig, als den Dreck aus dem Rahmen zu holen und das Bild wieder aufzuhängen.

Wie lange habt ihr schon Mäuse im Haus?

Es sind schon immer Mäuse in den Wänden und unterm Dach gewesen, und wenn sie den Weg zu uns herein finden, kümmert sich der Kater um sie. Das dachte ich zumindest. Ein- oder zweimal im Monat tötet er eine Maus und legt sie uns auf den Fußabtreter.

Ein Haus voller Nagetiere, Eva, das heißt nichts Gutes.

Bitte, Ljuba. *Please*. Mäuse sind keine Ratten. Das weiß doch jeder.

Mag sein, antwortete sie und ging voran ins Arbeitszimmer, wo ich den alten Kunstledersessel mit Drehfuß ans Sofa geschoben hatte, dazwischen der kleine Couchtisch mit zwei Tassen und einer langsam kalt werdenden Kanne Tee. Wie geht es Matti?, fragte sie mit besorgter Miene und setzte sich auf die zweidimensionale Blumenwiese.

Er macht Kino, was in der Regel ein gutes Zeichen ist. Aber gleichzeitig ist er so griesgrämig und sonderbar, dass ich mir insgeheim wünschte, dass er zur Flasche greift, damit ich einen Grund habe, ihn rauszuschmeißen. Dann macht er vielleicht eine Inspirationsreise durch Asien und kommt mit der Erkenntnis zurück, wie wertvoll das Leben mit uns ist.

Ich habe oft darüber nachgedacht, wie es wohl für dich ist, einen Alkoholiker zum Mann zu haben. Ob du nicht Angst hast.

Das ist das erste Mal, dass ich das Trinken als Lösung sehe, sagte ich nach kurzem Nachdenken. Es ist, als wäre er schon längst weg und hätte nur seine von bösen Geistern bewohnte Hülle dagelassen. Ich vermisse ihn und will ihn umbringen.

Ljuba nickte. Kurz bevor Opa starb, war auf einmal alles voller Ratten. Riesengroß, sagte sie und zeigte mir die Länge; erst die des Körpers, dann des Schwanzes, und dann von beidem zusammen. Nicht ganz so groß wie Katzen, Eva, eine so große habe ich nur einmal gesehen, und das war nicht bei Oma, sondern bei mir zu Hause. Sie hatte graues Fell mit kahlen Stellen und sah gerissen aus. Unsere Katze hat sich mit ihr angelegt – das war vielleicht ein Kampf! Sie schaffte es nicht, das Tier zu töten, sondern nur, es in den Wald zu jagen. Danach hat sie einen ganzen Tag ihre Wunden geleckt.

Mir schauderte es, Traurigkeit stülpte sich über mich, doch ich versuchte, mich darauf zu fokussieren, wie gemütlich wir es hatten, Ljuba und ich, im warmen Schein der Stehlampe. Ich griff nach dem Feuerzeug und zündete eine Kerze an.

Als sich bei Oma alles mit Ratten füllte, war ich gerade zu Besuch, erzählte sie weiter. Eines Morgens standen wir auf, Oma öffnete die Brotlade, und sie war voller Ratten.

Sie wich zurück und schrie: Ojojoj! Ich sprang hinters Sofa und zählte eine, zwei, drei … fünfzehn Ratten!, die aus der Schublade sprangen und zwischen Omas Beinen hindurchflitzten. Sie versuchte noch nicht einmal, sich in Sicherheit zu bringen, stand einfach mit nackten Beinen in ihrem Nachthemd da und jammerte wegen ihres Brots. Sie hatten alle Laibe ausgefressen, nur die Krusten waren noch übrig, ausgehöhlte Schalen. Und die Schublade vollgeschissen. Eva, das war so widerlich.

Sie nippte an ihrem Tee und fügte hinzu: Normalerweise fressen Ratten auch die Kruste. Die fressen alles. Man könnte meinen, sie hätten die Kruste übrig gelassen, um sich über uns lustig zu machen. Wir kochten uns Kaffee und setzten uns an den Küchentisch, und Oma erklärte mir, dass das kein gutes Zeichen sei. Wenn sich alles mit Ratten füllt, heißt das, dass böse Kräfte einen aus dem Haus haben wollen, aus dem Leben. Dass jemand dem Tode geweiht ist. Und die Ratten gingen nicht, obwohl das Brot aufgefressen war. Sie saßen in allen Ecken und Winkeln und in den Wänden. Wenn sie sich zankten, hörte man vor lauter Gepolter und Gequieke die eigenen Gedanken nicht mehr. Kurz darauf begann alles, den Bach hinunterzugehen.

Ich schenkte Tee nach und zog die Füße an. Auch Ljuba saß wie eine Meerjungfrau auf dem Sofa, hatte beide Beine angewinkelt. Geräusche von Mattis Schneidearbeit drangen zu uns durch.

Die Ratten kamen im Dezember, und im Januar starb Opa, sagte sie schließlich. So begann der Zerfall. Es war, als hätte jemand eine Tür geöffnet, die man unter keinen Umständen öffnen durfte, und daraufhin strömte das Unglück in unser Leben.

Er hatte einen Motorradunfall, einen schweren Sturz. Mama verlangte, dass er zum Arzt ging, doch er sagte, er habe keine Lust, fünf Stunden zu warten, nur um gesagt zu bekommen, dass er in zwei Tagen wiederkommen solle, falls es ihm nicht besser ginge.

Oma war nicht zu Hause, als Opa starb, sie war im Krankenhaus in Riga. Aber Papa war bei ihm. Opa ging wie gewohnt schlafen, und am nächsten Morgen, als Papa ihn wecken wollte, war er tot. Ach, Eva, hast du eine Zigarette?

Ich öffnete das Fenster, zündete ein Räucherstäbchen an, schloss die Schiebetür und machte uns zwei dünne Zigaretten an.

Sie seufzte, bevor sie weitererzählte: Wahrscheinlich war der Schlag auf den Kopf die Todesursache, denn bei der Obduktion kam heraus, dass er nichts am Herzen hatte. Dabei tranken Papa und Opa zu dieser Zeit ziemlich viel. Sie kannten das richtige Maß nicht. Abend für Abend schliefen sie übers Trinken am Küchentisch ein. Oma ließ sie entweder einfach dort oder half Opa ins Bett und Papa aufs Sofa und deckte ihn zu.

Darüber habe ich nie nachgedacht, dass er häufiger bei ihnen schlief als bei sich zu Hause – bei uns. Vielleicht ist das komisch, aber ich fand und finde immer noch, dass Leute, die viel trinken, Trinkgefährten brauchen. Allein zu trinken ist doch irgendwie jämmerlich.

Ja.

Es war der Nachbar, der Großbauer, der ihnen Wodka und Selbstgebrannten und reinen Alkohol beschaffte, den sie mit Wasser mischten. Ich mochte diese Leute nicht, die Papa auf dem Feld schuften ließen und ihm dafür nichts als Schnaps zahlten. Es war so traurig, als Opa starb. Er war so ein Heiliger. Fuhr mit seinem alten Motorrad von Haus zu Haus, die Tierarzttasche unterm Arm, und nahm nie viel für die Behandlung. Die Leute zahlten, wie sie es gerade konnten; manchmal deutlich später, manchmal mit gepökelter Lammkeule oder geräuchertem Käse. Er half auch uns: reparierte und baute mit Papa, kam sofort, wenn einem unserer Tiere etwas fehlte, schnitt mit uns das Getreide und den Mais.

Aljona und ich kamen natürlich aus Rowina, um bei der Beerdigung dabei zu sein, und wir weinten beide. Vielleicht trauerte sie wirklich um Opa, aber ich weinte hauptsächlich wegen Papa. So hatte ich ihn noch nie gesehen. Er war wie ein Kind. Hast du das mal beobachtet, wenn sich Leute in Kinder zurückverwandeln?

Nach kurzem Nachdenken antwortete ich: Ja.

Mit einem schnellen Handgriff knipste Ljuba die Stehlampe aus. Ich lauschte nach einem veränderten Ton in ihrer Stimme, einem Schluchzen oder dergleichen, hörte aber nichts heraus.

Nach Opas Tod lebte Papa noch vierundvierzig Tage, und während dieser gesamten Zeit erinnerte er mich an ein Kind. Obwohl er aufgehört hatte zu weinen. Obwohl er aus dem Bett aufgestanden war und wieder arbeitete. Ich beobachtete ihn heimlich und hoffte, dass er sich wieder in einen erwachsenen Mann zurückverwandelte. Doch außer mir schien das keiner wahrzunehmen. Auch Oma war traurig, aber sie war stark. Sie sprach viel davon, dass sie Opa wiedersehen werde, wenn ihre Zeit gekommen sei.

Zu Hause in Lettland ist es so, dass es vierzig Tage nach der Beerdigung eine Gedenkfeier in der Kirche gibt. Es wird gesungen, eine Kerze angezündet, die Leute weinen zum letzten Mal, und dann sollen wir unseren Kummer loslassen. Ich hielt Papas Hand und sah ihn die ganze Zeit an. Er weinte nicht, aber er hielt seinen Kopf gesenkt und sein Gesicht wirkte verschlossen. Nach der Zeremonie war er wie ausgewechselt. Er drückte fest meine Hand, dann ließ er sie los und lief zu Oma und seinen Geschwistern, er rannte beinahe. Ich setzte mich auf eine Bank vor der Kirche und beobachtete, wie er abwechselnd auf alle einredete, als wollte er sie nicht gehen lassen.

So ging das eine ganze Weile, bis außer ihnen alle gegangen waren. Selbst Mama hatte das Warten aufgegeben; sie musste nach Hause und den Braten in den Ofen schieben. Doch Papa und seine Geschwister wollten sich partout nicht in ihre Autos setzen. Papa fing immer wieder mit etwas Neuem an. Dabei war er sonst nicht gerade redselig, noch nicht einmal, wenn er getrunken hatte.

Heute würde ich gern wissen, was er ihnen damals erzählt hat. Aber ich habe nur dieses eine Bild im Kopf: Wie er redet und die anderen in einem Halbkreis um ihn herumstehen, verwundert mit den Köpfen nickend. Sein Anzug war grau und ein bisschen zu groß. Mama hatte ihm angeboten, die Ärmel und Hosenbeine zu kürzen, doch er wollte ihn genau so haben. Er bewegte sich schnell und viel, zappelte die ganze Zeit herum – ich hatte das Gefühl, dass er jederzeit explodieren könnte.

Wir saßen im Dunkeln, Ljuba und ich. Tränen liefen mir über die Wangen, aber ich wusste, dass man das weder sah noch hörte. Ich war mir sicher, dass auch sie weinte, obwohl auch ich nichts sah oder hörte.

Auf einmal klopfte es zart an die Haustür, und Ljuba stieß einen kurzen Schrei aus. Es ging schon auf Mitternacht zu, und ich erwartete niemanden. Ich lief schnell zur Tür, damit das Kind nicht aufwachte. Mein Herz pochte; am liebsten hätte ich die Tür verriegelt, statt sie zu öffnen. Ich öffnete sie eine Hand breit und kniff die Augen zusammen, als die Kälte hereinzog. Draußen stand jemand in einer schwarzen Winterjacke mit Pelzkapuze. Ich schaltete das Außenlicht an.

In einem Roman hätte dort jetzt jemand gestanden, der in der Geschichte schon einmal vorgekommen ist. Jakob vielleicht, die Blumenverkäuferin oder der Klempner mit der Schnapsbrennerei im Schwimmbecken. Doch es war keiner von ihnen, sondern ein großes, hübsches Mädchen, vielleicht sechzehn oder siebzehn Jahre alt.

Ist Marteinn zu Hause?, war aus der Kapuze zu hören. Das Licht fiel so, dass ich ihre Augen nicht sehen konnte, nur die von Lipgloss glänzenden Lippen.

Ich räusperte mich, bevor ich antwortete: Ja.

Also, das ist nicht …, setzte sie an und kicherte. Macht er mittwochabends nicht das AA-Treffen in der Kirche?

Doch, sagte ich. Komm rein. Die Treffen sind von halb acht bis halb neun, und jetzt ist es bald zwölf. Matti!, rief ich.

Sie stolperte über die Schwelle, schleuderte in der Diele die nassen Turnschuhe von sich, und schon stand sie im Wohnzimmer. Sie wankte ganz schön, und ich wunderte mich, dass sie überhaupt einen vollständigen Satz über die Lippen brachte.

Möglicherweise bin ich gerade nicht ganz nüchtern, sagte sie. Aber ich will es versuchen. Das ist der Plan.

Komm rein, sagte ich, obwohl sie schon längst drinnen war. Matti kam aus seinem Zimmer.

Hi, sagte sie. Ich wollte zum Treffen kommen, aber ich habe es verpasst. Mist.

Ach Mensch, du Ärmste, sagte Matti voll Mitleid, obwohl sein Blick fern wirkte. Hat noch keiner in der Klinik angerufen und dir einen Platz organisiert?

Sie setzten sich an den Küchentisch. Ich stellte ein Glas Wasser vor den Gast und schlich mich zurück zu Ljuba.

Wer ist das?, fragte sie.

Ich weiß es nicht, antwortete ich und spürte im selben Moment, dass jemand hinter mir stand.

Das große, schöne Gesicht schwebte in der Dunkelheit über mir; rosige Wangen, schwimmende Augen unter blauem Eyeliner. Hinter dem Mädchen stand Matti und hob verzweifelt die Hände. Ich zwinkerte ihm zu, gab ihm zu verstehen, dass ich mich darum kümmern würde, und spürte einen merkwürdigen Stich im Brustkorb, als er sich umdrehte und verschwand.

Ljuba knipste die Lampe an und sah verdutzt zu, wie das Mädchen sich die Jacke auszog, unter der ein tief ausgeschnittenes, ärmelloses Top zum Vorschein kam, und ein breiter Ledergürtel um die üppige, aber straffe Taille. Sie war sicher zwanzig Zentimeter größer als Ljuba und ich. Jetzt fiel ihr Blick auf die Zigarettenschachtel, nach der sie gleich griff. Ich wollte eine Bemerkung machen, doch Ljuba hatte schon das Feuerzeug parat und wartete mit dem Finger auf dem Drücker. Mein nächster Reflex war, die Flasche zu verstecken, doch Ljuba war schneller, schenkte in das Schnapsglas ein, das sie gerade geleert hatte, und gab es dem Mädchen, das sich in einem steifen Lotussitz auf dem Boden niederließ.

Ljuba und ich sahen uns in die Augen. Mit Blicken versuchte ich zu sagen: Ich kenne sie überhaupt nicht, weiß noch nicht einmal, ob sie wenigstens die Grundschule hinter sich hat.

Ljubas Augen antworteten: Ja, aber sie ist sowieso schon sturzbetrunken.

Wie heißt du?, fragte das Mädchen.

Ljuba.

Bist du Polin?

Ich komme aus Lettland.

Was arbeitest du?

Ich bin Gemüsebäuerin. *I am greenhouse farmer.*

Baust du viel an? Verkaufst du in den großen Läden?

Ljuba schüttelte den Kopf: Kleine Läden und Restaurants. Alles bio. Wir verwenden kein Gift.

Warum?, schrie das Mädchen beinahe. Warum nicht die großen Träume träumen? Weil du eine Frau bist, stimmt's? Lass dich von nichts aufhalten! Warum so bescheiden? Du musst groß denken. Das musst du. Ich meine, schon gut, dass du kein Gift verwendest, *way to go, girl*! Aber ich will dich im *big business* sehen!

Sie kippte den Schnaps in sich hinein und hielt Ljuba das Glas hin, das sie gleich wieder füllte. Ich nahm die Flasche und stellte sie auf den Schrank.

Und du, Süße?, fragte ich. Wie heißt du? Wo wohnst du? Auf welche Schule gehst du?

Ein Zuhause habe ich, aber keine Schule, antwortete sie und platzte vor Lachen. Sie kletterte zu Ljuba aufs Sofa und legte eine Hand auf ihr Bein. Ljuba entzog sich ihr und stand auf, obwohl es ansonsten schien, als habe sie diesen Annäherungsversuch gar nicht bemerkt.

 Eva, es ist schon nach zwölf. Ich muss gehen.

Ich antwortete mit einem lang gezogenen Okay.

Soll ich dir irgendwie helfen?

Nein, geh ruhig. Wir hören uns morgen.

Sie ging.

Ich setzte mich auf den roten Schreibtischstuhl und musterte den ungebetenen Gast. Das Mädchen wirkte hilflos und unbeholfen, hatte entweder sehr viele Schichten Maskara aufgetragen oder künstliche Wimpern. Ihre Haltung erinnerte an eine fünfzig Jahre alte Badeanzugwerbung, doch in ihrem Gesicht lag rastlose Traurigkeit.

Du kannst natürlich hier übernachten, wenn du in Schwierigkeiten bist ..., sagte ich.

Das Mädchen glitt vom Sofa, rutschte auf den Knien zu mir und begann, mir zart über die Beine zu streichen. Ich stieß sie von mir und sprang auf, schon wieder mit hämmerndem Herzschlag. Das Einzige, was mir einfiel, war, mir ihre Jacke zu schnappen und nach einem Handy zu durchsuchen. In einer Innentasche wurde ich fündig: ein iPhone in einer Hello-Kitty-Hülle. Das Mädchen warf sich bäuchlings aufs Sofa, das aschblonde Haar floss über ihre nackten Arme.

Sieben *missed calls* von Snorri, sagte ich. Soll ich Snorri anrufen und ihn bitten, dich abzuholen?

Igitt, nein, war von unter den Haaren zu vernehmen.

Und deine Mutter? Soll ich sie anrufen?

Keine Antwort.

Ich fand eine Mama im Telefonbuch und rief sie an.

Ja?, ging sie müde ran.

Hallo, ich heiße Guðrún Eva, meine Adresse ist Laufskógar 11. Ihre Tochter ist hier. Es ist nichts passiert, sagte ich schnell. Sie ist nur betrunken.

Ihr Vater kommt und holt sie, sagte die Mutter.

Während ich auf den Vater wartete, verrührte ich in einer Schüssel Sauerteigansatz, Mehl, Wasser, Salz und Körner. Aus Mattis Schneidezimmer drangen Fetzen eines Gesprächs zwischen Mann und Frau, während aus meinem Arbeitszimmer nichts zu hören war. Ich war froh darüber, obwohl ich kaum verstand, warum ich Angst vor einer Jugendlichen hatte, die die Erwartungen der Umwelt falsch interpretierte – ein ganz natürliches Missverständnis.

Der Vater stand betreten neben mir, während ich den Teig fertigrührte, und sah immer wieder zu Mattis geschlossener Zimmertür. Ich hatte keine Kraft, ihm zu erklären, warum das Gespräch, das von dort zu hören war, so repetitiv klang. Auch er sagte nichts dazu, sondern erzählte, dass der Zustand seiner Tochter noch einmal deutlich schlimmer geworden sei, nachdem sie die zehnte Klasse beendet habe. Wir wissen nicht, was wir tun sollen, sagte er. Ich habe schon daran gedacht, sie einzusperren, aber ich weiß nicht, ob das nicht alles noch schlimmer machen würde.

Sie will einen Entzug machen, sagte ich. Deshalb ist sie hergekommen.

Ach ja?

Mein Mann arbeitet in der Vogur-Klinik und macht einmal in der Woche ein AA-Treffen in der Kirche, sagte ich und versuchte aufmunternd zu klingen.

Wir haben uns schon gewundert, warum sie hier ist. Wir dachten, sie wäre bei jemandem in ihrem Alter. Aber Sie haben ja nur das kleine Mädchen.

So ist es, sagte ich und führte ihn ins Arbeitszimmer, wo seine Tochter noch in derselben Position lag.

 Tanja, Liebes, sagte er und legte die Arme um ihre Schultern, rüttelte sie sacht. Du musst aufstehen, ich kann dich nicht tragen.

Er drehte sie auf den Rücken, fasste sie am Oberarm und zog sie auf die Beine. Ihr Kopf hing nach vorne, die Haare verhüllten das Gesicht, und sie ließ sich von ihrem Vater aus dem Zimmer heraus und bis zur Haustür führen. Ich ging mit der Jacke hinter ihnen her. Eine Weile standen wir vor den Schuhen und überlegten, wie wir sie am besten hineinbekamen, doch schließlich seufzte der Mann, öffnete die Haustür, schob einen Arm unter ihre Knie und nahm sie hoch. Ich weiß nicht, wie er das fertigbrachte, denn er war selbst kaum größer als sie.

Als ich nach draußen kam, hatte er sie schon auf die Rückbank eines Jeeps gelegt, der halb auf dem Bürgersteig vor dem Haus stand. Ich stellte die Turnschuhe auf den Autoboden, unter ihre Jeans-Knie, die über die Kante der Sitzbank hinausragten. Die Jacke breitete ich über sie und versuchte vergeblich, das Mehl abzuklopfen, das sich von meinen Kleidern auf den groben Nylonstoff übertragen hatte.

Entschuldigung, sagte der Vater zum Abschied. Ich hoffe, wir haben Sie nicht vom Schlafen abgehalten.

Keine Sorge, antwortete ich.

DIE TRAUM-LJUBA UND ICH hielten uns an den Händen, während unsere Ehemänner tanzten. Sie streckten ihre Glieder durch, trugen die Köpfe hoch und stampften auf den Boden, ohne dabei je in unsere Richtung zu blicken. Vielleicht sahen sie uns nicht. Das heiße Scheinwerferlicht stach ihnen in die Augen. Das erinnerte mich an eine der erniedrigendsten Erfahrungen meiner Jugend.

Ich war fünfzehn Jahre alt und stellvertretend für die Musikschule von Garður auf einer Feier älterer Bürger im Gemeindehaus. Meine Lehrerin und ich hatten gemeinsam das Stück Ave Maria von Bach/Gounod ausgewählt. Dann hörst du es mal mit echter Akustik, hatte sie gesagt.

Und so stand ich mit der Querflöte in der Hand hinter dem Vorhang auf der Seitenbühne, in einer weißen Bluse und engen schwarzen Shorts über einer Nylonstrumpfhose. Später erfuhr ich, dass solche Hosen *Hotpants* genannt und anderswo auf der Welt mit Unzucht assoziiert werden, doch im Jahr 1991 galten sie in Island als ganz normale Festtagskleidung. Schutzlos betrat ich die Bühne und fing sofort an, im heißen Scheinwerferlicht zu schwitzen. Die Angst kam, überwältigend, lähmend – und ich presste ein Lächeln hervor, wie man es mir beigebracht hatte. Nutze deine Lachmuskeln, um Endorphine freizusetzen, damit du dich entspannen und wie ein Engel spielen kannst, hatte die Lehrerin gesagt.

Das Geplauder verstummte, während meine Begleitung das Vorspiel anstimmte, aber es setzte sofort wieder ein, als ich zu spielen begann. Mein Körper verlor jegliches Gefühl. Es konnte doch nicht wahr sein, dass sie sich unterhielten und lachten, während ich ihnen etwas vorspielte. Ich blinzelte gegen das Licht, spähte in den Saal und sah mit eigenen Augen, dass sie sich tatsächlich angeregt unterhielten und uns überhaupt nicht beachteten. Ich wusste nicht, ob ich weiterspielen sollte, aber da die Begleitung unbeirrt weitermachte, tat ich das auch.

Das Ave Maria ist frei von jeglichem Firlefanz. Die Melodie wurde 1853 vom französischen Komponisten Charles Gounod komponiert, passend auf das Präludium Nr. 1 in C-Dur von J. S. Bach. Sechs Jahre später wurde diese Komposition um das lateinische, vom Lukasevangelium inspirierte Gebet Ave-Maria ergänzt: *Gegrüßet seist du, Maria, voll der Gnade. Der Herr ist mit dir, du bist gebenedeit unter den Frauen, und gebenedeit ist die Frucht deines Leibes, Jesus. Heilige Maria, Mutter Gottes, bitte für uns Sünder, jetzt und in der Stunde unseres Todes. Amen.*

Die langsame, einfache Melodie baut darauf, dass der Interpret einen klaren, starken und schönen Klang kreiert, der die Herzen der Zuhörer berührt. Zu meinem Schrecken hörte ich, dass sich mein Gemütszustand direkt auf den Klang auswirkte: Er wurde flüchtig und schwach.

Doch nach der ersten Liedzeile legte sich eine dichte Schwere über mich, mein Körper verschmolz mit dem Instrument, und ich spielte besser als je zuvor. Da keiner zuhörte, hatte ich nichts zu befürchten. Doch der einzige

Effekt war, dass das Geplauder proportional zur Intensität, mit der ich spielte, zunahm. Das war die Performance meines Lebens und ließ doch alle unberührt. Mein Bestes war noch schlechter als nichts.

Als wir fertig waren, blickte ich zu meiner Begleitung, die mir matt zulächelte. Wir verbeugten uns. Etwa fünf Leute klatschten höflich.

Hinter dem Vorhang begegnete ich meiner besten Freundin und Klassenkameradin Birta Rós, mit ihrer Gitarre im Arm. Sie trat stellvertretend für die Grundschule auf. Ich fühlte mich, als würde ich sie den Löwen zum Fraß vorwerfen.

Doch der Saal verstummte schlagartig, als sie zu spielen und singen begann: *Er segelt übers Meer, so blau, sechzehn Jahr, die Seemannskunst kannt er genau. Sein Mädchen er so sehr vermisst, doch ihr Bild fest in seinem Herzen ist.*

Gut gemacht, sagte meine Begleitung. Ich nickte und packte meine Flöte ein, ohne mir die Zeit zu nehmen, sie zu trocknen. Die Zuschauer klatschten im Takt zum Refrain: *O Maria, ich will nach Haus, o Maria, ich will nach Haus, denn zu Hause will ich doch am liebsten sein, o Maria, bei dir.* Dieses Klatschen hatte nichts Höfliches; das war wie ein Donnern.

Ich weiß nicht, warum ich Mama davon erzählte. Normalerweise reagierte ich auf Erniedrigungen, indem ich sie schnellstmöglich vergaß und niemandem davon erzählte.

Bestimmt tat es Mama, als ausgebildete Musiklehrerin an Musik- und Grundschule, für mich leid, und auch für Bach und Gounod. Doch sie sagte nur: Diese Leute sind auf einer ewigen Beerdigung. Vielleicht wollten sie einfach mal etwas hören, das Laune macht. Vielleicht wollten sie einmal nicht an den Tod erinnert werden.

Wie kann man den Tod vergessen?, fragte ich mit bebender Stimme. Aber zum Weinen ließ ich mich nicht hinreißen; das hätte alles noch schlimmer gemacht.

Das verstehen wir vielleicht, wenn wir älter werden, sagte Mama.

Ich verstand es schon jetzt, als ich mit Ljuba dort in diesem Club saß. Obwohl ich noch nicht alt war, fühlte ich mich so. Und ich verstand, dass der Tod beinahe etwas Leichtes hat, wenn er einem fern ist, etwas abstrakt Schönes, wie eine Luftspiegelung durch den Sucher eines Fotoapparats gesehen. Doch als alltägliche Realität kann er zu einer Bürde werden, die zwar alle gemeinsam tragen, aber der zu entkommen jeder heilfroh ist. An jenem Tag war ich in meiner Unschuld unter ihr Joch gestolpert, während sie sich gerade mit vereinten Kräften davon befreit hatten. In den zwei Minuten, die es dauerte, das Ave Maria von Bach/Gounod zu spielen, hatte ich die Todesangst aller älteren Einwohner der Gemeinde auf meine Schultern genommen.

Ach, hörte ich mich sagen, als ich meine Hand von Ljubas löste.

Ljuba sah mich besorgt an: Was ist los?

Ich schüttelte den Kopf.

Denk nicht länger daran, was es auch sein mag, sagte sie.

Wieso nicht?

Das ist eine Treppe, die nach unten führt. Du weißt nicht, wo sie endet. Du weißt nicht, was die Gelegenheit nutzen und sich von dort unten heraufschleichen könnte, während du dich in der Unterwelt umschaust. Du hast was getrunken – du willst doch keinen schlechten Trip erleben, oder?

Wenn du das sagst, kann ich gar nicht anders, als daran zu denken, sagte ich.

Sie machte eine Kopfbewegung in Mattis Richtung: Was ist das Romantischste, das er je zu dir gesagt hat?

Auf meinen Lippen wurde ein Lächeln geboren. Dieses Gespräch hatten wir bereits geführt, aber ich war gern dazu bereit, es zu wiederholen. Ljuba war ein genauso cleveres Köpfchen wie Birta Rós. Sie beide wussten, dass Romantik die schnellste Heilung von der Angst ist. *O Maria, ich will nach Haus.*

Ich weiß nicht, sagte ich.

Sag einfach das Erste, das dir einfällt.

Das findest du sicher nicht romantisch ... Ich habe ziemlich entartete Vorstellungen von Romantik – wahrscheinlich begreife ich sie einfach nicht.

Ach, komm schon, sagte sie. *Come on.*

Es ist nicht nett zu reden, während sie singen und tanzen, flüsterte ich.

Sie sind fertig, sagte Ljuba, und genau in dem Moment, in dem sie das sagte, verließen Matti und Hlynur die Bühne. Dasselbe taten auch der Gitarrist und die Sängerin. Die Leere, die sie hinterließen, war genauso greifbar wie die gerade verstummte Musik.

Ich trank den letzten Schluck Rotwein. Er schmeckte süß und kräftig. Ein billiger Tetrapack Wein.

Einmal bist du auf dem Weg zum Bohnenhaus bei mir vorbeigekommen und meintest, dass ich mitkommen soll, wenn ich frischen Rucolasalat haben will. Ich schnappte mir ein Messer von der Küchenanrichte und kam schnell mit. Als ich zurückkam, kochte Matti gerade Kaffee und sagte: Ihr seid wie eine Gang.

Warum das denn?

 Ihr stiefelt beide in klobigen Soldatenschuhen herum und

tut so, als würdet ihr irgendetwas Wichtiges tun, wobei jemand verletzt werden könnte. Ihr seht aus, als könntet ihr alles richten. Wenn die Zivilisation zu Ende geht, würde ich mich an euch halten.

Haha, dabei haben wir noch nicht einmal Soldatenstiefel, sagte Ljuba mit weinblauen Lippen.

Im besten Fall etwas, das so ähnlich aussieht, antwortete ich. Aber das ist das Schönste, was mir jemals gesagt wurde. Ich weiß nicht, warum ich das so empfinde, irgendwas ist nicht ganz richtig bei mir.

Du findest es einfach romantisch, wenn jemand anerkennt, dass du taff bist, sagte Ljuba.

Stimmt, sagte ich und war mir nicht sicher, ob ich schon angeheitert war, doch ich genoss das trockene Gefühl auf der Zunge und am Gaumen, das an Oblaten oder Reispapier erinnerte. Was ist das Romantischste, das Hlynur zu dir gesagt hat?, fragte ich und merkte, wie meine Wangen heiß wurden. Das war einfach ein unwiderstehliches Gesprächsthema.

Sorry Ï love yu, antwortete sie, ohne nachzudenken. Aus den Lautsprecherboxen drang jetzt Akkordeonmusik, so lebhaft wie bei einem Tanzfest nach dem Schafabtrieb, aber leise genug, dass die Leute sich noch unterhalten konnten. Um uns herum waren alle ganz mit sich beschäftigt, ein steter Strom bewegte sich zur Bar, und es wurde immer häufiger schallend gelacht und gerufen.

Was ist das Romantischste, das Matti für dich getan hat?, fragte sie als Nächstes.

Das Erste, was mir einfällt, ist, dass er durch ganz Südisland gefahren ist, bis er einen Pferdebauern fand, der bereit war, ihm eine Ladung Pferdemist zu geben. Er packte die Tüte in den Kofferraum und das Auto roch noch einen ganzen Monat nach Pferd. Papa und ich wollten einen Spierstrauch vor dem Haus pflanzen und brauchten Dünger.

Warum hat mich das so gerührt? Weil ich ihn um nichts gebeten hatte und er trotzdem losgezogen ist. Er scheute keine Mühen und gab auch nicht auf, als es nicht gleich beim ersten Anlauf klappte. Und sein Blick, als er die Tüte anschleppte. Dieser Blick sagte: Für dich tue ich alles.

Ljuba nickte und sagte: Das ist natürlich Romantik in einer Nussschale. *A load of horse shit.*

Als sich unser Lachen beruhigte, sagte ich: Da es eine echte Ladung Pferdescheiße war, fand ich das echter als diese normale Romantik. Keine heiße Luft, sondern *echt*. Bodenständiger.

Ich verstehe dich nicht, Eva, sagte Ljuba. Echte Rosen sind doch echt. Die sind nicht aus Plastik.

Ich bemerkte, dass unsere Gläser leer waren. Ich hole uns noch was, sagte ich. Aber erst musst du mir noch mal das Romantischste erzählen, was Hlynur für dich getan hat.

O ja, Eva, als wir zusammenkamen, wohnte Hlynur doch in dem kleinen Sommerhaus, das er sich gebaut hatte. Ich bin zu ihm gezogen, bevor ich mit Fjodor schwanger wurde. Unter der Woche schufteten wir von morgens bis abends in der Werkstatt, aber sonntags war Entspannung angesagt. An einem Sonntag backte ich nachmittags Blini, während er draußen irgendetwas schliff. Das war ganz normal, er fand immer irgendetwas an diesem winzigen Haus zu tun, und als er reinkam, sagte er: Zieh deine Jacke an, Ljuba. Das Symphonieorchester spielt gleich Mozarts Symphonie Nr. 40 in g-Moll, das wollen wir uns nicht entgehen lassen.

Ich schminkte mich schnell, zog ein schickes Kleid an und freute mich riesig – obwohl ich befürchtete, dass meine Haare nach Bratfett rochen. Wir fuhren sehr selten nach Reykjavík, blieben abends meist zu Hause, luden manchmal wen zum Whist-Spielen ein oder hingen auch mal nur zu zweit herum. Uns fehlte nichts – wir arbeiteten einfach beide sehr viel.

Es war Mai und noch kalt draußen, aber windstill und freundlich. Das Auto war von der Sonne aufgeheizt, und ich zog meine Jacke aus, bevor wir losfuhren. Wir hörten eine Bekassine, die klang, als würde es sie frösteln, einen Austernfischer, der mich immer an veraltete Computerausrüstung erinnert – blibb! blibb! –, und den Trauergesang des Goldregenpfeifers. Eva, ich finde es so lustig, dass dieser Vogel bei euch für Sonne und Sommer steht, obwohl er singt, als würde er losheulen.

Er singt in d-Moll, wie Mozarts Requiem, stimmte ich ihr zu. Als Kind dachte ich, der Goldregenpfeifer wäre ein großer Vogel. So groß und schwer wie ein frisch geborenes Lamm. Mit sieben habe ich zum ersten Mal einen so nah gesehen, dass ich erkennen konnte, wie winzig klein er war, er hätte in eine Hand gepasst. Ich fühlte mich betrogen, obwohl ich mir immer wieder in Erinnerung rief, dass mich eigentlich niemand angelogen hatte. Aber entschuldige, Ljuba. Ich weiß schon, was dann kam, aber erzähl es mir trotzdem noch mal.

Kurz bevor wir auf die Landstraße kamen, hielt Hlynur an und sagte, dass er sein Portemonnaie vergessen habe. Wir fuhren schweigend zurück, aber nicht schlechter Dinge. Die Verzögerung machte nichts, da wir rechtzeitig losgefahren waren. Er parkte vor dem Häuschen, lief um das Auto herum, öffnete die Beifahrertür und bot mir einen Arm an. Komm mit, sagte er.

Nein, antwortete ich. Wozu? Hör auf damit.

Hör du auf, komm einfach mit, sagte er, und ich kletterte leicht gereizt aus dem Auto, weil ich es darin gerade so schön fand, mit der Sonne auf den nackten Armen. Wir gingen Hand in Hand auf das Haus zu, was wir normalerweise nicht taten, und langsam bekam ich ein merkwürdiges Gefühl. Statt ins Haus führte er mich zu der winzigen Hütte daneben, die als eine Art Gästezimmer diente. Und als er die Tür öffnete, musste ich weinen, weil er das Bett mit Seidendamast bezogen und rote Rosenblätter darübergestreut hatte, auch auf den Boden und die Nachttische. Auf dem Fensterbrett standen große Leuchter mit brennenden Kerzen und eine Flasche Wein, Gläser, Weintrauben, Baguette, Knoblauchkäse und Oliven. In einer Ecke war die Stereoanlage, von der ich glaubte, sie sei bei seinem Bruder, und aus den Boxen war leises Gemurmel zu hören; Leute, die sich unterhielten. Etwas so Schönes hatte ich noch nie gesehen.

Das Konzert wird gleich live übertragen, sagte Hlynur.

Ich zog Schuhe und Strumpfhose aus und lief barfuß über die Rosenblätter, die sich so kühl und weich anfühlten. Der Boden war wirklich komplett bedeckt – man sah kein einziges Fleckchen mehr von dem gehobelten, lackierten Holz. Auf einmal brach alles über mich herein: wie weit ich von zu Hause weg war, wie lang der Winter hier dauerte. Die Sehnsucht nach Vadim fühlte sich an, als hätten sich meine Organe verheddert, und Hlynur musste mir mehr als eine Stunde lang über den Rücken streichen, bis wir uns lieben konnten.

EIN TAG IM LEBEN VON HLYNUR

Um kurz vor sieben wacht er auf, wenn draußen das Gezwitscher losgeht. Die Vögel klingen, als würden sie gemeinsam eine dringende Aufgabe lösen. Die Amsel ist gerade erst dazugestoßen. Sie fällt nicht nur optisch auf – größer als der Knutt, ganz schwarz und mit dünnem gelbem Schnabel –, sondern sticht auch durch ihren Ruf hervor. Klingen sie etwa schon nach Frühling? Hlynur ist sich nicht sicher, es ist noch recht früh, doch die Sonne zwängt sich an den Vorhängen vorbei und malt den Frühling auf die gegenüberliegende Wand.

Er dreht den Kopf und sieht Ljuba an, die neben ihm schläft, die Hände unter dem Kinn und die Arme fest an sich gedrückt, als kuschelte sie sich an sich selbst. Sie ist ganz schön dünn geworden. Gestern war sie den ganzen Tag in der Werkstatt und Fjodor bei Ingibjörg. Heute wird sie, mit Fjodor im Schlepptau, die Gewächshäuser fegen und putzen, Tische und Böcke herumschieben, die Aussaat vorbereiten. Jetzt geht es los, jetzt wird es wieder richtig anstrengend für sie.

Normalerweise setzt sie über den Winter ein bisschen was an, das sie übers Frühjahr und den Sommer langsam wieder verliert. Warum ist sie jetzt so dünn? Er wünschte, er hätte Geld, um ihr eine Hilfskraft zu bezahlen, damit ihr mehr Zeit für die Dinge bleibt, die ihr Freude machen, sie sich auf die Erdbeeren und kleinen Gurken konzentrieren kann und ihre Versuche mit seltenen Züchtungen; und mehr Zeit hat, sich um den Haushalt zu kümmern. Sie sagt immer, dass sie keine Zeit zum Putzen hat. Um all das zu bewältigen, was sie allein schafft, müsste er schon mindestens drei Leute anstellen.

Er bewundert eine hennarote Strähne, die sich um ihr Ohr gewickelt hat, rutscht dicht an sie heran, legt eine Hand auf ihre Hüfte, schnuppert an ihrem Scheitel und nimmt den dumpfen Geruch des Färbemittels wahr, das die Schwester ihr aus Lettland geschickt hat.

Hlyyyynur, lallt sie. Weck mich nicht.

Weck Fjodor nicht, flüstert Hlynur.

Sie stützt sich auf ihren Ellbogen, guckt auf die Uhr und sagt: Sigmar ist nebenan. Sein Wecker klingelt um sieben, das ist in zehn Minuten. Keine Chance, Hlynur, vergiss es. Versprich mir zu schlafen.

Er streicht ihr einmal übers Haar, dann rollt er zurück auf den Rücken und verschränkt die Arme unter dem Kopf. Sie ist müde. Das versteht er. Er ist auch müde. Aber das ist genau das, was er will. Er will hart arbeiten und etwas erschaffen, das ist sein Leben, alles andere wäre Stagnation und Tod. An dieser Besessenheit ist seine Ehe mit Ingibjörg zerbrochen. Sie hatten das Haus gekauft und renoviert, das Sommerhaus gebaut, die Kinder waren aus dem Gröbsten raus, und sie war bereit, an dieser Stelle aufzuhören. Doch als er das letzte Brett am Sommerhaus festgeschraubt hatte, bekam er eine so heftige Panikattacke, dass er nur noch mit einer Hand am Herzen und dem Telefon in der anderen herumlief, jederzeit bereit, die 112 anzurufen.

Er braucht das, etwas zu bauen, am besten von Grund auf. Alles andere ergibt keinen Sinn. Er liebt Ingibjörg noch immer – es ist kein Problem, mehr als nur eine Frau zu lieben –, aber sie sind kein Ehepaar mehr.

Sigmars Wecker klingelt. Fjodor hebt den Kopf und begegnet dem Blick seines Vaters. Banane, sagt er und sinkt zurück auf das Kissen mit den Autos. Langsam steht Hlynur auf, geht zu Fjodors Bett, nimmt ihn auf den Arm, verlässt das Zimmer und schließt hinter sich die Tür. Klopft an Sigmars Tür und öffnet sie; die Luft in seinem Zimmer ist schwer, und alle Flächen sind von zerlegten Elektrogeräten bedeckt.

Man kann hier keinen Schritt machen, Sigmar. Wie willst du aus dem Bett rauskommen? Kriechst du aus dem Fenster?

Sigmar antwortet nicht.

Wieder einschlafen ist verboten, sagt Hlynur. Dann klopft er an Vadims Tür.

Ja!, ruft Vadim.

Auf seinem Arm beginnt Fjodor, unruhig zu werden. Hlynur lässt ihn runter, geht in die Küche und kocht Kaffee. Sein Blick fällt auf eine Schale mit Bananen, er schält eine bis zur Hälfte, findet Fjodor mit beiden Armen in einer Legokiste und gibt ihm das Obst.

Ljuba kommt in die Küche, setzt sich auf die Küchenbank, auf die sie einen alten Vorhang getackert hat. Warum hast du mich nicht geweckt?, sagt sie.

Du kannst doch ruhig schlafen, bis ich gehe, antwortet Hlynur.

Nein, seufzt sie.

Er trinkt schnell einen Kaffee mit Milch, isst ein Sandwich mit Schinken und Käse und verschwindet kurz im Zimmer, um sich anzuziehen, dann geht er ins Wohnzimmer, gibt Fjodor einen Kuss auf den Kopf, und von dort in die Diele, wo er sich die Schuhe zuschnürt. Nimm den Hund mit!, ruft Ljuba ihm nach.

Trítill guckt den ganzen Weg lachend aus dem Fenster und Hlynur tut es leid, dass er sich den restlichen Tag draußen langweilen wird. Aber drinnen hält der Arme es wegen des Lärms nicht aus.

Er geht in die Kaffeeküche und begrüßt Jasek, Alena, Jónsi und den Eigentümer, Bessi. Sie müssen nicht besprechen, was heute zu tun ist, weil sie gerade ein Fertighaus bauen und jeder seine feste Aufgabe hat. Jasek und Jónsi sägen, Alena schleift und lackiert, Hlynur und Bessi pressen Isolationsmaterial zwischen zwei Lagen Bretter und verschrauben sie. Manchmal verschwindet Bessi kurz, um nach den Pferden zu sehen, die gleich nebenan in einem Schuppen stehen.

Es ist hell in der Werkstatt, da das Haus zu beiden Seiten offen ist und über jeder Station auch noch starke Fluoreszenzlampen an Ketten hängen. Alles duftet nach Holz, und der Boden ist von Sägemehl bedeckt, obwohl die Späne ständig zusammengefegt und in Säcke geschaufelt werden. Das Sägemehl klebt auch an den Maschinen, und der Holzstaub kriecht die Wände hoch, setzt sich auf die Kronleuchter und die Arbeitsoveralls, die vor der Kaffeeküche an Haken hängen.

Hlynur hört nicht zu, was die anderen erzählen, während sie die Overalls anziehen, sondern blickt in die Halle, auf die großen, verlässlichen Maschinen, die fast immer so laufen, wie sie laufen sollen, und wenn sie doch einmal kaputtgehen, ist Hlynur derjenige, der sie reparieren kann. Ohne ihn käme Bessi nicht zurecht, und das wissen alle.

In der Mittagspause bereut er es, dass er am Morgen keine Lust hatte, sich etwas zu essen einzupacken. Er überlegt, nach Hause zu fahren und sich was zu holen, kann sich aber nicht aufraffen. Kaffee und Kekse müssen bis zum Abendessen reichen. Ich habe genug Vorräte, sagt er und fasst sich an den Bauch.

Alena lächelt freundlich in ihren Nudelsalat. Sie ist dreiundzwanzig und kommt aus einem Kaff in der Ukraine, ist bildhübsch, aber furchtbar pickelig und dementsprechend schüchtern.

Trítill bellt und Hlynur geht raus, um sicherzugehen, dass er nicht die Pferde ärgert. Doch er wollte nur das Auto melden, das gefolgt von einer Staubwolke auf einen Bauernhof in der Nähe zurückkehrt.

Am Nachmittag verliert Jasek die Haut an einer Fingerkuppe. Nur eine hauchdünne Schicht, aber trotzdem blutet es durch das Pflaster. Er muss sich ein Tuch um den Finger wickeln und sich von Bessi ins Gesundheitszentrum in Selfoss bringen lassen.

Um sechs Uhr ist Hlynur zu Hause und hat für Ljuba Schweinegulasch, Milch und Sahne eingekauft. Er geht kurz unter die Dusche, zieht sich etwas Frisches an, wirft sich mit Fjodor aufs Sofa, und die beiden gucken sich *Babar der Elefant* an. Das Fleisch zischt laut in der Pfanne, während Ljuba es auf großer Flamme anbrät, und der Duft zieht ins Wohnzimmer und befeuert die Hungerschmerzen. Vadim schneidet Pilze, Zwiebeln und Paprika klein, obwohl er keine Lust hat. Wenn er nörgelt, erhebt Ljuba die Stimme. Sigmar darf unbehelligt in seinem Zimmer bleiben.

Hlynur bekommt oft von ihr zu hören, dass er den Kindern gegenüber zu nachgiebig ist, doch er hält an seiner Überzeugung fest, dass sie am besten gedeihen, wenn man sie in Ruhe lässt. Sie müssen ihren eigenen Kurs finden, sagt er, wenn sie sich deswegen streiten.

They need to understand about work, sagt Ljuba und legt so viel Betonung auf das Wort *work*, dass er ihr sofort glaubt, ohne jedoch etwas zu unternehmen. Dafür ist es auch zu spät: Die Tochter ist längst ausgezogen und schwanger, und der Sohn würde ihn selbst dann nicht beachten, wenn er auf einmal den Tyrannen spielen würde. Kinder müssen sich mit den Eltern abfinden, die sie haben, denkt er.

Fjodor brüllt, als sein Vater aufsteht und das Wohnzimmer in Richtung Küche verlässt. Vadim ist mit dem Schneiden fertig und in sein Zimmer verschwunden, während sich Ljuba über den Kartoffeltopf beugt, mit beiden Händen am Stiel des Stampfers. Das Schweinegulasch köchelt in einer rötlichen Sahnesauce.

Soll ich den Tisch decken?, fragt Hlynur.

Ja, antwortet Ljuba.

Er steckt sich ein paar Kartoffelsticks aus einem Schälchen im Schrank in den Mund und holt einen Stapel Teller heraus. Fjodor kommt mit einem Feuerwehrauto angerannt und rammt absichtlich das Bein seines Vaters. Hlynur begnügt sich damit, die Teller fester zu fassen, doch Ljuba schlägt mit einem Geschirrtuch nach ihm und gibt einen kurzen Schrei von sich. Der Junge lässt sich davon nicht groß beeindrucken und rennt quiekend aus der Küche.

Vadim isst hastig einen ganzen Teller Kartoffelpüree, bevor er rausgeht und seine Freunde trifft. Ljuba löffelt abwechselnd in ihren und in Fjodors Mund, während Hlynur und Sigmar das Essen in sich hineinschaufeln, stumm, aber dankbar. Das Essen, das Ljuba kocht, ist einfach und sättigend, aber trotzdem fein abgeschmeckt. Ihre Schwester schickt ihr Gewürze, und sie kauft im ukrainischen Laden und auf dem polnischen Markt ein.

Der Arbeitstag ist noch nicht vorbei. Ljuba räumt die Waschmaschine aus, Hlynur wischt Tisch und Bank ab, und danach stecken sie Fjodor in Stiefel und Fleecepulli und gehen raus in die Holzwerkstatt. Hlynur dreht sich eine Zigarette und raucht sie auf dem Werkzeugtisch sitzend. Ljuba steigt ins angrenzende Gewächshaus hinunter und wühlt in der Erde, zerbröselt sie zwischen den Fingern und sammelt Pak Choi-Wurzeln heraus, die wie Bommel aussehen. Eine Weile ist Fjodor damit beschäftigt, die Wurzelballen in einen Eimer zu sammeln, verliert aber bald das Interesse und klettert die Treppe rauf zu seinem Papa in die Werkstatt, wo er die Fische füttern und ein Stück Holz mit einem Spielzeughammer bearbeiten darf, während sein Vater einen weiteren Bock für die Saatplatten zusammenhämmert.

Ljuba kommt herauf, mit erdigen Knien, und lässt eine Umarmung zu. Sie rauchen und unterhalten sich über nichts Spezielles, mit langem, angenehmem Schweigen zwischendurch. Fjodor hat aufgehört zu hämmern und steht mit der Nase dicht am Fischbecken, klopft leicht mit den Fingern ans Glas.

Ruhe und Einigkeit. Das ist der Moment, der die Mühen des Tages wettmacht, und Hlynur ist sich selbst dankbar dafür, dass er ihm aufgefallen ist. Gleich wird er sich mit dem Laptop auf dem Bauch ins Bett legen, während Fjodor einschläft, so tun, als würde er etwas gucken, und dabei merken, wie das Hirn langsam abschaltet und die Augen sich schließen. Währenddessen wird Ljuba summend und seufzend ein langes Bad nehmen oder schnell und viel mit einer ihrer Schwestern oder ihrer Mutter reden, mit einer lettischen Küche auf dem Bildschirmhintergrund.

Ljuba, Schatz, ich warte nicht mehr darauf, dass du nach Hause kommst, habe ihre Mutter beim letzten Telefonat gesagt. Ich bin einfach nur froh, dass du da irgendwo bist und zurechtkommst und dass Vadim Jurist und Profifußballer werden möchte, und dass es Fjodor gibt, auch wenn ich ihn nie zu Gesicht bekomme. Wenn ich an dich denke, habe ich das Gefühl, ein Kirschbaum zu sein, und ein Vogel hat von mir gegessen und ist mit dem Kern im Bauch weit weggeflogen, wo er irgendwo Wurzeln schlägt.

Er sieht ihre Mutter vor sich, wie er sie von ihrem einzigen gemeinsamen Besuch in Alte Kirche in Erinnerung hat. Die adrigen Wangen und roten Arme. Immer mit Kopftuch oder Mütze und in Wollsocken und Stiefeln, draußen wie drinnen, bei jedem Wetter. Nur an einem Tag, als es dreißig Grad waren, stieg sie morgens barfuß in die Stiefel, und am Abend mussten sie sie ihr gewaltsam von den Füßen zerren, geschwollen und verschwitzt vom Tag.

Ljubas Mutter liebt Hlynur. Sie spricht immer noch davon, wie unglaublich es sei, dass Ljuba so eine gute Partie gemacht habe. Da wird ihm warm ums Herz, und gleichzeitig ist es ihm unangenehm, denn das Einzige, was er getan hat, um diese fast flirtende Liebe seiner Schwiegermutter zu verdienen, war, dass er sich während des Besuchs nützlich gemacht hatte. In gewisser Hinsicht, um seine Schwiegermutter zu beeindrucken, aber auch, weil das für ihn selbstverständlich war und er nicht untätig herumsitzen konnte. Er reparierte Kleinigkeiten im Haus, erneuerte an einem der Ställe einen morschen Fensterpfosten und erntete alle Rüben aus dem Beet vorm Haus.

Das war im September. Eine unglaubliche Sommerhitze dort, obwohl es schon Herbst war. Und die Erde so fruchtbar. Er kann gar nicht anders, als sich auszumalen, wie spannend es wäre, an einem neuen Ort ganz neu zu beginnen, mit zwei leeren Händen, oder vielmehr: zwei Händen voll fruchtbarer Erde.

Dass der Schwiegersohn bei der Mutter ein so hohes Ansehen genoss, schien Eifersucht bei ihrem Mann Tolek zu wecken, der ihn so gut wie nie ansprach und die gesamte Zeit ihres Besuchs besoffen war. Zwei Jahre später, mit siebenundfünfzig Jahren, hat er ein neues Kapitel aufgeschlagen: mit dem Trinken aufgehört und einen Traktor gekauft, neue Ackerflächen gerodet, eine neue Sauna und einen Hühnerstall gebaut, sodass die Hühner nicht länger fürchten mussten, im Schweinemaul zu enden, alles Mögliche herumgewerkelt und gestrichen. Er ist immer noch dabei, und Ljuba spricht oft davon, welch ein Druck durch diesen Wandel von ihrer Mutter abgefallen ist.

Wahrscheinlich hat das nicht direkt etwas mit Hlynur und der Reise nach Lettland zu tun, aber manchmal, wenn er gut drauf ist – die Hoffnung macht sich gern breit im Herzen, und der Lebenswille ist dick und frech –, erlaubt er sich den Gedanken, dass er vielleicht doch einen einzigen Menschen in seinem Leben positiv beeinflussen konnte und damit indirekt auch andere. Dann ist die Schufterei nicht umsonst. Dann ist das Leben nicht nur ein störrisches Pferd, obwohl es immer noch zu widerspenstig ist, als dass man es je gerecht nennen könnte.

MITTE FEBRUAR STAND die Sonne hoch genug am Himmel, dass Ljuba Grünkohl und Tomaten säen konnte.

Jetzt geht es los, sagte sie. Ich brauche keinen Goldregenpfeifer, der den Schnee wegsingt. Der Schnee kann meinetwegen so lange hier rumliegen, wie er will. Spür die Wärme auf der Haut, Eva. Wenn die Sonne scheint, ist es hier drinnen wirklich wie im Sommer, obwohl es draußen noch kalt ist. Aber das Gewächshaus bricht fast zusammen, guck hier: Das Holz ist schon ganz schwarz und faul, das Glas zersprungen – ich rechne jeden Moment damit, zerhackt in einem Haufen Glassplitter gefunden zu werden, aber das ist mir egal. Genießen, solange es geht.

Wir lagen in den gestreiften Sonnenstühlen, die ich bei einem Garagentrödel gekauft hatte und in Ljubas Gewächshaus unterstellen durfte. Ich hatte Sonnenbrille und Hut auf, sie trug Stiefel, Shorts und Fleecepulli.

Was ist los mit dir, Eva? Du sagst ja gar nichts.

Ich schreckte auf, und als ich sie durch das dunkle Glas ansah, wirkte sie beunruhigt. Das liegt daran, dass ich nichts denke, sagte ich. Mein Kopf ist leer. Komplett ausgeschaltet. Außerdem habe ich Pusteln auf der Zunge und lalle.

Du brauchst Sonnenlicht. Vitamin D. Was machst du immer mit diesem Hut?

Ich habe ein Ekzem, antwortete ich kläglich.

Sie riss mir den Hut vom Kopf, sah sich meine Stirn und den Haaransatz an. Aloe vera, täglich, mehrmals am Tag, entschied sie. Und nicht nachlässig sein. *Don't be lazy.* Aber du bist ja auch nie draußen, immer drinnen lesen und schreiben, und wenn du dich mal raustraust, hast du diesen dummen Hut auf. Du musst die Sonne deine Haut ansengen lassen, die alte Haut wegbrennen, damit neue wachsen kann. Es ist sicher nicht gesund, so viel inmitten von Büchern zu sein, und die Luft, die du aus ihnen atmest, ist bestimmt auch nicht die beste.

Sie beendete ihre Rede damit, dass sie mir auch noch die Sonnenbrille abnahm. Ich schlug mir die Hand vor die Augen, die sofort tränten.

Ich hörte, dass sie die Brille und den Hut auf den Tisch vor mir legte. Entschuldige, sagte sie. Ich bin heute so angriffslustig. Ich hatte alle Hände voll damit zu tun, die Aussaat vorzubereiten, und keine Zeit zum Putzen, aber Hlynur und die Jungs machen keinen Finger krumm. In Alte Kirche hatten wir keinen Staubsauger, aber wir haben gefegt und geputzt und jeden Tag die Fußmatten ausgeschlagen, egal wie viel sonst noch zu tun war. Alles war immer blitzblank. Aber wir waren auch viele. Hier bin ich ganz allein. Und der verdammte Hund verteilt überall seine Haare. Er ist wie ein Geysir!

Sie ließ ihre Hände in die Höhe schießen, um zu zeigen, wie die Haare von diesem Hund flogen. Überall im Haus und im gesamten Auto. Ich sage Hlynur, dass ich den Hund hasse, und er antwortet nur, dass er die Katzen hasst. Ich weise ihn darauf hin, dass er den Katzen nicht hinterherputzen und sie auch nicht füttern muss, aber er bleibt dabei – wie du mir, so ich dir. Was soll ich tun, wenn ich durchdrehe, Eva? Mir ist danach, das Haus in Brand zu stecken. Was würdest du tun?

Ich weiß es nicht, antwortete ich. Das Haus in Brand stecken will ich nur, wenn ich durchdrehe, weil Matti sich in seinem Martyrium suhlt. Aber ich träume von einem Leben ohne Dominanz. Wenn Matti unerträglich ist, hilft nur eines: alles loszulassen und mir vorzustellen, dass es nicht meine Sache ist, wie schlecht es ihm geht. Dass das etwas zwischen ihm und Gott ist.

Ljuba schüttelte den Kopf. Das funktioniert nicht, Eva. Ihr wohnt zusammen. Eure Leben sind miteinander verstrickt. Und du liebst ihn, oder nicht? Die Liebe ist … Ljuba geriet ins Stocken.

Gewalttätig?

Hahaha, ja, das ist sie definitiv, aber das ist nicht das Wort, das ich gesucht habe. Vielleicht gibt es kein Wort, oder ich kenne es nicht, aber ich meine: wie ein Wald, in dem die Bäume miteinander verwachsen sind. Nicht wie zwei Bäume, deren Kronen sich nur gerade so berühren.

Sie wollen uns sicher auch manchmal umbringen, antwortete ich. Aber sie wagen es nicht, das zu denken, geschweige denn es laut auszusprechen. Und vielleicht haben auch wir kein Recht, so zu reden.

Eva, Hlynur ist es sicher lieber, dass ich ein bisschen herummeckere, als dass ich den Hund eines Tages vergifte. Es wäre ein Leichtes für mich herauszufinden, wie das geht. Mamas Mann ist Toxikologe. Der weiß alles über Insektengift, Rattengift, alle möglichen Arten von Gift, wie man es herstellt und damit umgeht, wie man es entsorgt und so weiter.

Was ich als Nächstes sagte, war mit Sicherheit geschmacklos in diesem Zusammenhang, aber wie gesagt: Bei mir war alles ausgeschaltet. Ich sagte einfach nur das Einzige, was mir einfiel:

Du wolltest mir noch von deinem Vater erzählen.

Es war nicht die Zeit oder Ruhe dazu, antwortete sie nach einem kurzen Moment des Schweigens. Aber vielleicht, wenn du mir nachher hilfst, den Grünkohl zu säen.

Ich guckte auf die Uhr. Wenn Mínerva Lust hat, ein bisschen hier zu spielen.

Ljuba nahm einen Eimer voll Plastikschaufeln und -werkzeuge und kippte sie in eine große Kunststoffwanne, die halb mit Erde gefüllt war. Fjodor ist darin stundenlang glücklich, sagte sie und ließ sich in ihren Sonnenstuhl fallen. Die Katze kam in langsamen Bögen angeschlichen und rieb ihren schlanken Körper an allem, was auf ihrem Weg lag, auch an den nackten Knöcheln von Ljuba, die das Tier auf den Arm nahm und ihr schwarzes Fell streichelte.

Dein Opa ist beerdigt worden, und dein Papa verhält sich wie ein Kind, sagte ich nach einer Weile.

Richtig, sagte sie und sah geistesabwesend auf einen Stapel Saatplatten. Es gibt ein Sprichwort bei uns auf dem Land, dass einer dem anderen folgt. Papa gab sein Leben auf, als Opa starb. Vielleicht fand er das Leben ohne ihn einsam, aber ich denke eher, dass er Angst hatte oder unsicher war. Er war nicht bereit, das Familienoberhaupt zu sein. Vielleicht dachte er, dass wir von ihm erwarteten, so heilig wie Opa zu werden, jetzt, wo er tot war.

Sie seufzte: Uns fiel auf, wie unendlich lieb er auf einmal zu Mama war. Sanft und hilfsbereit. Er stimmte ihr zu, dass wir in Opas Haus ziehen könnten. Dort gab es gute Erde, das Haus war solide, der Garten schön, aber wir Geschwister wunderten uns darüber, dass er so kurz nach der Beerdigung bereit war, darüber nachzudenken.

Sie ließ die Katze laufen, zog eine Schachtel Zigaretten und ein Feuerzeug aus der Hosentasche und hockte sich hin. Sag Bescheid, wenn du Vadim siehst. Er hasst Tabak, genau wie sein Vater. Er weiß natürlich, dass ich rauche, und meckert manchmal deswegen, aber ich sage immer: An dem Tag, an dem du mich rauchen siehst, darfst du schimpfen, aber bis dahin geht dich das nichts an.

Ich lasse mir keine Vorschriften mehr machen, sagte sie und blickte sich trotzdem ängstlich um. Oljeg hat mir das Rauchen verboten, aber ich habe es trotzdem heimlich getan. Einmal fand er eine Schachtel in meiner Jackentasche. Er ist völlig ausgerastet und ließ mich die Zigaretten fressen.

Bitte?

Jedenfalls fast. Er hat sie mir in den Mund gestopft, und ich habe sie in den Müll gespuckt.

Ich nickte mit Schmerzen in der Brust, die an Sodbrennen erinnerten.

SIE SCHÜTTELTE DEN KOPF. Ich weiß nicht, wie ich weitererzählen soll, sagte sie.

Wo warst du, als es passiert ist?, fragte ich.

Bei Oljeg zu Hause. Er bettelte um Sex, aber ich wollte nicht. Ich war auf hundertachtzig. Warum, wusste ich nicht. Kurz darauf kam Mama und sagte, dass wir zu Oma fahren müssten. Wir fuhren alle zusammen in ihrem Auto, auch mein Bruder und Oljeg.

Als wir ankamen, versuchte Oma, dem toten Papa auf dem Küchenboden noch irgendwie zu helfen. Der Krankenwagen war da gewesen, als er in den letzten Zügen lag, und danach wieder gefahren. Die Fahrer hatten die Kriminalpolizei informiert und einen Leichenwagen bestellt. So war das Gesetz: Tote kamen nicht in den Krankenwagen. Daher war Oma allein mit Papa, als wir ankamen, und als sie uns sah, setzte sie sich auf den Boden und nahm seine Hand.

Ljuba, flüsterte ich mit schlechtem Gewissen, als sie verstummt war. Du musst nicht ...

Ist schon in Ordnung, sagte sie schnell. Die Polizisten kamen, kurz nachdem Mama sich vergewissert hatte, dass Papa sich kalt anfühlte und seine Halsschlagader nicht mehr pulsierte. Sie sprachen sofort vom Essiggeruch. Ich wollte wissen, was passiert war. Es reichte mir nicht, irgendetwas aufzuschnappen oder mir Mamas und Omas Erklärungen anzuhören. Ich kniete mich zu Papa, hob sein T-Shirt an und sah, dass der ganze Bauch blau war, mit dunkelvioletten Flecken. Die Männer vom Leichenwagen legten Papa auf eine Decke und brachten ihn weg. Wäre es doch wenigstens eine Krankentrage gewesen. Sie trugen ihn wie Abfall weg.

Ljuba rang nach Atem.

Ich wagte es nicht aufzuschauen.

Vadim steckte den Kopf durch das scheibenlose Fenster ganz hinten im Gewächshaus. Er rief etwas auf Russisch, das wie eine Frage klang.

Ljuba nickte. Ja, wisperte sie.

Ja!, rief ich.

Er starrte mich einen Moment lang an, dann verschwand sein dunkler Kopf aus der Öffnung.

Wir schwiegen. Vielleicht eine Minute. Vielleicht zehn. Ljubas Stimme klang heiser und anders, als sie weitererzählte:

Mein Bruder fuhr Oljeg nach Hause. Ich ging mit Mama. Ich erinnere mich an nichts, was in den Tagen nach Papas Tod geschah, bis er beerdigt wurde. Oljeg ging mit mir zur Beerdigung. Wir trafen uns ganz normal weiter. Junge Menschen müssen weiterfunktionieren, wenn ihre Eltern sterben. Das ist der Lauf des Lebens. Man hört nicht auf zu leben. Und bei der Gedenkfeier vierzig Tage später war ich schwanger. Ich wollte ganz hinten in der Kirche sitzen, weil ich ständig zur Toilette musste.

Aljona sah mich mit starrem Blick an. Ich flüsterte ihr zu, dass ich mir vielleicht eine Harnwegsentzündung eingefangen hätte. Doch auch meine Brüste taten weh.

Bist du schwanger?, fragte sie.

Nein, sagte ich. Vergiss es. Das steht nicht auf dem Programm.

Ruf Oljeg an, flüsterte Aljona. Er muss in die Apotheke gehen und dir einen Test kaufen.

Ljuba saß da, die Hände leblos im Schoß. So hatte ich sie noch nie erlebt. Meist sahen sie aus, als wären sie jederzeit bereit, sich etwas zu schnappen: Lappen, Besen, Topf oder Schere. Eine frühe Fliege brummte um uns herum. Die Lüftung surrte. Wasser tropfte und gluckerte. Mir war schwindelig, und ich hatte das Gefühl, alles um mich herum würde sich auflösen, doch die Geräusche blieben alle an ihrem Ort.

Oma weinte viel nach der Gedenkfeier, und erst dann erzählte sie uns die ganze Geschichte, fuhr Ljuba fort. Am Tag, an dem Papa starb, lag sie im Bett, schwach und mit schmerzenden Füßen. Die Schmerzen und die Schwäche rührten von der Trauer um Opa. Weil sie sich nach seinem Tod kein Weinen zugestanden hatte.

Sie hörte Papa schreien und schleppte sich aus dem Bett. Papa schickte sie barfuß und im Nachthemd zum nächsten Hof, um einen Krankenwagen zu rufen.

Der Nachbar war der Großbauer, Papas Arbeitgeber, und er sagte, sie müsse den Verstand verloren haben, barfuß über Felder und Schotterstraßen zu rennen, doch er rief einen Krankenwagen und begleitete sie zurück. Da sah er mit eigenen Augen, was passiert war. Eva, manchmal liege ich wach und habe schwarze Gedanken. Mir tut das Herz weh vor Wut auf diesen Kerl. Ich wünsche mir so sehr, dass er nachts von diesem Anblick heimgesucht wird, wie Papa dort in den letzten Atemzügen auf dem Boden liegt. Papa, der sich Tag für Tag abgemüht hat, damit dieser Scheißkerl noch reicher wird, und dafür wurde er noch nicht einmal richtig bezahlt, nur mit dem Selbstgebrannten, den er ja verkaufen könne, aber Papa trank alles selbst und wurde davon immer kranker im Kopf.

Stille Tränen liefen über Ljubas Wangen. Ich setzte meine Sonnenbrille wieder auf.

Niemand weiß, was Papa sich dabei dachte, als er die Essigsäure trank, aber die Flaschen hat er sicher nicht vertauscht. Das haben sie uns nur gesagt, um uns zu schonen, mich, Inna und Katja, fügte sie hinzu.

Ja, sagte ich.

An einem Tag nach der Schule bat ich Oljeg, in die Apotheke zu gehen, aber er traute sich nicht und schickte seinen Freund.

Den ersten Test habe ich vermasselt. Aljona fuhr uns zur Apotheke, damit wir einen zweiten kaufen konnten. Der war positiv. Oljeg bekam einen Schock, ich strahlte, und meine Schwester wollte uns beide umbringen. Sie fragte mich immer wieder, ob ich es behalten oder wegmachen lassen wolle.

Wir müssen es behalten, sagte Oljeg. Wir müssen das Kind retten.

Danach taten Oljeg und ich kaum noch etwas anderes, als in seinem Auto zu sitzen und zu reden. Er hatte Angst vor seiner Oma und nicht weniger vor dem Kind. Ich hatte Angst vor Mama, aber ich war entschlossen, es zu behalten. Ich hatte gehört, wie schwierig es sein konnte, Kinder zu kriegen, wenn man älter wurde, und befürchtete, dass ich es mein ganzes Leben bereuen würde, wenn ich diese Chance nicht nutzte. Die Schwester meiner Mutter war Polizistin, eine tolle Frau und sehr klug. Sie hatte viele Abtreibungen, und später, als sie ein Kind haben wollte, konnte sie nicht mehr. Sie starb noch unter fünfzig an zu viel Alkohol, Kummer und Krebs. Ich wollte nicht so enden wie sie.

Ljuba sah mich an und seufzte: Oljegs Oma sah es mir an, dass ich schwanger war, und auf dem Markt sagte sie es Mama. Mama fuhr zitternd die zehn Kilometer nach Hause und war noch nicht ganz aus dem Auto gestiegen, als sie auch schon losschrie.

In diesen Tagen und Wochen weinte ich ununterbrochen und versuchte, mich möglichst vor Mama zu verstecken. Aber noch mehr Angst hatte ich vor Oma. Ich hatte ihr nichts erzählt, und sie erfuhr es erst, als Oljegs Oma in Begleitung von anderen Familienmitgliedern ungebeten zu uns kam, sich an den Küchentisch setzte und sagte: Ljuba kommt am besten mit zu uns.

Oma war stinksauer, aber sie sagte nichts, sondern ging in ihr Zimmer und holte einen Geldschein, den sie mir wortlos in die Jackentasche steckte. Ich ging noch an diesem Abend mit ihnen und war eigentlich froh darüber. Alles löste sich auf und war kaputt. Oma war zu uns gezogen, Mama trank viel seit Papas Tod, und alle waren böse auf mich.

Ich brachte das Schuljahr zu Ende, das ohnehin nur noch zwei Wochen dauerte, aber danach wollte ich nichts anderes tun, als mich gut um das ungeborene Kind zu kümmern, ich ging viel spazieren und aß gesund. Oljeg war abends nie zu Hause, aber das war mir egal. Seine Oma brachte mir bei, Babykleidung zu häkeln, und sein Opa versuchte, anständig zu sein, aber er konnte sich generell schlecht beherrschen. Nicht speziell meinetwegen – er war einfach ein wütender kleiner Mann mit Buckel.

Oljegs Oma war einen Kopf größer als ihr Mann und eine sehr dominante Person. Während der Schwangerschaft richtete sie keine großen Forderungen an mich, aber nachdem das Kind geboren war, machte sie mich zur reinsten Haussklavin. Eva, du weißt ja: Wenn jemand stirbt, kommt an seiner Stelle ein Engel. Vadim ist der Engel, der kam, um mich zu trösten, nachdem Papa gestorben war.

Sie schwieg so lange, dass ich meine Aufmerksamkeit auf das Rauschen in den Heißwasserleitungen überall um uns herum richtete. Das war wie Backgroundmusik für die anderen Gewächshausgeräusche. Ich dachte an die Fruchtbarkeit, die der Tod hervorbringt. Trauernde, die vom Leichenschmaus nach Hause kommen und Kinder zeugen. Matti, der ein totes Kind bekam, nachdem er seinen Bruder beerdigt hatte.

Hast du lange bei Oljegs Oma gewohnt?, fragte ich schließlich.

Viel zu lange, antwortete sie. Drei Jahre. Aber jetzt muss ich wirklich mal loslegen. Ich habe diese Woche wahnsinnig viel zu tun. *Stupid lot to do*. Und kein Geld, jemanden zu bezahlen, der mir hilft. Erst im nächsten Monat verdiene ich wieder was. Sie sah mir direkt in die Augen.

Soll ich dir helfen?, fragte ich. Ich kann nichts und brauche bestimmt ewig für alles, aber ich würde es umsonst tun.

Sie antwortete nicht sofort, sondern sah mich an. Bist du sicher? Ich kann dir tausend Kronen die Stunde geben, wenn es okay ist, dass ich erst später zahle.

SO BEGANN ICH, für die Gärtnerei Kinn zu arbeiten.

Matti war erstaunt, als ich verkündete, dass Ljuba mich eingestellt habe und der Lohn Gemüse sei: Die Großbäuerin und Kapitalistin Ljuba!, sagte er. Nicht schlecht. Hat das Unternehmen viele Mitarbeiter?

Später im Sommer werden wir zu fünft oder sechst sein, aber jetzt sind wir erst mal nur zu zweit. Plus Hlynur, wenn er nicht in der Fensterwerkstatt arbeitet.

Wie hat sie das angestellt?, fragte Matti. Du lässt dich doch sonst durch nichts vom Schreiben und Übersetzen abhalten.

Ich kann abends und nachts übersetzen und schreiben, dachte ich. Laut sagte ich, dass Ljuba mich überzeugt habe, dass ich mehr Sonne zum Gedeihen bräuchte, außerdem käme mir der Zusatzverdienst nicht ungelegen. Unser Garten ist zu dunkel, um dort irgendetwas anzupflanzen, und außerdem weiß ich auch gar nicht, wie das geht. Das ist die Gelegenheit, es von ihr zu lernen.

Lernen durch Arbeit, sagte Matti. Wie Karate Kid. Sensei Ljuba.

Haha, stimmt, antwortete ich.

Ich weiß, du hast mal Kühe zusammengetrieben und ein bisschen auf dem Land ausgeholfen, sagte Matti. Aber hast du auch schon mal richtig monotone körperliche Arbeit gemacht?

Nach kurzem Überlegen antwortete ich: Vielleicht zählt das nicht so richtig, aber eine meiner besten Erinnerungen ist, wie ich mit acht Jahren Holz von Nägeln befreit habe, mit der kleinen Mæja, die war damals sieben Jahre alt. Zwei Wochen lang sind wir um sieben aufgestanden, haben gefrühstückt und sind mit unseren Zimmermannshämmern in die Scheune gegangen. Langsam schrumpfte der Haufen mit den rostigen, verbogenen Nägeln im Holz und der ordentliche Stapel mit Holz, das wie neu aussah, wuchs.

Um zehn gingen wir kurz zu einem zweiten Frühstück rein, aber an einem Tag war ich so in Fahrt, dass ich einen Dreck auf Weihnachtskuchen und unpasteurisierte Milch gab und Mæja fragte, ob sie hungrig sei. War sie nicht. Ich erinnerte sie daran, dass wir ja auch schon gefrühstückt hatten. Sie gehorchte, weil ich ein Jahr älter war – aber ihr Vater kam uns holen, barsch und verärgert, packte sie am dünnen Oberarm.

Damals fand ich es komisch, dass er sich so aufführte, aber im Nachhinein verstehe ich ihn: Mæja war von Natur aus dürr und hatte nie Appetit. Wäre ich ihr Vater gewesen, hätte ich auch streng auf die Essenszeiten geachtet. Mæja hat nie freiwillig den Hammer aus der Hand gelegt. Heute ist sie gelernte Tischlerin.

Meine Erfahrung in harter Arbeit ist nicht ganz so romantisch wie deine, sagte Matti. Du weißt ja, dass ich als Jugendlicher auf einem Geflügelhof gearbeitet habe. Das war den ganzen Tag Schufterei in unbeschreiblichem Gestank. So war das. Ich musste Eier sortieren, Scheiße schaufeln, Vögel zum Schlachten bringen und alle kranken, verkrüppelten Tiere einsammeln, ihnen den Hals umdrehen und sie auf den Misthaufen werfen.

Widerlich, sagte ich.

Yeah baby, sagte Matti. Die Welt ist hart. Übrigens habe ich Neuigkeiten für dich. Ich war bei dem Psychiater.

Bei dem Psychiater?

Ja. Bei dem mit der sechsmonatigen Warteliste, weißt du noch? Er meint, ich habe eine Bipolar-II-Störung.

Was bedeutet das?

Das bedeutet, dass die Depression manisch und hemmungslos ist und die Medikamente, die ich genommen habe, mich noch kränker gemacht haben. Deshalb habe ich mich so aufgeführt. Ich konnte an kaum etwas anderes denken als daran, all dem ein Ende zu bereiten. Das tut mir leid.

Es war schon nach drei; bald musste ich das Kind vom Kindergarten abholen. Aber zuerst führte ich Matti zum Sofa, und wir legten uns hin, Stirn an Stirn. So hatten wir früher oft gelegen. Bevor alles so schlimm wurde.

Kann er etwas für dich tun?, flüsterte ich.

Er sagt, er kriegt das hin, antwortete Matti. Mit den richtigen Medikamenten.

Das wird einige Zeit dauern, sagte ich. Aber die haben wir.

Ich hob den Kopf, um die Uhr an der Wand zu sehen. Fünf nach halb vier. Ich musste noch nicht sofort los. Der Wind peitschte die Zweige der Bäume im Garten und heulte durchs Kaminrohr. Vor dem nächsten oder übernächsten Haus knallte eine Autotür zu.

Du hast seit Monaten nicht geschlafen, sagte er.

Woher weißt du das?

 In dir ist die ganze Zeit Halligalli.

Wenn ich mit geschlossenen Augen still daliege?

Ja. Das ist wie neben einer Party zu liegen. Ich habe mich daran gewöhnt, darüber einzuschlafen. Aber man merkt sehr deutlich, dass irgendetwas ist.

Total eclipse of the heart, murmelte ich.

Raubt Bonnie Tyler dir den Schlaf?

Ja.

... und als der DJ den letzten Titel ankündigte, schlangen sich von hinten Arme um mich ...

Matti strich mir über die Wange. Wir müssen etwas dagegen tun. Ich habe Angst um dich. Menschen sterben, wenn sie nicht schlafen.

... bis der Laden dicht machte und man uns rauswarf ...

Die Tränen nahmen mir die Sicht. Ich habe alles versucht.

Sicher nicht alles, antwortete er.

... aber dann wurde ein Lagerfeuer am Flussufer gemacht, und wir sprangen abwechselnd über die Flammen ...

Du hast mich mit Satan betrogen, sagte ich.

Und du mich mit Ljuba.

... wir liefen durch die Flammen, bis die Sonne aufging ...

Du hast mich hinabgestoßen, und nach meiner Bruchlandung war ich empfänglich für Ljubas Saat, weinte ich.

Matti hatte genauso wenig eine sexuelle Beziehung zu Satan wie ich zu Ljuba, aber wir beide hatten die Nähe aus unserer Beziehung abgezogen und woandershin gebracht.

AM NÄCHSTEN MORGEN um zehn Uhr erwartete mich Ljuba im Gewächshaus. Sie gab mir blaue Gummihandschuhe. Eine neue Spannung lag in der Luft. Es war ihr unangenehm, auf einmal meine Chefin zu sein.

Was soll ich tun?, fragte ich.

Die Saaterde musste aus einem Fünfziglitersack in eine Wanne gefüllt, mit Wasser befeuchtet, gut durchmischt, über eine Saatplatte mit hundert Fächern geschaufelt und geglättet werden. Die anschließenden Vertragsverhandlungen über die Frage, wie lange ich an diesem Tag arbeiten sollte, verliefen sehr diplomatisch, voller Achtung und Auswege:

Wie viele Platten?

So viele, wie du Zeit hast. Ich brauche mindestens vierundzwanzig. Aber es reicht, wenn du sie mit Erde füllst. Die Pak Choi-Samen sind in dieser Dose.

Soll ich dann nicht auch gleich säen?

Wenn du willst. Dann drückst du mit einer leeren Platte Vertiefungen in die Erde, so, und legst in jede Kuhle einen Samen. Danach kommen die Platten auf die Tische dort. Einer ist noch frei, oder auch zwei.

Soll ich sie nicht einfach holen und beide Tische mit Saatplatten vollmachen?

Nur wenn du Zeit hast. Danke, Eva.

Auf diese Weise zeigte sie mir, wie die Arbeit im Ganzen aussah, gab mir aber stets die Gelegenheit, mit gutem Gewissen nur die Hälfte zu machen. Das wurde zum Muster unserer Kommunikation. Sie erklärte mir genau, was zu tun war, und ging dann ans andere Ende der Halle oder ins benachbarte Gewächshaus, wo Grünkohl und Wasserspinat wuchsen, oder ins »Bohnenhaus« im Osten der Ortes, das sie für grüne Bohnen und Zuckerschoten angemietet hatte. Manchmal mit Fjodor im Schlepptau, aber meist passte Ingibjörg auf ihn auf.

Zum Mittag hin waren die Handschuhe durchgewetzt, und ich merkte, wie sich die Erde unter meine Fingernägel schob. Ein unangenehmes Gefühl, das eine wilde Wut in mir auslöste, die sich wie ein Feuerball Bahn brach. Sie war mit keinem bestimmten Gedanken verbunden. Ich wollte einfach nur schreien. Ich blickte mich um, durch kaputte Scheiben, und sah niemanden. Ich schrie. Zuerst verlegen, wie Mogli im Dschungelbuch. Später mehr wie Balu der Bär. Auf einmal ging die Tür auf, und eine der Asiatinnen kam herein, zögerlich und mit großen Augen, eine Plastikdose in der Hand.

Das Herz schlug mir bis zum Hals. *I got stung. Bzzz*, sagte ich und ließ meinen Zeigefinger ruckartig wie eine Wespe durch die Luft fliegen. Erstaunlicherweise ließ sie diese Erklärung gelten. Nickte bekräftigend und lachte sogar, aber es klang nicht höhnisch.

Ljuba not here?, fragte sie.

Nein, antwortete ich – meine Stimme war noch ganz rau vom Schrei. *She in beanhouse*.

Aaaah, beanhouse, yes!

Eva, sagte ich und streckte meine Hand aus.

Nui, sagte sie, und wir gaben uns die Hand; ihre war kalt und erinnerte mich daran, dass es trotz der Wärme und Helligkeit hier drinnen noch Winter war.

I take pak choi, okay? Here is food. Very hot. May be not for you. I not know. Sie nahm den Deckel von der Dose und hielt mir eine Gabel hin. Ich fischte mir ein Stück Schweinefleisch und ein paar Reiskörner heraus und probierte. Der Chilipfeffer verbrannte mir die Zunge, aber gleichzeitig merkte ich, wie hungrig ich war.

Eat! Eat!, sagte Nui. *I bring for Ljuba but she not here.*

Ich ließ mich auf einen abgewetzten, erdverschmierten Schreibtischstuhl fallen und aß aus der Dose. Nui nahm sich eine Schere vom Waschtisch und ging in den hinteren Teil des Gewächshauses, wo sich erntereifer Kohl der Sonne entgegenstreckte. Nach ein paar Bissen brannten mein gesamter Mund und die Kehle, als hätte sich der Feuerball dort den Weg hinausgebahnt, um sich mit seiner Quelle am Himmel zu vereinen. Ich zählte die Platten: Es waren dreiundzwanzig. Und als ich die vierundzwanzigste gefüllt und glatt gestrichen hatte, verabschiedete sich Nui, ging mit einer vollen Tüte und schloss hinter sich die Tür. Darüber arbeitete der Lüfter auf Hochtouren, heißes Wasser rauschte durch die Rohre, die Riesengoldfische kräuselten die Wasseroberfläche, und es spritzte aus beiden Becken – wahrscheinlich waren sie hungrig, aber ich wollte sie nicht einfach so füttern.

Ich war überrascht, wie klein die Pak Choi-Samen waren. In ihren Kuhlen sahen sie wie Kolibrieier in Rabennestern aus. Ich ließ eine hauchdünne Schicht Erde darüberrieseln, obwohl Ljuba nichts davon gesagt hatte. Dann lehnte ich mich an einen Holzpfosten in der Mitte des Gebäudes und bewunderte die getane Arbeit: zweimal zwölf Saatplatten auf zwei selbst konstruierten, langen Tischen.

An der Tür traf ich auf Ljuba in einer dicken Winterjacke. Gehst du?, fragte sie.

Ich bin mit allem fertig, antwortete ich.

Wir gingen zusammen noch einmal hinein, und sie begutachtete, was auf den Tischen stand, bohrte Daumen und Zeigefinger in eines der Löcher und suchte, bis sie den Samen fand, holte ihn heraus und legte ihn zurück an seinen Platz. Du bist schnell, sagte sie.

Nui hat dir Schweinefleisch in Austernsauce gebracht, sagte ich und zeigte auf die noch halb volle Dose.

Verdammt! *Damn you!*, schrie sie und riss eine Faust in die Höhe. Ich drehte mich schnell um und sah in dieselbe Richtung wie sie – vier oder fünf Möwen kreisten draußen im Garten über dem Kompost. Die weiß-grauen Flügel zeichneten sich klar vor dem blauen Himmel ab.

Fressen die wirklich Gemüse?, fragte ich.

Wir werfen manchmal auch Fischhaut auf den Kompost, antwortete sie. Das geht, wenn der Kompost gut gepflegt ist. Aber Hlynur war zu voreilig. In dieser Kälte verrottet nichts, und die Möwen werden vom Geruch angelockt und verteilen das überall. Hast du ein Gewehr? Lust auf ein kostenloses Steak?

Sprichst du von Hlynur oder den Möwen?, sagte ich.

Hahaha!, lachte Ljuba. Ich habe mich tatsächlich mit ihm gestritten. Ich musste ihn heute Morgen unbedingt sprechen und habe immer wieder angerufen, aber in der Werkstatt hört er sein Handy nicht. Da ist es so laut, und er hat Kopfhörer auf. Ich habe ihm gesagt, er soll das Handy auf

Vibration stellen. Ich habe es auf Vibration, meint er. Und ich: Steck es dir in die verdammte Unterhose! Da sagt er: Ich weiß nicht, ob ich dann rangehe. Hahahaha!

WIR SASSEN IMMER NOCH im Nachtclub. Aus den Boxen drang laute Rockmusik. Die Band *Egó*. Der Punk, den die Isländer seit Jahrzehnten lieben. Die Lieder, die bei Besäufnissen gegrölt werden. Selbst die Kinder kennen die Texte.

Ich fand die Musikwahl merkwürdig für dieses Ureinwohnerfest, aber in dem Moment, als ich diesen Gedanken hatte, wurde ich doch unsicher. Es lag in der Natur der Sache, dass die Ureinwohner die einzig wahren Isländer waren. Was ich dementsprechend dann nicht sein konnte. Die Musik hätte mich daher eigentlich unberührt lassen müssen, aber ich konnte mir noch nie *Fjöllin hafa vakað í þúsund ár* anhören, ohne dass mein Herz zerspringen wollte. Ich wusste nicht, ob ich eher Schnaps in mich hineinkippen sollte, bis ich aus dieser Welt verschwand, oder nüchtern und auf ewig wach bleiben, wie die Berge in dem Lied.

Ljuba, ich habe keine Antwort darauf, warum mir die letzten Momente deines Vaters so wichtig waren. Ich dachte, dass mir das Wissen darum beim Einschlafen helfen könnte, aber dem war nicht so. Die Schlaflosigkeit ist geblieben, bis ich in der Küche das Bewusstsein verloren habe.

Ich weiß nicht, wie lange ich dort schon liege; vielleicht erst einen kurzen Moment, vielleicht aber auch schon mehrere Stunden. Es kann sein, dass Mama und Mínerva schon von ihrer Tour zurück sind und einen Krankenwagen gerufen haben. Vielleicht bin ich jetzt in den Händen der südisländischen Gesundheitsversorgung und habe etwas in die Adern gespritzt bekommen.

Ljuba nickte interessiert und ließ das leere Glas zwischen ihren Händen kreisen.

Ich will an die Bar, die Gläser müssen gefüllt werden, sagte ich dann. Aber ich muss dir noch sagen, dass während du vom Tod deines Vaters erzählt hast – in dem Moment, als du beschrieben hast, wie sein Bauch aussah –, Matti bei einem Arzt in Reykjavík war und endlich Hilfe gefunden hat. In diesem Moment hat die Welt aufgehört, sich zu zerstören, und wir können mit dem Wiederaufbau beginnen. Das war ein Zufall, denke ich, aber schon merkwürdig. Ein sehr merkwürdiger Zufall. Hast du *Die unendliche Geschichte* gesehen? In dem Film geht es um eine Welt, die von einem Nichts heimgesucht wird, einem Ginnungagap, das alles verschlingt und nichts zurücklässt. Das Nichts vertilgt Wälder, Berge und Städte und kommt dem Mittelpunkt immer näher, wo die Prinzessin in ihrem Palast sitzt und hofft, dass es dem Helden gelingt, den unsichtbaren, körperlosen Feind zu besiegen. Er – der Held – kehrt niedergeschlagen zurück und erklärt, dass es ihm misslungen ist. Dass er das Nichts zwar aufgehalten habe, es aber bereits zu spät sei: Es ist nichts mehr da außer dir und mir und dem im Nichts schwebenden Palast. Verzeih mir.

Es ist nicht zu spät, und es ist auch nicht alles verschwunden, antwortet die Prinzessin und zeigt ihm ein Sandkorn zwischen ihren Fingern. Das ist noch übrig, und daraus bauen wir eine neue Welt.

Ljuba, ich merke, dass alles anders ist. Ich habe keine Ahnung, ob das, was jetzt kommt, irgendwie besser ist. Das wird sich zeigen.

Gott, ist das schön, seufzte Ljuba und gab mir ihr leeres Glas. Solange das Kleinste noch existiert, gibt es noch Hoffnung. Die Welt ist ein Samenkorn. Das Größte kann aus dem Kleinsten entstehen. Ich bin sicher, dass es von hier an für euch aufwärtsgehen wird. Das Einzige, was noch gefehlt hat – dass du schlafen kannst –, tja, das hast du wieder eingerenkt. Denn du *schläfst* ja! Gehst du? Hol auch was zu essen, wenn es an der Bar etwas gibt.

Ja, sagte ich, blieb aber trotzdem noch stehen. Ich finde das einfach so unbegreiflich.

Das ist es vielleicht auch, aber trotzdem … Irgendwer musste sterben; das lag in der Luft. Mein Papa ist gestorben, damit dein Matti das nicht musste. Die Nagetiere haben ihr Opfer bekommen. Haben ihre Kummertränen bekommen.

Sag das nicht, Ljuba. Ich … entschuldige.

Er war ohnehin tot, Eva. Du hast ihn nicht getötet.

Es war, als wollte sie noch etwas sagen, doch plötzlich verstummte sie und zeigte auf einen Tisch ganz hinten im Saal. Ist das deine Schwester? Sie sieht genauso aus wie du.

Ich guckte in die Richtung, in die sie zeigte, spähte in die von Kerzenlicht erhellte Dunkelheit und spürte eine Art Schlag in die Seele, als besagte Person sich zur Kerze auf der Mitte des Tischs vorbeugte. Sie war ich.

Das sind ja wirklich wir, flüsterte Ljuba fasziniert. Lass uns hingehen und mit ihnen reden.

Nein, sagte ich.

Was glaubst du denn, weshalb du hergekommen bist?, sagte Ljuba.

Tu mir das nicht an, flüsterte ich.

Ich? Haha, ich tue überhaupt nichts. Du weißt selbst, dass das unvermeidlich ist. Hab keine Angst, was sollten sie dir schon tun?

Ein Teil von mir wusste, dass sie recht hatte, doch ich war wie gelähmt vor Angst. Ich konnte keinen Schritt in ihre Richtung machen.

Ich drehte mich weg, sodass sie mein Gesicht nicht sehen konnten, und erst, als Ljuba zu kichern anfing, bemerkte ich, dass sie plötzlich am Nachbartisch saßen. Und ich genau in ihre Richtung sah.

Mein Herz pochte, als sie mir direkt in die Augen blickte – die, die wie ich aussah, aber doch ganz anders war. Selbstbewusst. Mit Perlenohrringen und in einem schwarzen Kleid, das bestimmt aus einer teuren Großstadt-Boutique stammte. Sie war ein strenger Mensch, der Erfolg verlangte und Menschen nicht verstand, die sich vom Leben aufhalten ließen, immer wieder ins Straucheln gerieten, nicht wussten, was sie wollten. Es war der Horror, sich unter ihrem prüfenden Blick zu winden.

Die Ljuba an ihrer Seite guckte höhnisch, als wäre sie jederzeit bereit, auf meine Kosten über die Scherze ihrer Freundin zu lachen. Ihr rotes Kleid mit Chiffonflügeln erinnerte an die Sängerin Alla Pugatschowa Sie beugte sich in unsere Richtung und sagte: Du hast ihn nicht direkt getötet, aber du hast von seinem Tod *profitiert*.

Als sie das sagte, wich das herzförmige Gesicht mit den Mandelaugen einem breiteren mit sinnlichem Doppelkinn und blauem Lidschatten. Das Haar mithilfe von Lockenwicklern in Form gebracht. Wie hatte ich meinen können, diese Frau sei Ljuba? Sie sahen sich überhaupt nicht ähnlich – sie und Alla Pugatschowa

Ich bekam einen trockenen Mund. Mattis Genesung ist nicht direkt für den Tod von Ljubas Vater verantwortlich, hörte ich mich sagen.

Bist du dir da so sicher?, fragte Alla. Wie hieß er? Der Mann, den du »Ljubas Vater« nennst?

Fjodor Cvetkov, beeilte sich Ljuba zu antworten.

Ich war wohl zu sehr mit meinen eigenen Problemen beschäftigt, um danach zu fragen, musste ich zugeben.

Dürfen wir uns zu euch setzen?, fragte die Perlengeschmückte und sah Ljuba an, die nickte.

Sie und Alla nahmen ihre Getränke, zogen ihre Stühle hinter sich her und setzten sich links und rechts neben mich.

Du weißt hoffentlich, dass Selbstironie als Lebensstil völlig out ist, fuhr sie fort. Alle haben durchschaut, dass sie nichts weiter als Narzissmus oder Flucht ist. Du hast dich mit einem bettelnden Kalb verglichen, einem verlassenen Jungtier, das noch dazu ein Albino ist; mit einer Nazifrau, oder im besten Fall einer nützlichen Unschuldigen im Dienst des Dritten Reichs, und jetzt kommt das Beste: mit der kindlichen Kaiserin aus der *unendlichen Geschichte*. Und du vergleichst dein Leben mit dem der Zarenfamilie und deine Freundin mit einem geilen Scharlatan, der bekanntermaßen ziemlich erfolgreich darin war, die Leute aufzumischen.

Das stimmt nicht, sagte ich.

In Gedanken, in Gedanken, säuselte das Monster mit den Perlen. Vielleicht indirekt und unbewusst, aber das ist keine Entschuldigung.

Ich war völlig überrumpelt. Dass das neugeborene Kameljunge ein Albino war, hatte ich weder als Mangel noch als Pluspunkt angesehen. Und Leni. Mir kam nie in den Sinn, mich mit ihr zu vergleichen, ich wagte es vielmehr – mit bangem Herzen – sie als eine Art Archetyp darzustellen: eine Fleisch gewordene, denkende, leidende, übersetzende Kameralinse, die wiedergab, was sie sah. Möglicherweise hatte ich mich unbewusst mit der jungen Kaiserin aus der *unendlichen Geschichte* verglichen, obwohl ich in erster Linie an das Sandkorn gedacht hatte, doch jetzt wurde mir bewusst, wie peinlich das war.

Aber Leni stand nicht für den Aufstieg der Nazis, sie hat ihn nur im Film festgehalten, antwortete ich, obwohl ich vor Angst kaum noch ein deutliches Wort über die Lippen brachte. Und ich habe auch nie behauptet, dass Ljuba wie Rasputin ist. Den ich übrigens auch nicht für falsch halte. Ich sehe ihn, wie er sich selbst gesehen hat: als eine Mischung aus Gottesmann und Zechbruder. So kann man das menschliche Los beschreiben: als eine Synthese aus Engel und Tier – was Rasputin auf eine sehr ausdrucksstarke Weise gelebt hat.

An dieser Stelle verstummte ich, obwohl ich meinen Standpunkt noch längst nicht erschöpfend erläutert hatte. Ich hatte durchaus gehofft, dass die Bekanntschaft mit Ljuba das Ende einer schwierigen Phase meines Lebens bedeutete, genau wie Rasputin ein gewisses Ende in der Geschichte Russlands markierte. Und auch wenn ich es abstritt, sie miteinander verglichen zu haben, hatte ich wirklich gehofft, dass Ljuba für mich eine Art Rasputin sein würde. Dass sie mir die Kraft geben würde, eine Existenz zu durchbrechen, die statisch war, im Verfall begriffen und schon längst unerträglich.

Wenigstens versuchst du, dich da rauszuwinden, das machst du gut, sagte meine gediegene Peinigerin.

Bravo, sagte Alla und klatschte leicht in die Hände. Wie hypnotisiert starrte ich auf die roten Chiffonflügel, die bei jedem Klatschen wogten. Wie fühlst du dich jetzt?, fragte sie dann, obwohl sie das offenbar besser wusste als ich selbst: Das ist die sogenannte »weiße Schuld«, das sinnloseste Phänomen der Welt.

Ljuba ist keine Schwarze, sagte ich und merkte, wie sich mein Magen verkrampfte.

Du musst nicht alles wörtlich nehmen. Ich helfe dir auf die Sprünge: Weißt du noch, wie sie dir geholfen hat, die Katze zu baden? Wie fasziniert du von ihrer Fähigkeit warst, das Tier nach dem Bad zu beruhigen? Ljuba, die Katzenflüsterin? Ljuba, die mit der Erde spricht, ja, die eins ist mit der Erde? Der Unterdrücker pocht darauf, dass der Unterdrückte primitiver ist, näher an der Natur.

Der Unterdrücker?, stammelte ich. Sie selbst nicht, aber sie ist natürlich unter Bedingungen aufgewachsen, die man als primitiv bezeichnen könnte.

So eine Haarspalterei, sagte Alla. Erbärmliche Ausflüchte. Du brauchtest sie, um Zugang zum Wissen der Ahnen zu bekommen, nicht wahr? Um dich selbst zu erden? Um zurück in ein simples, einfaches Leben abzutauchen?

In gewisser Hinsicht vielleicht, gestand ich, obwohl mir das mehr wie ein peinliches Klischee vorkam. Ich fühlte mich hin- und hergerissen. Hatte ich sie verraten, als ich meinte, genau das Gegenteil zu tun, nämlich sie zu achten, von ihr zu lernen, mich in sie hineinzuversetzen?

Ljuba beugte sich zu mir herüber und raunte mir zu: Eva, du musst für dich selbst antworten.

Never complain, never explain, flüsterte ich zurück. Das ist das Schlagwort von Du-weißt-schon-wem – die würde sogar mit einem Mord durchkommen.

Ljubas Lachen löste die Schwere auf und warf eine Helligkeit über den Raum, als hätte jemand einen Fensterladen aufgestoßen. Ich hatte nicht mehr das Gefühl, meine Ehre retten zu müssen.

Ich wandte mich an meine Freundin und Verbündete, und meine Stimme überschlug sich beinahe, als ich fragte: Ljuba, was ist Verrat? Das passiert nicht immer bewusst.

Ich verstehe, was du meinst, Eva. Aber du hast mich nicht verraten. Es ist nicht alles so, wie es scheint, besonders nicht in einem Nachtclub wie diesem. Vielleicht fühlt sich die in den schicken Kleidern verraten, weil du mich zu deiner Ratgeberin gemacht hast.

Meinst du nicht eher zum geistigen Führer?, sagte ich, und diesmal lachten wir beide.

WIE FUNKTIONIERT VERRAT? Hatte Matti mich mit seiner Krankheit verraten? Hatte ich ihn durch die Forderung verraten, dass er gesund werden sollte? Oder im Gegenteil: dadurch, dass ich das nicht nachdrücklich genug von ihm eingefordert hatte? Gibt es einen Unterschied zwischen Verrat und Unfähigkeit – oder ist das dasselbe?

Obwohl wir uns voneinander entfernt hatten, war nicht alles verloren. Mínerva schien zufrieden mit dem Leben und entwickelte sich gut. Unsere Familie hätte meine Großeltern als bilderbuchhaft bezeichnet. Nicht, dass ein Bilderbuchhaushalt ein erstrebenswertes Ziel gewesen wäre, aber der Gedanke war trotzdem schön. Wir waren stolz darauf, wie hart wir arbeiteten und dass wir versuchten, möglichst viel selbst zu machen. Ich kochte Marmelade ein, legte ein und backte. Matti baute, reparierte, bastelte herum und sprach mit Bauern und Fischverkäufern über das Fleisch und den Fisch, mit denen er die Tiefkühltruhe füllte.

Unsere gemeinsamen Einkünfte waren alles andere als üppig, aber wir ließen es uns trotzdem an nichts mangeln. Wir hatten uns nie viel gestritten, keine bösen Worte waren gefallen. Meist schafften wir es, nett zueinander zu sein, obwohl zwischen uns eine große Distanz herrschte, selbst in den Momenten, in denen er von seinem Selbstmitleid und ich von ohnmächtiger Wut übermannt wurde.

Ich will damit sagen: Trotz allem verhielten wir uns einigermaßen zivilisiert. Wir waren keine zwanzigjährigen Wilden mehr. Wir hatten beide bereits eine Ehe hinter uns und waren fest entschlossen, uns diesmal mehr Mühe zu geben, denn wir kannten die Fallen, vor denen man sich hüten muss.

Ich könnte es kurz machen und sagen: Es war alles in Ordnung zu Hause, und wir hassten uns nicht. Das war das Sandkorn, auf das wir bauen konnten. Jetzt warteten wir darauf, dass die Liebe aus ihrem Versteck kam; irgendwo war sie noch. Wir vertrauten darauf, dass sie noch inniger sein würde als zuvor, demütig und dankbar, nachdem sie dem Ende ins Auge geblickt hatte.

Der Schnee schmolz bald im warmen Regen dahin, die Erde kam wieder zum Vorschein, geschändet vom Wüten der Schneepflüge, und zerrupfte Grasbüschel gammelten inmitten von zertrampelten Hundehaufen und Raketendreck auf den Bürgersteigen. Auf dem Weg zum Gewächshaus sah ich die meiste Zeit gen Himmel. Hoch in den Himmel, oft grau, manchmal weiß oder blau, meist gefleckt. Ich witterte den Duft der Freiheit, ohne sie zu ergreifen. Das Leben war einfach, wenn ich nicht an all das Unerledigte dachte, das zu Hause auf mich wartete.

Wir füllten Platten mit Erde, strichen sie glatt, drückten Vertiefungen hinein und legten einen Samen in jede von ihnen, meist Grünkohl oder Pak Choi, aber auch die Kohlsorten, die später raus aufs Feld sollten: Rotkohl, Weißkohl, Brokkoli, Kohlrabi. Manchmal kamen auch die Thailänderinnen dazu und arbeiteten mit uns, zogen zwischen den

Gewächshäusern umher, machten langsam, schafften aber viel. Sie schäkerten untereinander und mit Ljuba, nur mich schienen sie nicht zu sehen.

Keine Sorge, sagte Ljuba. So sind sie nur am Anfang, später sind sie auf einmal deine besten Freundinnen. Die höfliche Zwischenstufe lassen sie aus. Mir gefällt das.

Innerhalb von drei Wochen wurden aus den Samen Jungpflanzen Bis dahin waren Straßen und Gehwege vom Dreck befreit und wenn die Sonne schien, glänzte der Asphalt. Das Moos in der Grasnarbe genoss es, dass die Halme noch nicht sprossen; saugte gierig das Licht auf.

Unter dem Glasdach des Gewächshauses hinterließen die Grünkohlkeimlinge eine grellgrüne Hülse in der Erde, die an Plastik erinnerte, die Hülle der Brokkolisamen war himmelblau, und wenn Weißkohlsamen keimten, wand sich etwas, das an eine winzige weiße Feder erinnerte, um den dünnen Stängel. Die Pak Choi-Samen öffneten sich ohne großes Getue, und die Setzlinge verschlangen sich ineinander, krallten sich in ihrem kleinen Loch in der Saatplatte und aneinander fest.

Ich hatte Angst, die hellgrünen Blätter zu quetschen oder die haarfeinen Wurzeln zu zerreißen.

Ljuba seufzte, wenn sie beobachtete, wie ich zögerlich und unbeholfen versuchte, das Wurzelgewirr zu trennen. Keine Angst, sagte sie immer wieder. Reiß sie einfach auseinander. Das halten die schon aus.

Aber was ist mit den Schwachen?, fragte ich.

Pflanz sie tiefer ein als die anderen, antwortete sie.

Ähm, also ich spreche von denen, die kaum Wurzeln haben, soll ich die nicht wegtun?

Sie haben alle eine Chance verdient. Solange sie noch am

Leben sind. Setz sie einfach tiefer, Eva, ruhig den halben Stängel in die Erde. Wurzeln sind nicht alles. Das hängt vielmehr von der Pflanze selbst ab – ob die Blätter groß und gesund sind.

Es wurde immer wärmer im Gewächshaus. Obwohl es draußen noch kalt war, flitzte ich in kurzer Hose rüber und hatte noch ein T-Shirt zum Wechseln dabei, weil alles sofort von Schweiß und Luftfeuchtigkeit durchnässt war. Wir erinnerten uns gegenseitig daran, Wasser zu trinken, stürzten es wie Waisenlämmer aus großen Glasflaschen hinunter. Mittags gingen Ljuba und ich zu ihr nach Hause, und sie kochte für uns. Schweinefleisch, gebratenes Pfannengemüse, Salat, Forelle, Suppen, dazu immer Rotwein oder Schnaps und zum Nachtisch Kaffee und etwas Süßes.

Ljuba, du bist eine gute Chefin, sagte ich einmal. *You are a good boss.* Aber was ist mit den anderen? Sind die nicht beleidigt, dass sie nie eingeladen werden?

Die bekommen einen Stundenlohn, du nicht, antwortete sie und fügte hinzu: Die sind zufrieden mit ihrem System. Ist dir noch nicht aufgefallen, dass Pirapon immer schon eine halbe Stunde vor uns in die Mittagspause geht? Sie geht zu sich nach Hause und kocht. Sie wohnt auch hier in der Straße. Glaubst du, die haben Lust, bei uns herumzuhängen und sich einen abzubrechen, um sich verständlich zu machen? Die haben immer richtig Spaß miteinander. Wir sollten wohl eher auf sie neidisch sein.

Es stimmte, dass sie sich gut zu amüsieren schienen, aber im Grunde wussten wir nichts über sie – wie ihr Leben früher gewesen war, wie es jetzt war. Nui hatte ein Mädchen in Mínervas Alter. Pirapon wohnte in derselben Straße wie wir. Mehr wussten wir nicht.

Ganz allmählich wurden sie mir gegenüber etwas aufgeschlossener. Nui brach das Eis, als sie mich bat, sie mit Karottenkuchen zu füttern, mir mit Gebärden zeigte, dass sie ihre erdigen Handschuhe nicht ausziehen wollte. Am Tag darauf gab mir Pirapon eine große Dose Kimchi. Wir redeten nicht viel, aber lachten umso mehr.

Die Saatplatten füllten schon jede Ecke und jeden Winkel, und nach dem Pikieren brauchten die Setzlinge noch mehr Platz. Im April konnte man vor lauter Saatplatten und Gemüse in den verschiedensten Wachstumsstadien kaum noch einen Schritt tun. Jede einzelne Fläche war von Individuen belagert, die sich dem Licht entgegenstreckten. Ich befürchtete, das Glashaus würde platzen, wenn wir so weiterproduzierten.

Der Großteil davon kommt nächsten Monat aufs Feld, erklärte mir Ljuba bei kalter Rote-Beete-Suppe mit geraspelter Gurke und hartgekochten Eiern am Küchentisch. Im Gewächshaus nebenan ist auch noch Platz, und ein paar Grünkohlpflanzen können raus in den Garten. Da sind noch zig leere Kisten. Wir machen einfach Folie drüber, dann erfrieren die Armen nicht im Nordwind. Wie kommst du inzwischen eigentlich mit den anderen aus?

Gut, antwortete ich. Was gibt es Neues von Jónsi und Pirapons Nichte? Ist es noch nicht vollbracht?

Ljubas Miene verfinsterte sich. Sie kommt nicht, antwortete sie. Ich habe ihnen gesagt, dass sie den Bären nicht häuten sollen, ehe er in die Falle gegangen ist, aber sie haben nicht auf mich gehört. *Nobody listen me!*

Dann hat er also einen Rückzieher gemacht?

Sie hat einen Rückzieher gemacht. Nachdem er ihr einen Haufen Geld geschickt hatte, wurde er natürlich paranoid und war genervt, dass es nicht schneller vonstattenging, und auf einmal gefiel er ihr nicht mehr, mal abgesehen davon, dass sie sich bestimmt auch zweimal überlegt hat, ob sie das überhaupt noch auf sich nehmen muss – mit einem kleinen Vermögen in der Tasche. Was weiß ich?

Wie geht es Matti?, fragte sie, nachdem wir eine Weile darüber nachgedacht hatten.

Besser, antwortete ich. Die Medikamente wirken. Er redet nicht mehr von Selbstmord. Es geht ihm besser, aber ich habe das Gefühl, dass da immer noch etwas Bedrohliches über uns schwebt. Ich kann erst wieder ruhig atmen, wenn ich das endgültig aus der Welt geschafft habe.

Geht das denn?, fragte Ljuba. Das Bedrohliche aus der Welt schaffen? Gehört das nicht zur Liebe dazu?

Ich weiß es nicht, sagte ich. Ich habe das Gefühl, etwas noch nicht abgehakt zu haben. Etwas Schreckliches, das unvermeidbar ist.

Vielleicht strengst du dich zu sehr an, Eva. In deinem Kopf. Sie schielte mich an. Was macht das Ekzem?

Ist fast weg, antwortete ich.

Da siehst du's, sagte Ljuba. Das ist das Leben: Sonne, Schweiß, Erde, den Kopf ausschalten und die Hände machen lassen. In Alte Kirche wären wir zu dieser Jahreszeit den ganzen Tag draußen und würden das Putzen und Kochen den jungen Mädchen und alten Frauen überlassen.

Eine Weile konzentrierten wir uns auf die Suppe, strichen dick Butter auf Sauerteigbrotscheiben. Streuten fein geschnittenen Schnittlauch, gehacktes Basilikum und gewiegte Petersilie über die mattrote Flüssigkeit in unseren Schalen.

Würdest du gern zurück nach Hause ziehen?, fragte ich.

 Haha, Hlynur will dorthin, antwortete sie. Er redet immer

davon, wenn er die Schufterei leid ist und Wut auf die hohen Preise und die Korruption hier hat. Ich sage ihm, dass die großen Unternehmen in den Städten den Markt beherrschen, aber auf den Dörfern bauen alle selbst an. Lettland braucht deine Tomaten nicht, sage ich ihm. Aber die Wahrheit ist, dass ich niemals dorthin zurückkehren könnte, weil ich mich so verändert habe. Ich weiß nicht, worüber ich mich mit meinen alten Freunden unterhalten sollte. Mich finden sie bestimmt versnobt: Ich führe mein eigenes Unternehmen, rufe nie an, komme nie. Sie denken, dass ich die Nase hoch trage.

Aljona schimpft immer, wenn ich anrufe. Wann kommst du?, fragt sie. Ich vermisse dich, und außerdem kriege ich alles ab: Andrejs Trinkerei und das Geldchaos, Mamas Krankheit. Du bist einfach weggeflogen und hast mich hier sitzen lassen, sagt sie. Da habe ich noch weniger Lust, nach Hause zu fahren, verstehst du?

Ja, antwortete ich.

Ich weiß, das klingt jetzt hart, aber ich finde den Gedanken unerträglich zurückzugehen. Das Leben ist nicht unbedingt besser hier oder dort, und es mag sein, dass ich auch hier nicht zu Hause bin, aber dort noch viel weniger. Aber das macht nichts. Wenn ich Sonne, Wasser und Samen habe, ist das genug zu Hause für mich. Auch wenn Rücken und Schultern schmerzen und meine Hüfte steif ist. Das erinnert mich nur daran, dass ich gesund bin und arbeiten kann, sagte sie und stand auf.

Auch ich stand auf.

Sind wir satt?, fragte sie, während sie die Teller und Schalen einsammelte und beinahe in die Spülmaschine pfefferte. Sollen wir weitermachen?

ES WAR SCHON MAI, als Ljuba zu Ende erzählte, wie es mit ihr und Oljeg weitergegangen war. Vielleicht hatte das gar nichts mit den Kartoffeln zu tun, aber mir kam es nicht wie ein Zufall vor, dass dieses Gespräch just am Abend des Tages stattfand, an dem wir drei Tonnen Goldaugen gesetzt hatten, anderthalb Tonnen rote isländische Kartoffeln und eine halbe von einer französischen Sorte, die Rosengold heißt.

Hlynur fuhr den Traktor, und Ljuba und ich saßen hinten auf einer fünfzig Jahre alten, rostigen Maschine, beide mit einer in Zellen unterteilten Drehscheibe vor uns. Mit flinken Händen nahmen wir uns die gekeimte Saat und legten jeweils zwei in jedes Fach. Dessen Wände schoben sie sofort durch ein Loch in der Scheibe, sie landeten in der Furche, die der Pflug gezogen hatte, und ein motorbetriebenes Blatt schaufelte Erde darüber.

Ihr holt nichts aus dem Loch raus, selbst wenn euch ein ganzer Haufen ins Fach rutscht, sagte Hlynur, bevor wir loslegten. *Never put your hand down in the hole!*

Yes, yes, Hlynur, sagte Ljuba und verdrehte die Augen.

Um uns herum wirbelte die Erde auf, staubte uns in Mund, Nase, Ohren und Augen und setzte sich am Haaransatz fest, obwohl wir uns Kopftücher umgebunden hatten.

In den regelmäßigen Ess- und Kaffeepausen füllte Ljuba die Becher und Hlynur machte für alle Sandwiches mit Schinken und Eiersalat. Sie fragten mich ständig, ob bei mir alles in Ordnung sei, bis es mir richtig unangenehm wurde. Als Ljuba sah, wie ich mich fühlte, sagte sie Hlynur, dass er nicht mehr fragen solle.

Von den Asiatinnen konnte sich an diesem Tag keine von zu Hause loseisen. Über Umwege baten sie mich mitzuhelfen, oder vielmehr musste ich es ihnen vorschlagen, als hätten sie einen Horror vor dem Gedanken an mich in Arbeitshose draußen auf dem Acker. Zuerst brachten sie lauter Entschuldigungen vor: Nui hatte in letzter Sekunde abgesagt, Sigmar war krank, Vadim musste auf Fjodor aufpassen, weil Ingibjörg auf eine Hochzeit ging. Wir könnten das natürlich auch aufschieben, aber heute ist es trocken, und in den nächsten Tagen soll es regnen. Die Legemaschine ist so alt, mit nassem Boden kommt sie nicht zurecht.

Ich kann euch helfen, sagte ich.

Ja, aber Eva, es ist Samstag.

Matti ist nicht zu Hause, aber mein Papa ist zu Besuch, der kann schon aufpassen.

Bist du sicher? Das ist keine angenehme Arbeit.

Ich war verwirrt. Ich dachte, ich sei ihre wichtigste Hilfe, die rechte Hand der Chefin, robust, flink, vielleicht nicht unverzichtbar, aber doch ein wichtiges Rad im Getriebe. Doch jetzt fühlte ich mich wie ein bemühter Störenfried, eine unqualifizierte Bürokraft, eine feine Dame, die keine Schaufel halten kann, eine Städterin mit lilienweißen Händen.

Soll ich Proviant mitbringen?, fragte ich.

Darum kümmern wir uns, sagte einer schneller als der andere, beide mit ernstem und besorgtem Blick.

Am Abend kam Ljuba mit einem Zitronenkuchen vorbei, noch warm in der Form, und ihren eigenen Zigaretten, extralange mit Mentholgeschmack.

Fjodor guckt mit seinem Papa Fußball, sagte sie. Schläft Mínerva?

Ja, antwortete ich und wollte hinzufügen, dass auch ich beinahe schlief, doch damit hätte ich mein schwächliches Image noch verfestigt.

Matti kam aus dem Computerzimmer und begrüßte sie lächelnd. Das war das erste Mal, dass Ljuba eine solche Behandlung von ihm erfuhr. Sie nickte anerkennend und sagte: Du siehst gut aus. *You look sexy.*

Ach ja?, sagte er verwundert, aber zufrieden, und zog sich wieder zurück.

Ljuba und ich gingen ins Arbeitszimmer. Sie wirkte ernst und unsicher – als bereitete sie sich innerlich darauf vor, auf eine Bühne zu steigen –, und ich spürte, dass ich ihr an diesem Abend nichts aus der Nase würde ziehen müssen. Nicht weil sie irgendetwas kompensieren oder mich belohnen wollte – sie ahnte sicher nichts von meinen bäuerlichen Ambitionen. Wahrscheinlich dachte sie, dass ich ihr einzig und allein beim Gemüseanbau half, weil ich eine so kindliche, gute Seele war.

Nein, sie war einfach nur in der Stimmung, nach alten Narben zu tasten und an empfindliche Geschwüre zu rühren. Auch auf mich wirkte sich körperliche Erschöpfung oft so aus. Nachdem man etwas geschafft hatte, egal wie alltäglich das war, waren alle Gelenke gelockert, und es fühlte sich an, als wollte der Körper sich weiten und irgendetwas gebären, Ballast loswerden, sich reinigen, sich verwandeln. Gefolgt von einer gewissen Gleichgültigkeit. Der Schmerz wird mit einem gewagten Grinsen begrüßt, weil er ohnehin kommt, geladen oder ungeladen, sobald der Schutzzaun darniederliegt.

Eva, wir brauchen Teller und Gabeln, und willst du nicht einen Tee aufgießen?

Während das Wasser zu kochen begann, nahm ich den Laptop aus einem Regal im Wohnzimmer und brachte ihn ins Arbeitszimmer. Ljuba schaute nicht von dem Bildband auf, der auf ihrem Schoß lag. Ich breitete eine saubere Decke über den Tisch, dann holte ich die Teekanne, Gläser, Teller und Gabeln auf einem alten Schneidebrett.

Ich versuche, mich daran zu erinnern, wie Oljegs Oma heißt, aber es fällt mir nicht ein. Wie kann das sein? Ich habe drei Jahre bei ihr gewohnt, das habe ich dir erzählt.

Stimmt, sagte ich. Ich nahm den Computer und schrieb im Wortlaut auf, schnell übersetzt, was sie gerade gesagt hatte.

Sie verzog das Gesicht und ergänzte: Mit Pausen, klar, aber trotzdem …

Mit Pausen, klar, aber trotzdem …, schrieb ich. Es war nicht zu übersehen, was ich da tat. Ihr Schweigen ließ ich als Einverständnis gelten.

Es muss doch ein Schock für dich gewesen sein, auf einmal bei ihr zu wohnen, oder?

Vielleicht, antwortete sie nachdenklich. Aber so habe ich das nicht in Erinnerung. Irgendwie war ich noch so sehr Kind, dass ich das alles selbstverständlich fand. Alles war, wie es war. Was passierte, passierte. Ich stand höchstens unter Schock, weil Papa unter der Erde lag und in mir ein Kind wuchs.

Sie wandte das Gesicht ab, während sie sprach, sah in die

Ecke über dem alten Aktenschrank, in dem ich Bettwäsche und Tischdecken aufbewahrte.

Oljegs Oma gab mir blaue Hausschuhe, holte sie aus einem Schrank. Die waren alt, aber ungetragen. Gott weiß, für wen sie ursprünglich bestimmt waren. Nicht für sie selbst, so viel ist sicher. Sie hatte so große Füße, dass sie kaum in etwas anderes als Männerschuhe passte, aber die blauen waren in genau der richtigen Größe für mich.

Oljeg und ich richteten uns in seinem Zimmer ein. Ich hängte ein kleines Heiligenbild auf, das Mama mir geschenkt hatte. Wir scherzten und kicherten, obwohl wir genau wussten, dass seine Oma solches Herumalbern nicht ausstehen konnte. Am Tag darauf fingen wir an – ich und seine Oma natürlich, nicht Oljeg –, das Haus zu putzen und die Diele zu tapezieren. Die Wände dort waren so hässlich. Ich kaufte die Tapete von dem Geld, das Oma mir gegeben hatte.

Sie blätterte in dem Bildband, ohne sich die Bilder anzusehen. Ein schwerer Brocken, den ich im ersten Jahr nach dem Ende des zwanzigsten Jahrhunderts quer durch Kroatien geschleppt hatte.

Oljeg war nie zu Hause, erzählte Ljuba weiter. Er arbeitete in einer Holzwerkstatt und kam nur zum Essen und Schlafen nach Hause. Jedes Wochenende ging er mit seinen Freunden in die Disko, und manchmal hatte ich auch Lust, aber er wollte mich nicht dabeihaben. Seine Oma fand auch, dass ich nicht ausgehen sollte, wegen der Schwangerschaft. Ich war so fertig. Manchmal wollte ich überhaupt nichts mehr tun.

Einmal, als ich Wäsche waschen sollte, weigerte ich mich. Seine Oma rief Mama an.

Mama kam und redete mit mir, sagte, dass ich auf Oljegs Oma hören müsse, nicht faul sein dürfe. Alle sagten mir, dass ich nicht faul sein dürfe.

Ich wollte das Kind nicht mehr und sagte das auch, aber Mama wollte nichts davon hören, denn es war auch schon zu spät, um etwas zu machen.

Jeden Samstag putzten wir das ganze Haus, von oben bis unten, auch den Fußboden, ein Holzboden, von dem der Lack abblätterte, der reinste Albtraum, und die Diele war ungeheizt, daher kamen alle mit Schuhen ins Haus. In meiner Erinnerung schleppe ich nur Wasser, rein und raus.

Oljegs Opa kaute Tabak und spuckte den Saft ins Waschbecken, aber da es keine Abwasserrohre gab, landete der Tabak in einem Eimer unter dem Becken, und man musste das dreckige Wasser raustragen. So was von widerlich. Wir haben ständig geschrubbt, aber es durfte nie etwas an dem Haus verändert oder Ausgedientes weggeworfen werden. Am Abend war natürlich Banja, aber die Sauna dort war erbärmlich. Wir mussten uns immer in Windeseile waschen, weil sie undicht und kalt war.

Hat seine Oma denn gar nicht mit dir geredet?, fragte ich, obwohl ich die Antwort bereits zu kennen meinte. Konnte sie dich nicht aufmuntern?

Ljuba dachte nach, stützte die Ellbogen auf die Knie und schob sich beide Hände unters Kinn. Jetzt weiß ich wieder, wie sie hieß, sagte sie und richtete sich auf. Sie hieß Palina, und der Opa Andrej.

Palina war sehr altmodisch. Sie redete wenig und wenn, dann nur über praktische Dinge. Sie war so furchtbar unglücklich, dass nichts, was sie kochte, schmeckte. Aber sie war gut gekleidet, ich erinnere mich an ein langes grünes

Samtkleid, das ihr sehr gut stand. Und sie liebte Oljeg, der bei ihr lebte, seit er vierzehn war. Er war von zu Hause abgehauen, weil seine Eltern tranken und der Vater ihn und seine Mutter schlug.

Andrej trank übrigens auch und benahm sich dann sehr ungehobelt, aber niemand nahm ihn so richtig ernst. Wir hatten keine Angst, weil er so klein und schmächtig war – man musste ihn nur scharf ansprechen, schon klappte er zusammen.

Aber das Zusammenleben mit ihm war anstrengend. Er schrie alles heraus, was er gesagt haben wollte. Einer seiner Lieblingsschreie war, dass dieses Haus ihm gehöre und er sich darin bewege, wie es ihm gefalle; und jedes Mal, wenn er sich ein Glas vollmachte, erinnerte er Oljegs Oma daran, dass er sie jederzeit vor die Tür setzen könne.

Ich habe oft überlegt, wie sie wohl so geworden waren, und einmal fragte ich Oljeg. Er wusste es nicht. Meine Oma erzählte mir später, dass Palina gezwungen war, sich mit dem buckligen Andrej zusammenzutun, der nur halb so groß war wie sie, weil es allerhöchste Zeit für sie war zu heiraten, mit dreiundzwanzig Jahren. Er hatte sich bereits ein Haus gebaut und war daher noch die beste Partie. Sie hatte keine große Auswahl, weil sie so riesig und schwer war. Und ihm blieb auch nichts anderes übrig, als sie zu nehmen – es galt ohnehin als Wunder, dass er überhaupt eine Frau abbekam.

Ich fand, sie sollte ihn verlassen, weil es so klar war, dass er sie nicht liebte, und manchmal wollte ich schreien, wenn er zum zehnten Mal am selben Abend verkündete, dass das Haus ihm gehöre und sie verschwinden solle. Aber wohin sollte sie gehen? Sie war mehr als dreißig Jahre die Assistentin eines Befruchters gewesen, besaß aber nichts. Ihr ganzer Verdienst floss in Lebensmittel und Kleidung für die Familie.

Ich dachte mir, vielleicht liebt er sie doch ein klitzekleines bisschen, denn er war immer scharf auf sie. Sie verglich ihn mit den Bullen, deren Samen sie molk: Versucht ständig, mich zu bespringen! Haha! Aber heute sehe ich das anders. Seine Geilheit hatte sicher nichts mit Liebe zu tun.

Kurz nachdem ich zu ihnen gezogen war, kaufte sich Oljeg einen kirschroten Audi, den er mit so viel Hingabe pflegte, dass ich gar nicht anders konnte, als eifersüchtig zu werden. Seine Oma war das offenbar auch, denn sie redete ständig davon, dass Oljeg sich das Auto nur kaufen konnte, weil er zwar wie ein Tier gearbeitet, aber auf ihre Kosten gelebt hatte. Sie ärgerte Oljeg, indem sie von »unserem Auto« sprach. Das war das einzige Mal, dass ich sie scherzen hörte, und ich war so erleichtert, dass sie mal lachte, aber Oljeg fand das überhaupt nicht komisch.

Abends lag ich im Bett und drückte auf meinem Bauch herum, drückte und drückte, weil ich ihn loswerden wollte. Dann fing es an zu bluten, und ich musste ins Krankenhaus. Da war ich im siebten Monat. Vielleicht wegen des Drückens, aber ich glaube wegen meiner Gedanken.

Ich war zwei Wochen im Krankenhaus, kurz vor Weihnachten; die Krankenhausflure waren mit rot-grünen Hexentreppen geschmückt. Mama und meine Schwestern waren abwechselnd bei mir, auch Oljeg besuchte mich.

Palina wollte, dass ich das Kind zu Hause bekam, aber Mama bestand darauf, dass ich ins Krankenhaus ging. Ich versuche immer, die Geburt zu vergessen, und das klappt auch ganz gut; ich kann davon erzählen, als hätte das jemand anderes erlebt. Um Mitternacht wurde die Fruchtblase mit einer großen Nadel geöffnet und um sieben Uhr morgens kam Vadim auf die Welt. Ich wurde aufgeschnitten und wieder zusammengenäht. Auch der Gebärmutterhals war gerissen und musste genäht werden.

Ein paar Minuten später hörte ich das Telefon klingeln. Es war meine Schwester, die wissen wollte, wie es lief. Sie sagten ihr, dass ein Junge geboren sei, rieten ihr aber, nicht vor dem nächsten Tag herzukommen.

Nachdem ich ein paar Stunden geschlafen hatte, stand ich auf und wollte auf die Toilette, um mich zu waschen, aber ich wurde ohnmächtig, weil ich so viel Blut verloren hatte. Ich musste wieder ins Bett und wartete, dass sie mir das Kind brachten, aber das taten sie nicht.

Am Tag darauf fand ich ihn in einem Zimmer mit anderen Neugeborenen. Da sah ich, dass er eine Wunde am Kopf hatte. Die Nadel hatte ihn getroffen, als die Ärzte in die Fruchtblase gestochen hatten. Ich weiß auch nicht, warum ich so entsetzt und panisch war, denn ich sah ja, dass mit dem Kind alles in Ordnung war.

Ich floh auf den Flur und versuchte mich zu beruhigen, sagte einer Frau mit Putzwagen Hallo und sah zu, wie sie einen Mopp vor sich herschob.

Hast du ein Kind bekommen?, fragte sie.

Ja.

Glückwunsch, Mädchen. Es gibt nichts Schöneres, als sie im Arm zu halten, flötete sie.

Da schlich ich mich wieder hinein und schlug seine Decke zurück. Er hatte lange schwarze Haare, und auch sein Körper war behaart, wie bei einem Affen. Die Haare waren so weich, und es war wunderbar, sie zu streicheln. Auf einmal machten sich meine Brüste bemerkbar, und ich stellte fest, dass sie so groß wie Basketbälle waren, obwohl ich nur fünfundvierzig Kilo wog.

Ich nahm ihn auf den Arm, atmete seinen Duft ein und trug ihn ganz vorsichtig auf mein Zimmer. Ich konnte ihn nicht dort lassen, inmitten der anderen Babys, wie in einer Werkstatt, in der Kinder produziert werden. Ich legte ihn in die Mitte meines Betts und ging ins Badezimmer, um nachzusehen, ob ich mich sehr verändert hatte. Mein Gesicht war mit roten Sprenkeln übersät. Beim Pressen waren Adern geplatzt.

Fünf Tage vergingen, bis man mich nach Hause ließ. Niemand kam auf mein Zimmer, so war das im Krankenhaus. Die Tür blieb immer zu, aber es gab ein Fenster darin, das man öffnen konnte. Dadurch unterhielt ich mich mit meiner Familie und manchmal gaben sie mir etwas zu essen.

Aljona schenkte mir Babykleidung, ein kleines Bettlaken, eine Babydecke und einen passenden Bezug mit blauer Schleife. Sie holte mich auch ab, gemeinsam mit Oljeg. Sie brachten Blumen mit, Schokolade, Kaffee und eine Flasche Alkohol.

Ich hatte keinen passenden Pulli, und die Schwangerschaftshose war viel zu weit, aber ich zog sie trotzdem an und einen Pulli von Oljeg, eine alte, hässliche Jacke und kaputte Schuhe. Ich fühlte mich wie eine Landstreicherin und hasste Oljeg, als er mir begeistert von dem Radio und dem CD-Spieler erzählte, die er für sein Auto gekauft hatte. Ich bat sie, mich zu Mama zu bringen, aber sie taten so, als hörten sie mich nicht.

Ljuba hatte sich vor meinen Augen verwandelt. Sie war nicht mehr die junge Frau, die ihr eigenes Unternehmen führte, sondern eine traurige Jugendliche. Ich dachte an ihren Vater, der senil wurde, bevor er sich umbrachte, und einen Augenblick lang hatte ich Angst. Ljuba ..., hob ich an.

Alles in Ordnung, sagte sie, ohne aufzuschauen. Das ist vorbei. Ich will das erzählen. Bring mich nicht aus dem Konzept. Es tut gut, die Worte wie Wasser fließen zu lassen.

Sie füllte ihre Lunge und gab einen langen Seufzer von sich, ehe sie weitererzählte: Bei Oljegs Großeltern war nichts vorbereitet, es war nicht geputzt und das Bett nicht frisch bezogen. Aber die Wiege stand an ihrem Platz, und alle waren glücklich, und auf dem Tisch standen Essen und Wein. Es wurde geredet und getrunken und getafelt, und alle sprachen über das Kind und machten Späßchen mit ihm. Bis auf Oljeg. Der ging mit seinen Freunden aus.

Sein Opa war betrunken und laut. Sang und spielte Akkordeon, lief herum und schrie. Wie immer, wenn er voll war. Der Fernseher lief, und ich saß davor und stillte.

Mit der Zeit spielte sich alles ein. Palina übernahm das Windelnwaschen, was eine schwere Arbeit war, denn man musste raus in die Kälte, um Wasser zu holen. Jetzt kümmerte sie sich ums Wasserholen, weil sie nicht wollte, dass ich eine Brustentzündung bekam. Aber die bekam ich trotzdem und musste wieder ins Krankenhaus. Als ich nach Hause kam, war Oljegs erster Wunsch, dass ich Haferbrei für ihn kochte. Gott, wie ich ihn hasste.

Später wartete ich ewig darauf, dass er einen Kinderwagen kaufte, aber er hatte nie Geld, weil der CD-Spieler so teuer war. Schließlich bezahlte ich das Gerät von Omas Geld ab, und als ich Kindergeld bekam, kaufte ich den Kinderwagen und auch eine Jacke und Schuhe für mich. Ansonsten hatte ich nichts und verdiente auch nichts. Wie Oljeg lebte ich von Palina. Aber jeden Monat bekam ich das Kindergeld und kaufte davon immer etwas für Vadim: Windeln, ein Fläschchen, Bodys und sogar eine kleine Küchenmaschine extra zum Breikochen. Da waren Bambis drauf, und Palina schüttelte den Kopf über etwas derart Überflüssiges. Ehrlich gesagt verstanden wir uns nicht gerade gut, aber wir hielten trotzdem Frieden und halfen einander.

Ljuba legte den Bildband hin und klappte ihn mit einem dumpfen Knall zu. Wir versuchten, das Haus einigermaßen warm zu halten, des Kindes wegen, und schaufelten ständig in den großen Ofen, der zwei Zimmer heizte. Aber ich war trotzdem immer gestresst, wenn ich Vadim badete.

Ich tat nichts anderes, als zu putzen und mich ums Kind zu kümmern, und nach drei Monaten wurde mir auch noch das Kochen anvertraut. Das Essen schmeckte nicht so gut wie bei Mama, aber immer noch besser als die dünnen Eintöpfe, die Palina uns vorgesetzt hatte.

Oljeg und ich schliefen miteinander, wenn er es wollte, aber nie, wenn ich Lust hatte. Oft nachts am Wochenende, wenn er vom Feiern zurückkam. Ich war im Halbschlaf und wollte nicht mit ihm reden, aber unbedingt mit ihm schlafen. Ich sehnte mich so danach, ihn zu spüren, zu spüren, dass er mich gernhatte, obwohl ich fast immer schlecht gelaunt und eifersüchtig und die Haut an meinem Bauch dick und schrumpelig war.

Heute finde ich, dass seine Oma merkwürdig drauf war, dass sie nie angeboten hat, auf den Kleinen aufzupassen, damit wir zusammen ausgehen konnten. Sie hätte uns helfen müssen, die Familie zusammenzuhalten, zumindest hätte ich das an ihrer Stelle getan.

Ja, sagte ich. Das hätten die meisten Omas getan.

Ljuba nickte. Es hätte mir so gutgetan, mal in die Disko zu gehen, wenn auch nur einmal im Monat. Aber jeden Samstag bebte ich vor Anspannung und Enttäuschung, denn nach der Banja zog Oljeg sich frische Sachen an, nahm Rasierwasser und traf sich mit unseren Freunden. Ich sagte, dass ich mitwolle, aber er meinte: Wozu? Und wer soll auf das Kind aufpassen?

Jedes Mal sagte er, dass er nicht lange bleiben würde, und ich ließ ihn gehen, blieb zu Hause und weinte und weinte. Er kam nie vorm nächsten Morgen zurück, es wurde immer später, zum Schluss war es nicht vor sieben Uhr. Was ist los?, sagte er oft. Warum bist du so unglücklich, Mensch?

Ljuba verbarg ihr Gesicht in den Händen. Ahhh.

Ich wartete. Sekunden flatterten vorbei, bis sie die Hände vom Gesicht nahm und weitersprach: Ich hatte nur eine Freundin im Dorf, zu der lief ich manchmal mit dem Kinderwagen, und sie verwöhnte mich, gab mir Essen und Süßigkeiten. Sie war älter als ich, ungefähr so alt wie du jetzt.

Daraufhin lächelte Ljuba mich auf eine Weise an, dass mir ganz anders wurde, als wäre ich eine Person in einem Fortsetzungsroman, den ich erst zur Hälfte kannte.

Als Vadim zehn Monate alt war, hätte einmal nicht viel gefehlt, und es hätte böse geendet. Es war Abend, und es gab nichts zu essen, Vadim schrie ständig, und ich war allein und kochte mir Nudeln mit Tomatensauce. Ich nahm Tabletten, zuerst nur zur Beruhigung, und dann noch mehr und immer mehr, um noch ruhiger zu werden, bis ich nicht mehr richtig sprechen konnte und alles komisch aussah, als würde ich durch einen Tunnel gucken.

Ich rief ein Mädchen aus Oljegs Clique an. Sie bekam Angst und rief die Polizei und einen Krankenwagen. Sie pumpten mir den Magen aus, aber ich erinnere mich an nichts.

Mein Bruder rang mir das Versprechen ab, das nie wieder zu tun.

Danach wollte ich nicht mehr ausgehen. Ich fand mich damit ab, dass sich mein Leben um das Kind drehte. Und Oljeg war die Plackerei in der Holzwerkstatt leid und wurde Schwarzhändler für die Mafia.

Für die Mafia?, wiederholte ich.

Sie schüttelte den Kopf und korrigierte sich: Eigentlich war ich es, die für die Mafia arbeitete, denn nur anfangs brachte er Flaschen mit nach Hause und verkaufte sie. Bald brannten wir selbst, und am Ende machte ich beides, brennen und verkaufen, weil er abends und nachts nie zu Hause war, wenn sie kamen und an mein Fenster klopften. Ich habe die Flaschen auch gespült und abgefüllt. Er hat eigentlich nichts gemacht.

Sie schloss die Augen und legte sich eine Hand auf die Stirn. Wenn ich an diese Zeit denke, sehe ich nichts als harte Arbeit und Enttäuschung. Das Herz zerquetscht, die Füße schwer und müde. Ich bin mehrmals von ihm weggelaufen, bin mindestens drei Mal zu Mama gezogen. Aber dann sehnte ich mich wieder nach Oljeg und vermisste ihn, und er versprach mir das Blaue vom Himmel.

Vadim war fast drei, als ich endgültig aus Palinas Haus auszog. Da war auch Mama überzeugt davon, dass ich nicht mehr dorthin zurückkehren sollte. Aber manchmal hatte sie Gewissensbisse, weil sie es falsch fand, Vater und Kind zu trennen. Oljeg hatte da schon eine andere Freundin, er wollte uns beide gleichzeitig haben. Er wollte mich überreden, weiter bei ihnen zu wohnen und ihm den Dreck unter den Hacken wegzuputzen, obwohl es diese Freundin gab, die er »ab und zu« in der Bar traf. Manchmal war ich schon fast so weit, darauf einzugehen, aber Mamas Gewissensbisse halfen mir. Wenn sie davon redete, dass Mutter, Vater und Kind unter demselben Dach leben sollten, stieß ich hervor, ob sie wirklich wolle, dass ich die Sklavin der Alten und eine von Oljegs zahlreichen Freundinnen sei. Da hörte ich selbst, wie unvorstellbar das war.

Mama war nicht wie Palina. Sie nahm die größte Last und die schwerste Arbeit auf ihre Schultern und passte auf Vadim auf, damit ich ausgehen konnte. Manchmal trank ich genug, um mit Männern zu schlafen, die mir gleichgültig waren, nur um das Gefühl loszuwerden, dass jeder einzelne Knochen in mir Oljeg gehörte. Ich schlief auch weiter mit ihm; konnte ihm nie widerstehen. Seine Haut war wie aus Gold und duftete nach Myrrhe und Sandelholz. Wenn seine Lippen meine berührten, fühlte es sich wie ein zarter Stromschlag an. Manchmal träume ich noch heute von ihm, und das sind keine anständigen Träume …

Sie schlug wieder den Bildband auf, blätterte darin und fuhr mit der Hand über die Seiten, dann sprach sie weiter: Mama fand Kondome in meiner Handtasche und rastete völlig aus. Wozu brauchst du die?! Du hast keinen Freund!, schrie sie und war so wütend, dass ich und meine Freundin, die gerade zu Besuch war, uns im Zimmer einschlossen und uns selbst zum Abendessen nicht hinauswagten, obwohl wir Hunger hatten.

Ich wurde wieder schwanger, wusste aber nicht, von wem. Ich sagte Oljeg, dass es sein Kind sei, damit er die Verantwortung übernahm. Er weigerte sich, mit mir zum Arzt zu gehen, gab mir ein gestohlenes Bündel Geld und sagte, es nicht mehr mit mir riskieren zu wollen, weil ich so wahnsinnig fruchtbar sei – das sei das Risiko nicht wert. Das sollte eine Art Kompliment sein, aber gleichzeitig wies er mich zurück. Das war ein merkwürdiges Gefühl.

Aber so war das: Ich machte eine Abtreibung mit geklautem Geld.

Ich sah Ljuba an, und mir war schwer ums Herz. Der Aufenthalt in Palinas Haus erfüllte mich bis unters Dach. Ich fühlte mich nicht mehr leer. Aber ich hatte ein schlechtes Gewissen, dass ich gegenüber all ihrer Freigebigkeit so geheimnisvoll und unantastbar dasaß. Vielleicht lag ich falsch, aber ich hatte das Gefühl, mit einer Art Geständnis bezahlen zu müssen.

Ich war mit zwanzig auch schwanger, sagte ich schnell. Aber ich bin dann einfach auf eine heftige Tequila-Party gegangen und habe eine ganze Packung Schmerzmittel mit Warnsymbol geschluckt. Das hat gereicht.

Wir saßen in Stille, die aber nicht vollkommen war, weil Matti ruhige, minimalistische Musik angestellt hatte. Tavener, meinte ich herauszuhören. Oder Benjamin Britten.

Manchmal haben wir Macht über Leben und Tod, sagte ich irgendwann. So soll es einfach sein.

Ljuba sah mich mit leerem Blick an. Sie war Bäuerin. Klar, sagte sie.

WIR WAREN BEIDE ERLEICHTERT, als sie mir von ihrem Leben in Alte Kirche erzählt hatte. Das war ein Gefühl, wie die gesamte Ernte vor den ersten Nachtfrösten ins Trockene gebracht zu haben. Oder vielmehr: ein Testament aufgesetzt zu haben, bevor der Tod am Fußende erscheint. Ich hatte das Gefühl zu sterben: Jedes Gespräch war ein Abschied und jeder Tag von der Verzweiflung der letzten Stunde durchzogen. Wenn ich Mínerva in die Augen blickte, spürte ich die Messerspitze auf meiner Brust.

Doch die Wochen vergingen, die Bohnen schossen in die Höhe, und die Kohlsetzlinge wurden nach und nach auf den Acker verpflanzt. Um Letztgenanntes kümmerten sich Hlynur, Ljuba und Nui. Ich wässerte Grünkohl, Tomatenpflanzen und Pak Choi und radelte einmal am Tag zum Bohnenhaus, um auf den Knien zwischen die Bohnenreihen zu krabbeln und die größten Blätter abzuknipsen, damit sie den gelben Blüten und den daraus sprießenden hellgrünen Schoten nicht das Licht nahmen.

Am Wochenende kam Mínerva mit und lernte schnell, dass sie nur die großen Blätter abreißen durfte, nicht die kleinen, und auf keinen Fall die zarten, heranwachsenden Schoten.

 Die Bohnen ließen ihre schweren Blätter über Baumwollfäden hängen, zwischen Eisenstäben gespannt, die in regelmäßigen Abständen in der Erde steckten. Es war angenehm, dort unter ihnen: Sie entschleunigten Herzschlag, Gedanken und Bewegungen. Ich wollte Ljuba fragen, ob Bohnen Valiumdämpfe verströmen, ob ihr Geruch eine entspannende, schläfrig machende Wirkung habe, wie die Porzellanblumen, die viele Leute im Schlafzimmerfenster haben. Ob sie deshalb ein ganzes Haus mit Bohnen füllte, obwohl das so viel Zeit beanspruchte und wenig lukrativ war.

Auf dem Heimweg machte ich kurz am Gewächshaus mit Werkstatt halt, fütterte die Schleierfische und holte mir Grünkohl fürs Abendessen.

Zurück zu Hause übersetzte ich, schrieb und lebte jeden Moment in Melancholie. Hielt Mínerva beim Einschlafen fest im Arm, kuschelte mich danach zu Matti aufs Sofa, den Kopf auf seiner Brust, und tat so, als würde ich mir einen Kinofilm ansehen, obwohl ich in Gedanken bei der Frage war, ob er wusste, dass mir nicht mehr viel Zeit blieb. Welch eine Sünde, gerade jetzt, wo es ihm besser ging und die Liebe aus ihrem Versteck kam. Seine Stirn war so glatt und gewölbt, die Augen scharf, und überhaupt wirkte er so jung und schön. Er war mein argloser Geliebter, ich seine Uroma.

Und der Hammer kam immer näher, mein Sichtfeld zerfranste an den Rändern, das Kurzzeitgedächtnis war längst verloren, die Reaktionen langsam, das Gehör schlecht, die Gefühle dumpf.

Wir legten uns ins Bett und hielten uns an den Händen, bis Matti einschlief. Mein Bewusstsein ging in eine Zwischenstufe über, wo die Zeit ruckartig verlief und ich wie im Traum dachte, aber wenn der Morgen kam, wusste ich nie, ob ich wirklich geschlafen hatte.

Vier Tage, bevor ich zum Muskat griff, setzten Ljuba und ich uns auf zwei Hocker an einen kleinen Klapptisch im Bohnenhaus. Sie holte eine Thermoskanne aus ihrem Proviantbeutel und schenkte mir gezuckerten Tee mit Milch in eine geblümte Tasse.

Ich habe nachgedacht, Eva, sagte sie. Es ist gut, dass jetzt jemand alles über mich weiß, jemand anders als ich selbst. Hlynur hat keinen Schimmer von den meisten Dingen, die ich dir erzählt habe, aber jetzt finde ich, dass ich ihm auch etwas davon erzählen sollte.

Und warum ist das gut?, fragte ich.

Weil ich mich nicht mehr wie ein Gespenst fühle. Wenn ich meinen Namen sage, Ljuba, ist das jetzt ein Etikett für etwas aus Fleisch und Blut und nicht mehr nur eine herumgeisternde Idee, die sich jederzeit in Luft auflösen kann. Manchmal habe ich mich um mein Land gesorgt und gedacht, es vermasselt zu haben, weil ich es auf meinen Namen habe eintragen lassen. Dass ich die Familie um dieses Land gebracht habe, weil ich nicht mehr zu ihr gehöre. Oder auch, dass dieses Land nun niemandem gehört, weil ich niemand bin. Aber einmal im Jahr wird die Pacht überwiesen, das hilft uns, das Minus bei der Bank etwas zu reduzieren.

Ich machte große Augen: Wovon sprichst du? Bist du Landbesitzerin?

Habe ich dir das nicht erzählt?, antwortete sie. Ich habe Land geerbt. Fast zehn Quadratkilometer, wenn man den Wald mitrechnet. Omas Haus steht mitten auf der gerodeten Fläche, und es gehören fast sieben Quadratkilometer Wald dazu. Fünf Jahre nach Papas Tod musste ich etwas unternehmen, weil das Finanzamt für das Stück Land ständig Geld von Mama kassieren wollte, aber sie hat nie gezahlt. Ich habe den Industriebauern das Land gegen eine Pacht und die Übernahme der Steuerschuld gegeben. Sie haben mir versprochen, Omas Haus nicht zu nahe zu kommen und den Wald nicht anzurühren. Mama unterschrieb, ohne zu zögern, war froh, dass ich mich darum kümmerte. Mit solchen Dingen will sie sich nicht beschäftigen, genau wie mein Bruder.

Was für Industriebauern?, fragte ich.

Ach, du weißt schon, Landwirte, die im großen Stil Gras, Mais, Raps und Weizen anbauen und industrielle Tierhaltung betreiben. Auf meinem Land bauen sie Raps an, was für mich wie ein Zeichen Gottes ist, dass ich es richtig gemacht habe, denn ich liebe Raps: die Farbe der Blüten, den Duft, der bei Windstille über den Feldern liegt, das Öl, das aus den Samen gepresst wird. Rapsöl ist das beste Bratöl.

Ljuba, du bist also das Familienoberhaupt, sagte ich und trank gierig den Tee, durstiger, als ich gedacht hatte, mit erdigen Knien und schweißnassen Haaren.

Omas Haus ist auf mich übergegangen und auch unser Haus, Papas Haus, fuhr Ljuba fort. Mama wollte es nicht auf ihren Namen überschreiben lassen, dann hätte sie endgültig der Tatsache ins Auge blicken müssen, dass Papa tot ist. Deshalb wohnt Mama in meinem Haus. Mit ihrem neuen Mann. Und auch mein Bruder wohnt dort. Das ist gut. Mein Bruder hat nichts. Wenn er pleitegeht, können sie ihm das Haus nicht nehmen, weil es auf meinen Namen läuft.

Du überraschst mich immer wieder, Ljuba, sagte ich. Du hast zwei Häuser und einen Wald. Ich glaube, ich kenne niemanden, der einen Wald besitzt.

So ungerodet ist er eigentlich wertlos. Man kann nichts damit machen.

Ist doch egal, sagte ich. Dir gehört ein Wald voller Bäume, Schlangen, Eulen, Kaninchen und Waldmäusen. Das ist bemerkenswert.

Du findest alles bemerkenswert, sagte Ljuba.

Etwas Weiches, Schwebendes ließ sich in mir nieder. Ljuba hatte gesagt, dass sie sich auf einmal *wirklich* erlebe, und zwar in gewisser Weise dank unserer Beziehung. Ohne es zu wissen, hatte ich ihr Halt gegeben, als ich die Hand nach ihr ausstreckte, um mich selbst zu retten.

DIE PERLENGESCHMÜCKTE UND Alla Pugatschowa sahen sich an und wirkten auf einmal deutlich milder. Als sie sich wieder mir zuwandten, lagen Mitleid und Wärme in ihrem Blick.

Alle tun, was sie können, Eva, sagte mein Ebenbild, und ich fand es komisch, dass sie mich mit diesem Namen ansprach, der auch ihrer sein musste.

Wenn wir es besser machen könnten, würden wir das tun, fügte sie hinzu, und ich staunte, dass sie es schaffte, etwas so Selbstverständliches wie eine wichtige Wahrheit klingen zu lassen.

Wir wollten dir nicht wirklich Vorwürfe machen, sagte Alla – ihre Augen unergründlich unter dem üppigen Lidschatten. Wir wollten dir nur helfen, dich von ungesagten Worten und anderem Ballast zu befreien.

Diese Stagnation rührt von all dem Unausgelebten, das im System festsitzt: unterdrückte Wut, Furcht vor dem, was nie geworden ist, sagte die mit den Perlen, und zum ersten Mal erkannte ich mich selbst in ihr wieder, dieses Bedürfnis, zu verstehen und zu erklären.

Ist das so?, sagte ich leicht unterkühlt. Nach dem, was passiert war, fand ich es riskant, ihnen zu vertrauen. Und trotzdem war ich arglos, als sie aufstanden und mich baten, ihnen zu folgen. Ich glaubte, das Schlimmste überstanden zu haben.

Als ich zu Ljuba guckte, nickte sie mir zu, aber zum ersten Mal, seit wir an diesem Ort waren, wirkte sie nervös.

Sollte ich lieber nicht mitgehen?, raunte ich ihr zu. Bin ich nicht deshalb hergekommen?

Doch, stimmte sie mir mit zarter Stimme zu.

Auf dem Rückweg hole ich uns was zu trinken, sagte ich, als wollte ich dadurch sicherstellen, dass sie mich unversehrt zurückbrachten.

Sie gingen voran, über die leere Bühne, auf der Musik und Tanz stattgefunden hatten, durch eine Tür. Wir kamen in eine Art Cafeteria, mit Spüle, Kaffeeautomat, Kühlschränken, einem Tisch und Stühlen.

An dem Tisch saß Hlynur mit einer pickligen jungen Frau. Er trug noch sein Kostüm von vorhin, nur den Hut hatte er abgelegt. Sie erstarrten, als sie mich sahen; meinen Begleiterinnen schenkten sie keine Beachtung.

Hi?, sagte ich.

Sie antworteten nicht.

Die mit den Perlen riss eine weitere Tür auf, die aus der Cafeteria hinausführte, und ich ging hindurch, atemlos und mit einem Knoten im Bauch. Sie kam mir nach, während Alla bei Hlynur und dem Mädchen blieb.

In der Cafeteria hatten zwei Lampen mit hellen Schirmen gebrannt, doch hier gab es nichts dergleichen, nur den Schein, der durch die offene Tür fiel. Als sich meine Augen an die Dunkelheit gewöhnt hatten, wich alle Luft aus meiner Lunge, ich wirbelte herum und schlug nach ihr.

Sie wich geschickt aus.

 Das würde er mir nie antun, fauchte ich. Und wo soll

das überhaupt sein? Das ist kein Ort, mit dem wir zu tun haben.

Ich erspähte lange, schmale Schranktüren aus Leimholz wie in einer Turnhallenumkleide.

Das ist am Mitarbeitereingang der Vogur-Klinik, antwortete sie.

Mattis Körper hing schlaff an einer Wand, an der keine Spinde standen, das Gesicht dunkelblau. Er hatte sich einen Gürtel um den Hals geschlungen und das letzte Loch über einen Nagel geschoben.

Das Bild, das an dem Nagel gehangen hatte, lehnte neben ihm an der Wand: ein riesiger Druck in einem schweren goldenen Rahmen – das Bild von einem Engel, der über zwei Kinder wacht, die Hand in Hand über eine baufällige Brücke laufen.

Der Nagel hing nicht hoch, Matti hatte keinen Hocker weggetreten, sondern sich lediglich auf die Zehenspitzen stellen müssen, während er den Gürtel am Nagel befestigte, und dann in den Knien nachgeben. Ein Ding der Unmöglichkeit, sollte man meinen, aber er hatte es fertiggebracht. So entschlossen war er, mich zu verlassen. Uns zu verlassen.

Ich hörte ein Geräusch, das sich durch meinen Hals zwängte, und als sie meine Hand nahm, merkte ich, dass sie feucht war, tränennass. Ich hatte mir übers Gesicht gewischt, ohne es zu merken.

Sie brachte mich zu einer weiteren Tür. Dahinter führte eine Treppe in die Dunkelheit hinab.

Wir steigen jetzt in den Keller des Landsitzes, auf dem die Romanows gefangen gehalten wurden, sagte sie. Tut mir leid, fügte sie hinzu und zog mich hinter sich her, Stufe um Stufe in die Leere hinunter.

Drei bewaffnete Männer standen in einem Raum und diskutierten miteinander, und an einer Wand, so weit weg von ihnen, wie es ging, dicht zusammengedrängt die Romanow-Familie: der versteinerte Zar, ein tränenüberströmter Junge im Arm der Zarin, seiner Mutter, und vier leichenblasse junge Mädchen, die Gesichter erstarrt und apathisch, eine von ihnen drückte ein kleines, besticktes Kissen an ihre Brust.

Die drei Männer kamen zu einem Entschluss, legten ihre Waffen an, und einer von ihnen verzog das Gesicht, bevor sie das Feuer eröffneten. Die Frau und der Junge weinten verzweifelt, bis die Kugeln sie endgültig zum Schweigen brachten. Die Mädchen lagen auf dem Boden, die Arme um ihre Köpfe geschlungen, und bebten unter dem Kugelsturm. Blut rann an mehreren Stellen über den Boden, und auch die Männer waren mit Blut und anderem beschmiert, für das ich keinen Namen kannte. Alle mit dieser Grimasse, einer Mischung aus Härte, Abscheu und Schmerz.

In die Mieder ihrer Kleider sind Edelsteine eingenäht, deshalb geht das so schlecht, sagte meine grausame Begleiterin, ohne die Lippen zu bewegen. Auch in dem Kissen sind Juwelen.

Wie ich diesen Mund hasste, der sich nicht regte und doch all das von sich gab.

Einer der Männer rief etwas, und sie hörten auf zu schießen. Er lief zu dem Mädchen mit dem Kissen, riss es ihr aus den Händen und rammte das Bajonett in ihren Oberkörper. Er musste mit der Spitze suchen, ehe er einen Weg durch das gepanzerte Kleid fand. Die anderen taten es ihm gleich und stachen auf die jungen Prinzessinnen ein, immer wieder, bis sie tot waren.

 Sie marschierten an uns vorbei die Treppe hinauf, denselben Weg, den wir gekommen waren, und wir blieben in der Stille und dem schweren Geruch von Metall und Entsetzen zurück.

Ich konnte nicht aufhören zu schluchzen. Gehen wir, stotterte ich.

Sie fasste mich an der Schulter, schob mich von der Wand weg und öffnete eine Tür, die hinter mir gewesen war, ohne dass ich sie wahrgenommen hatte. Schnell ging ich hindurch, obwohl meine Beine schwer und träge waren und ich das Gefühl hatte zu ersticken.

Hinter mir fiel die Tür schwer ins Schloss, und ich hörte, wie sich ein Schlüssel drehte. Ich tastete hinter mich, fand die Klinke und drückte sie hinunter, doch die Tür war verschlossen. Cruella war auf der anderen Seite zurückgeblieben.

In mir schwoll die Wut an. Heiß. Körperlich. Dehnte mich aus. Machte mich grob und männlich. Im Schein einer Lampe und einer großen Kerze, wie sie in Kirchen stehen, sah ich, dass meine Hände groß und dick waren und zitterten. Wegen dem, was nun bevorstand.

Ich setzte mich an einen Tisch, der mit einem unglaublich feinen Muster aus Elfenbein verziert war und daran erinnerte, dass die Handwerkskunst im Zarenreich weltweit unübertroffen war. Weil die Handwerker Sklaven waren, Werkzeug, das man jederzeit austauschen konnte. Diese Detailarbeiten wurden so unmenschlich fein und exakt gemacht, dass die Menschen binnen weniger Jahre erblindeten und verkrüppelten.

Ich fuhr mit der Hand über die Tischplatte und spürte nicht die geringste Unebenheit. *Unglaublich*, dachte ich, doch gleichzeitig war das auch ganz selbstverständlich.

Dies war mein Tisch. Bei mir zu Hause. Im Jussupow-Palast. Dem Schloss meines Vaters.

Mein Vater hatte mir den Tisch zur Hochzeit geschenkt. Was hätte er von meinem Vorhaben gehalten?

Wahrscheinlich wäre er zwiegespalten gewesen, genau wie ich.

Unser Plan war tollkühn, die Methode feige. Mein Vater hätte es als unmenschlich betrachtet, einen Bekannten in die Falle zu locken, doch dafür sprach, dass ihn die Angst vor einer Revolution bis zum letzten Moment gequält hatte. Seit ich denken kann, hatte ich – durch ihn – vor kaum etwas größere Angst als vor einem tollen Pöbel, der nur auf die Gelegenheit wartete, all das Herrliche mit Füßen zu treten, das aufzubauen Menschenalter gedauert hatte. Rasputin war kein Revolutionär, doch allein durch seine Anwesenheit am Zarenhof setzte er ein Zeichen. Sorgte für Aufregung und Unruhe.

Schon bei unserer ersten Begegnung hatte er mein Interesse geweckt, mich fasziniert. Ich hatte das Gefühl, er blickte in meine Seele hinein und sähe das Licht und die Brutalität, ohne sich zum Richter aufzuschwingen – auch das machte seine Anziehungskraft aus, dass ihm selbst etwas Düsteres anhaftete. Seine Schützlinge hatten das Gefühl, nichts vor ihm verbergen zu müssen, und die Frauen konnten sich von seinen Komplimenten und dem alkoholisierten Gerede von der heiligen Verschmelzung von Mann und Frau verführen lassen, ohne befürchten zu müssen, dass er sie dafür verachtete.

Erst später lernte ich ihn zu fürchten: seinen Einfluss und seine Macht, seine Überzeugungskraft und seine Fähigkeit, Veränderung herbeizuführen.

Mein Vater hätte mir zugestimmt, dass Rasputin der Fleisch gewordene Konflikt war und die Ehre nicht alles ist, wenn es darum geht, einen so gefährlichen Feind abzuwehren. Einen Gegner, der nicht menschlich ist. Denn der eigentliche Gegner war nicht Rasputin, sondern die Auflösung, die er mit sich brachte.

Er sollte unter falschem Vorwand hergelockt werden, in diesen Kellerraum hinunter, der leer stand, bis wir ihn mit Teppichen und Möbeln hier und dort aus dem Haus ausgestattet und zu einem kleinen Wohnraum hergerichtet hatten.

Ein falscher Raum für einen falschen Priester, um falsches Gebäck zu essen. Eine geschmückte Kellerkammer für einen Bauerntrampel im Seidenhemd.

Gift. Die Methode der Frauen. Als handelten wir im Auftrag derer, die er in seinen Bann und in sein Bett gezogen hatte. Keine andere Methode kam in Betracht. Ich wollte ihn nicht anfassen. Und ich gebe zu, dass ich Angst hatte, ihn zu töten. Ich hatte vor dem lebenden Rasputin Angst, vor dem sterbenden und dem toten. Doch er war nicht mein persönlicher Feind. Er war ein Feind des Reiches. Das Reich war seinetwegen drauf und dran zu zerbrechen. Er war eine Ratte. Das Fundament unserer Gesellschaft war in Gefahr. Wir nahmen es auf uns, ihn zu vergiften, weil es notwendig war.

Meine Kameraden kamen, einer mit der Gebäckplatte, der andere mit Flaschen – vier an der Zahl: Sherry, Portwein, Madeira und Marsala.

Ich machte Feuer im Kamin und kochte Tee. Wir tranken den Tee und probierten das Gebäck: gefüllte, helle Makronen und Schokoladentörtchen.

Einer meiner Kameraden zog sich Handschuhe über, nahm eine Spritze aus einem kleinen Holzkästchen und spritzte etwas in die hellen Teilchen. Er war nicht sparsam mit dem Gift. Mir brach der Schweiß aus beim Gedanken, dass Rasputin es herausschmecken könnte.

Der andere trank einen großen Schluck aus jeder Flasche, nur vom Sherry nicht, und füllte sie mit Gift auf.

Er schmeckt das, sagte ich und merkte, wie meine Stimme bebte. Dann sagte ich nichts mehr, weil ich nicht wollte, dass sie merkten, wie es mir ging.

Der eine zog die Handschuhe aus und warf sie ins Feuer. Es qualmte und stank im ganzen Raum. Wir öffneten das einzige Fenster, und es dauerte mehr als eine halbe Stunde, bis der Gestank verflogen war.

Sie gingen los, um ihn zu holen, und ich blieb beim Feuer, beim Gebäck und dem Wein. Ich nahm ein Schokotörtchen und aß es, wie um das Schicksal zu provozieren. Obwohl ich wusste, dass die braunen für mich bestimmt waren, ging ein Teil von mir fest davon aus, dass mein Kamerad versehentlich auch etwas in eines von ihnen gespritzt hatte.

Ich rülpste und musste alle Kraft aufwenden, um den Rest der süßen Pampe runterzukriegen.

Schließlich hörte ich Autogeräusche näher kommen und stand auf, lief unruhig hin und her und schüttelte meine Hände, damit das Zittern aufhörte.

Die Tür wurde aufgerissen – und da stand er und streckte mir die Arme entgegen. Da bist du, mein Freund, sagte er.

Er legte den Pelz ab und setzte sich zu mir an den Tisch. Er trug eine weite schwarze Hose, hohe Stiefel und eine feuerrote Schärpe mit Bommeln an beiden Enden. Auf sein Hemd waren blaue Kornblumen gestickt.

Er wirkte vertrauensvoll, lehnte aber den Tee ab, den ich ihm anbot. Bis wir über alle gemeinsamen Bekannten gesprochen hatten und schwiegen. Da bat er um Tee, mit traurigen, müden Augen. Es war schon nach Mitternacht, und vielleicht wusste er, worauf es hinauslief. Wenn nur die Hälfte der Geschichten über ihn stimmte, musste er wissen, was wir vorhatten.

Ich nahm ein braunes Törtchen und aß es, goss mir Sherry ein und stürzte ihn hinunter, stellte ein volles Glas Madeirawein vor ihn und bot ihm Gebäck an – aus irgendeinem Grund die braunen Törtchen. Er wollte nicht. Kurz darauf bot ich ihm die hellen an. Nein danke, sagte er. Das ist mir zu süß.

Ich legte Holz nach und eine Platte aufs Grammofon. Danach wusste ich nicht, was ich noch tun sollte, daher entschuldigte ich mich und ging hinauf in die Küche, wo meine Komplizen warteten.

Meine Herren, sagte ich. Das Biest isst und trinkt nicht.

Wie ist seine Stimmung?

Düster. Als wüsste er …

Geh wieder runter, sagten sie. Wenn du zu lange wegbleibst, schöpft er Verdacht.

Stufe um Stufe zwang ich mich wieder die Treppe hinunter und in den Raum hinein, wo er auf mich wartete. Er hielt eine Makrone in der Hand und sah mich an, als er sie sich in den Mund schob. Voller Furcht sah ich zu, wie er das Glas vergifteten Wein leerte und noch eine Makrone nahm, und noch eine. Mit zitternden Händen schenkte ich ihm Wein nach und wartete darauf, was geschehen mochte. Das Gift hätte unmittelbar wirken müssen.

Noch einmal leerte er sein Glas und lächelte mich an, als

wollte er sagen: Sieh her, mein Freund, was du auch versuchst, du kannst mir nichts tun. Doch auf einmal schlug sein Ausdruck in Wut um, zeigte sich der reinste Hass. Seine Augen sahen teuflisch aus, und es ging etwas Lähmendes von ihnen aus. Mir wurde schwindelig und schwarz vor Augen, und als ich wieder zu mir kam, saß er nicht mehr am Tisch, sondern auf dem Sofa, den Kopf in den Händen.

Schenk mir mehr Wein ein, sagte er mit schwacher Stimme. Ich bin durstig.

Während ich ihm einschenkte, stand er auf und lief durch den Raum. Vor meiner Gitarre blieb er stehen. Spiel mir etwas Erquickendes, mein Freund, sagte er. Du singst so schön.

Ich spielte ein Lied für ihn: *Kleine rote Beere. Meine rote Beere. Im Garten ist eine Beere, eine kleine Himbeere. Unter der Kiefer, der grünen. Wiege mich in den Schlaf. Oh, wiege mich. Wiege mich in den Schlaf.* Als das Lied vorbei war, sah er mich an, mit unendlich ruhigem, traurigem Blick, und sagte: Sing noch mehr, das ist so schön, du bist voll Seele.

Ich sang noch mehr: *Oh, dunkle Augen. Brennende, fesselnde Augen. Oh, wie ich dich liebe und bewundere. Oh, wie ich dich fürchte. Ich traf dich in einem Unglücksmoment. Doch ich bin weder betrübt noch verrückt. Ich beuge mich dem Willen des Schicksals. Ich opfere alles für diese brennenden, dunklen Augen.* Und die Zeit verging. Es war schon halb drei. Dieser Albtraum wollte kein Ende nehmen.

Ich entschuldigte mich noch einmal und ging hinauf in die Küche.

Er hat zwei Gläser Wein getrunken und mehrere Törtchen gegessen. Eines hätte reichen müssen. Ein Glas. Ich weiß nicht, was ich tun soll.

Einer meiner Kameraden stand auf und ließ sich wieder auf den Stuhl fallen. Ich ertrage das nicht, sagte er.

Der andere, leichenblass, gab mir ein Gewehr.

Rasputin tat, als bemerkte er nicht, dass ich eine Hand hinter dem Rücken versteckte. Er stand am Sideboard und hielt ein Kristallkreuz in der Hand.

Ich denke, du solltest beten, sagte ich, hob langsam die Waffe und zielte.

Er sah mich an, wirkte weder erstaunt noch ängstlich, sondern senkte den Kopf und wartete.

Ich schoss, und er sackte mit einem Schrei auf das Bärenfell. Ich hörte meine Kameraden die Treppe hinunterstürzen, doch als sie durch die Tür gestürmt kamen, stolperten sie über ein Kabel, und es wurde dunkel im Raum.

Einer von ihnen tastete nach dem Stecker, und es gelang ihm, die Lampe wieder anzuschließen. Da sah ich mein Werk: den sterbenden Rasputin auf dem Boden. Er hielt sich die Hand vor Augen und Stirn und rang um Atem.

Wir hoben ihn auf den Couchtisch und standen um ihn herum, auf alles gefasst. Als er nicht mehr nach Luft schnappte, waren wir sicher, dass er tot war.

Wir gingen zurück in die Küche, es schwindelte mich und ich war voll Abscheu, und gleichzeitig waren wir alle wie berauscht, doch nach kurzer Zeit ergriff mich eine Unruhe und das starke Verlangen, ihn noch einmal zu sehen; sicherzugehen, dass er noch tot auf dem Tisch lag.

Er war noch überhaupt nicht kühler geworden.

Ich nahm sein Handgelenk, fand aber keinen Puls.

Aus irgendeinem Grund fasste ich ihn an der Schulter und rüttelte an ihm. Ich stand einen Moment über ihm und wollte gerade gehen, als ich sah, dass sich eines seiner

Lider regte. Das ganze Gesicht zuckte, und er öffnete beide Augen und starrte mich an. Blitzschnell sprang er auf die Beine, Schaum lief ihm aus den Mundwinkeln, ein barbarischer Schrei erfüllte den Raum, und ich sah seine Hände auf mich zurasen. Sie landeten auf meinen Schultern, wie Eisenkrallen, und arbeiteten sich in Richtung Hals vor. Mit heiserer Stimme flüsterte er meinen Namen, immer wieder. *Felix. Felix.*

Panisch versuchte ich, mich zu befreien. Schließlich gelang es mir, und er fiel stöhnend zu Boden, meine zerrissene Schulterklappe in der Hand.

Ich rannte die Treppe hinauf und schrie nach meinen Kameraden: Schnell!

Er kroch auf allen vieren hinter mir her.

Die Augen wollten mir aus dem Gesicht springen, und einen Moment lang war ich kurz davor, in Tränen auszubrechen. Ich hatte das Gefühl, nicht mehr ich selbst zu sein, sondern ein hilfloses, verfolgtes, schwaches Wesen. Ein Kind vielleicht oder eine Frau. Mein Atem ging laut und zischend, ich hatte keine Ahnung, dass man solch eine Angst haben konnte.

Oben angekommen gab er die Verfolgung auf und stürmte hinaus in den Hof, wir ihm nach, mein Kamerad mit dem Gewehr im Anschlag. Zweimal schoss er daneben, doch nachdem er sich die Hand blutig gebissen hatte, um seine Sinne zu schärfen, traf er den Teufel zuerst in den Rücken, dann in den Kopf.

Wie ein Stein fiel er in einen Schneehaufen, und sein Kopf schlug vor und zurück, hin und her. Er streckte die Arme aus und kratzte im Schnee. In rasender Wut trat ihm mein Kamerad vor den Kopf, die Schläfe. Dann lag er regungslos.

Ich war unbewaffnet.

Ich fühlte mich nackt.

Wir schleppten ihn ins Haus, runter in den Keller, wo wir ihn zum zweiten Mal auf den Couchtisch legten. Blutdurchtränkt, das Gesicht schief und geschwollen, hätte er mein Mitleid erwecken müssen. Doch stattdessen packte mich ein unbändiger Zorn, als stünde ich in Flammen. Ich nahm den schweren Schürhaken und schlug, so fest ich konnte, auf ihn ein. Sie mussten mich von ihm losreißen.

Er lebte noch immer. Er röchelte nur noch und verdrehte die Augen, aber er lebte.

Völlig geschafft und wie in Trance ließ ich den Schürhaken fallen und sah zu, wie sie ihn in eine Decke wickelten und aus dem Keller schleppten.

Den Stiefel, den er im Hof verlor, hielt ich die ganze Fahrt bis zum Fluss auf dem Schoß, das Herz voll vergifteter Pampe.

Sie warfen ihn in das Eisloch, und ich schleuderte den Stiefel hinterher. Sie sagten, er sei tot gewesen, als er im Fluss landete, doch ich wusste es besser. Erst in diesem Moment ließ er sein Leben, durch Ertrinken und Unterkühlung. Ich starrte in das schwarze Auge und konnte mich nicht rühren, doch sie nahmen mich bei den Schultern und führten mich zum Fahrzeug. Einer von ihnen saß neben mir und redete während der gesamten Rückfahrt beruhigend auf mich ein.

Vor dem Palast taumelte ich aus dem Auto, ließ mich in den Schnee fallen und weinte. Die Pracht des Jussupow-Palastes war in einer einzigen Nacht zerstört worden. Meine Tränen waren jahrhundertealt. Meine Vorfahren weinten durch mich. Ich füllte meinen Mund mit Schnee und ließ ihn meine Augen und Wangen kühlen. Das half, obwohl ich wusste, dass ich nie wieder einen hellen Tag erleben würde.

Jemand fasste mich an der Schulter und half mir auf die Beine. Der Schnee war verschwunden; unter mir die Fliesen des Kellerflurs. Wir gingen in den Raum, in dem die Zarenfamilie in ihrem Blut lag und von dort die Treppe hinauf, die ich mehr fürchtete als alles andere.

Nicht diesen Weg, weinte ich.

Es gibt keinen anderen, antwortete meine Begleiterin.

IM RAUM MIT DEN SPINDEN war keine Spur mehr von Matti. Das Bild vom Engel und den beiden Kindern hing an der Wand, und der Rahmen war so staubig, als hätte ihn jahrelang niemand angerührt.

Zögernd betrat ich die Cafeteria und hoffte, ihn dort zu sehen, am Tisch bei Hlynur und dem Mädchen, doch die waren nirgends zu finden, und auch Matti nicht, obwohl das Matadorjäckchen, das er beim Tanzen getragen hatte, dort über einem Stuhlrücken hing.

Meine Begleiterin mit den Perlenohrringen nahm das glänzende Teil in die Hand, setzte sich und legte es auf ihren Schoß. Dann hielt sie es sich an Nase und Mund, verbarg das Gesicht darin und atmete schnell ein und ruckartig wieder aus. Was sie da tat, berührte mich mehr, als ich mit Worten ausdrücken kann. Sie zuckte zusammen, als ich sie an der Schulter berührte, atmete aber unbeirrt weiter die Erinnerung ein.

Alla Pugatschowa stopfte irgendetwas in meine Jackentasche und gab mir zwei Gläser Wein. Das geht aufs Haus, sagte sie ernst.

Ich machte mich auf den Weg, mit kraftlosen Beinen. Zitternd. Ich musste mich richtig anstrengen, dass auf dem Weg durch den Saal kein Wein aus den Gläsern schwappte.

Ich schlängelte mich zwischen Tischen hindurch, schob mich an redenden und lachenden Leuten vorbei und ließ mich auf einen Stuhl an Ljubas Tisch fallen.

Sie wirkte erleichtert, mich zu sehen. Was hast du in der Tasche?, fragte sie und zeigte auf die Beule.

Ich fühlte hinein und einen Moment lang befürchtete ich, es sei das bestickte Kissen mit den Edelsteinen. Ich zog es heraus und legte es auf den Tisch. Eine Tüte Pistazien.

Sie streckte die Hand aus, und ich schloss die Augen. Sie strich mir übers Haar, ihre Hand so leicht wie die eines Kindes.

War es schmerzhaft?, fragte sie.

Es zerreißt mich vor Schmerz, antwortete ich. Mein Herz ist schwer wie ein Stein. Ich habe keine Ahnung, wie ich mich damit in die Realität zurückschleppen soll. Es fühlt sich an, als könnte ich nie wieder aufwachen.

Sie nickte mitfühlend.

Ich dachte, ich wäre längst abgestumpft, was den Gedanken angeht, dass Matti … Du weißt schon, schluchzte ich.

Natürlich hast du das nur vorgegeben, sagte Ljuba. Natürlich bist du nicht abgestumpft.

Ich wusste nicht, dass ich all diese Gewalt in mir trage, das macht mir Angst, sagte ich. Ljuba, sie haben mich durch die Hölle geschleift. Warum? Sicher, ich hätte besser, sanfter, herzlicher sein können. Ich bereue jeden einzelnen Augenblick, in dem ich nicht absolut liebevoll gewesen bin. Irgendwo auf dem Weg habe ich die Kraft und den Mut verloren. Aber nicht, weil ich das gewollt hätte.

Eva, sagte Ljuba. Eeeva. Sie wollten dich nicht bestrafen, sondern dir helfen. Dein Blut war von Angst und Enttäuschung verschmutzt. Deshalb bist du krank geworden.

Deshalb konntest du nicht schlafen. Sie haben dir nur das schlechte abgezapft und frisches ins System gepumpt. Sie haben dir geholfen loszulassen.

Was denn?

Die prinzessinnenhafte Unschuld. Die zarenhafte Isolation, Lähmung und Neurose.

Ich sah sie fragend an.

Nicht aus einem besonderen Anlass, es war einfach Zeit für Veränderung, sagte Ljuba. Alles verändert sich.

Aber ich verstehe die Grausamkeit nicht. Diese Gnadenlosigkeit.

Das sind Heilige, Eva, Engel. Siehst du das nicht?

Der Scheinwerfer war auf die Mitte der Bühne gerichtet. Während meiner Abwesenheit war dort eine Schaukel aufgehängt worden. Weiter oben waren die Seile immer schlechter zu erkennen, bis sie ganz in der Dunkelheit verschwanden. Dieser Raum war sehr hoch.

Alla Pugatschowa betrat die Bühne, setzte sich auf die Schaukel und begann zu singen. Ein Dutzend schwarz gekleideter Männer folgte ihr, manche spielten Geige, andere untermalten ihren Gesang mit wortlosen, melancholischen Klängen: *Mmmm* und *Aaaaa*. Einer der Backgroundsänger stieß die Schaukel an, die gleichzeitig von einem unsichtbaren Mechanismus in die Höhe gezogen wurde, bis Alla singend über unseren Köpfen schwebte.

ALLA WAR NOCH NICHT FERTIG mit ihrem Lied, und wir hatten gerade mal am Wein genippt und ein paar Pistazien geöffnet, als Ljubas Blick in die Ferne schweifte und sie langsam den Kopf drehte, als lauschte sie nach irgendetwas.

Mist, sagte sie. Wir müssen los.

Sie stürzte den Wein runter und bedeutete mir, es ihr gleichzutun. Dann schüttete sie die Nüsse in ihre Kunstledertasche und warf die leere Tüte auf den Tisch.

Ich trank schnell das halbe Glas und hatte das Gefühl, dass die Spannung aus den Fäden wich, die alles zusammenhielten, was ich um mich herum sah und hörte. Eine andere Wirklichkeit rief nach mir. Normalerweise nennt man so etwas angeheitert sein. Aber ich bin noch nie zuvor im Traum angeheitert gewesen.

Warum haben wir es so eilig?, fragte ich.

Weil ein Auto in deiner Einfahrt steht, antwortete sie.

Wir kämpften uns durch den übervollen Saal, und trotz allem nahm ich mir die Zeit, denjenigen zuzunicken, die ich zu kennen meinte. Da saßen Nui und Pirapon. Am Nachbartisch die Blumenverkäuferin und der Klempner mit dem Schnaps. Das Schweizer Mädchen und der Gewalttäter sahen sich über hellgelbem Kerzenschein in die Augen. Wir drückten die schwere Tür auf – das Tageslicht brannte mir in den

Augen. Ich folgte Ljuba die Treppe hinauf und versuchte herauszufinden, wie viel Zeit vergangen war. Die Sonne stand immer noch genau im Süden. Die Zeit verging nicht.

Ljuba stand mit dem Rücken zu mir und spähte in die enge Gasse. Ihr Haar schimmerte dunkelviolett im Sonnenschein, die nackten Knöchel wuchsen zierlich aus den schwarzen hochgeschnürten Schuhen und ihre Handtasche hing lässig an der Goldkette über dem äußersten Rand ihrer Schulter. Ohne die Schulterpolster in der Lederjacke wäre die Kette heruntergerutscht.

Ich dachte, dass ich sie wahrscheinlich nie wiedersehen würde – diese Version von ihr – und ging zu ihr. Danke, dass du auf mich aufgepasst hast, während ich schlief, begann ich. *Thank you for looking after me in my sleep …*

Wir müssen uns jetzt noch nicht verabschieden, sagte sie. Wir haben Zeit. Ich will dir mein Land zeigen.

Unsere Straße, Laufskógar, wirkte im Vergleich zu den düsteren Gassen des alten Ortsteils wie eine Chaussee. Als wir am Haus Nummer elf vorbeikamen, liefen Mama und Mínerva gerade den Weg zum Haus. Ich versuchte nicht, sie zu grüßen, und sie sahen mich auch nicht. Ljuba und ich gingen an hohen Bäumen vorbei, bewachsenen Gärten und stehenden Autos, das Gefälle nahm langsam zu und die Häuserdichte ab, bis wir nicht mehr gehen konnten, sondern über Felsen klettern und durch Gebüsch kriechen mussten.

Sie erreichte vor mir den Felsrand und hatte sich schon auf einen großen Stein gesetzt, als ich auf dem Plateau ankam. Jenes Plateau war nicht mehr als ein schmaler, unfruchtbarer Streifen mit Wildblumen im Lavagestein und Grashöckern. Vor uns ein sanft abfallender Hang, von einem grünen wogenden Teppich aus Wasserspinat bewachsen,

Morning Glory. Jenseits des Feldes lag ein Wald. Wir sahen die Rücken von Frauen, über die Gräser gebeugt, die sie schnitten und in geflochtene Körbe legten, und obwohl sie weit von uns entfernt waren, meinte ich, Pirapon am roten Fleecepulli und Nui am glänzenden, seitlich geflochtenen Zopf zu erkennen.

Ist es das?, fragte ich.

Ja.

Nui sah uns und winkte, stellte den Korb ab und kam zu uns. Hallo, sagte sie und verschwand hinter dem Stein, auf dem wir saßen. Sie hantierte eine Weile hinter uns herum und tauchte schließlich mit einer blauen Decke wieder auf, die sie auf dem Boden ausbreitete. Darauf drapierte sie Päckchen, Plastikdosen, Teegläser und Essstäbchen.

Ljuba kletterte vom Stein herunter, nahm ihr Handy und ein kleines Portemonnaie aus ihrer Handtasche und kippte sie aus, sodass die Pistazien über die ganze Decke kullerten.

Ljuba und Nui lachten.

Früher haben wir manchmal ein Picknick am Fluss gemacht, ich und meine Schwestern und Freundinnen, mit Nüssen und Erdbeeren, erzählte Ljuba. Dort unten, fern von Mamas und Omas Ohren, konnten wir über alles reden.

Als ich klein war, habe ich manchmal die Gespräche zwischen meiner Mutter und ihren Freundinnen belauscht, sagte ich und fuhr mit den Fingern durch die Vogel-Wicke, die rund um die Decke wuchs; die mimosenartigen Blätter und violetten Blüten, die an Lavendel erinnerten. Ich lernte, mich völlig unsichtbar zu machen, sodass sie, ohne nachzudenken, ihr Herz ausschütteten, von Seitensprüngen erzählten, Ehescheidungen, Geldsorgen und Verletzungen. Später bekam ich mit, wie meine jüngeren Geschwister das Unsichtbarsein immer wieder vermasselten (»Mama, was ist Empfängnisverhütung?«) und die Frauen erbarmungslos zu leichteren Themen überschwenkten oder die Kinder auf ihre Zimmer jagten. Jetzt fühle ich mich wieder wie ein Kind, das beobachtet, wie Frauen sich helfen zu überleben – ihre Ehe oder die Tatsache, dass sie keinen Mann haben.

Ljuba und Nui nickten. Wir sahen den gebeugten Frauen auf dem Feld zu, bis ich keine Lust mehr dazu hatte und mich auf eine Ecke der Decke legte.

Eva!, schrie Ljuba. Eva, Liebes!

Ich wachte auf, die Zunge klebte an meinem Gaumen und mein Kopf schmerzte unerträglich, als ich versuchte, die Augen zu öffnen. Mein Bauch und die Rippen taten noch weh vom Erbrechen.

Schläfst du?, fragte Mínerva wie eine Erwachsene. Sie saß mit ausgestreckten Beinen an meinem Kopf.

Mama hat sich nur ein wenig hingelegt, sagte meine Mutter, und ich hörte die Angst in ihrer Stimme. Wir geben ihr einen Schluck Wasser zu trinken.

Ich hörte Wasser ins Waschbecken fließen und wie das Geräusch dumpfer wurde, als sie ein Glas unter den Strahl hielt. Mama hob meinen Kopf an und half mir beim Trinken. Mínerva legte sich quer auf mich, und mir kamen Tränen, als ich ihren warmen Körper auf meinem spürte. Noch einmal wurde mein Kopf angehoben und ein Kissen daruntergeschoben. Schlagartig ließ der Schmerz nach.

Soll ich nicht einen Krankenwagen rufen?, flüsterte meine Mutter, nachdem sie eine Wolldecke über uns gebreitet hatte.

Nein, antwortete ich. Danke.

NACHWORT

Wenn ich dieses Buch schreiben sollte, würde ich einfach alles aufschreiben, vom ersten Tag an, wie ich es in Erinnerung habe. Und ich würde schreiben, um mich zu erinnern und um mich selbst zu verstehen, warum ich so bin, wie ich bin.

Ich glaube, ich bin ein guter Mensch – aber was denken die anderen über mich? Ich würde es aufschreiben und danach noch mal lesen und über alles nachdenken. Bin ich glücklich? Was habe ich im Leben vor? Was hat das Leben mit mir vor?

Früher hatte ich keine Träume, ich lebte einfach jeden Tag für sich, als wäre er eine kleine Insel in der Zeit. Aber jetzt, mit vierunddreißig, träume ich hier in Island große Träume. Ich möchte das Unternehmen weiter aufbauen und Lebensmittel anbauen, bei denen die Menschen spüren, dass sie ihnen guttun. Grünes Essen ist wie Medizin. Ich möchte überleben, aber auch die Welt besser machen.

Es ist, als wäre es hundert Jahre her, dass ich in Lettland gelebt habe. Ich bin nicht mehr dieselbe. Ich sehe die Leute besser und reagiere ganz anders auf sie. Heute liebe ich das Leben. Tief in meinem Herzen habe ich Angst davor, dass ich jeden Moment sterben könnte, dass es mir nicht gelingt, meinen Traum zu Ende zu leben. Und dann rede ich mit Gott: Gott, beschütze mein Leben noch ein bisschen länger, falls das möglich ist. Mein Herz ist so weich, ich lasse alles so nah an mich heran. Manchmal zu nahe, glaube ich.

Ich bin wie ein Diamant – ich kann mich sehr schnell verändern. Ich kann hart und wütend sein und den Glauben an Menschen verlieren, und dann ändert sich das wieder, wie wenn man einen Diamanten dreht und eine neue Farbe in ihm sieht.

Aber manchmal macht es mir auch Angst, dass ich so bin. Und jetzt weine ich, aber das ist okay.

Warum habe ich angefangen, Eva meine Geschichte zu erzählen? Weil sie gefragt hat. Ich habe ihr gesagt, sie kann fragen, was sie will, ich habe keine Angst zu erzählen. Aber ich sage ihr nicht alles. Obwohl sie meine Freundin ist und ich ihr vertraue, habe ich doch meine Geheimnisse.

Ljuba Cvetkova, 30. Juli 2016

Die isländische Originalausgabe erschien 2016 unter dem Titel »Skegg Raspútíns« bei Bjartur, Reykjavík.

MIX
Papier aus verantwortungsvollen Quellen
FSC® C083411
FSC
www.fsc.org

Penguin Random House Verlagsgruppe FSC® N001967

1. Auflage
Deutsche Erstveröffentlichung Dezember 2021,
btb Verlag in der Penguin Random House Verlagsgruppe GmbH,
Neumarkter Str. 28, 81673 München

Published by agreement with The Parisian Agency, France
Covergestaltung: Semper Smile nach einem Entwurf
von Ragnar Helgi Olafsson
Covermotiv: © Marta Bevacqua / Trevillion Images
Shutterstock/Paladin12
Satz: Uhl + Massopust, Aalen
Druck und Einband: CPI books GmbH, Leck
SL · Herstellung: sc
Printed in Germany
ISBN 978-3-442-71647-0

www.btb-verlag.de
www.facebook.com/btbverlag